新号外 贰

影响中国

新京报传媒研究院 编著

新星出版社 NEW STAR PRESS

图书在版编目（CIP）数据

新号外·贰：影响中国 / 新京报传媒研究院编著 . —— 北京 ：新星出版社，2012.1
ISBN 978-7-5133-0406-1

Ⅰ . ①影… Ⅱ . ①新… Ⅲ . ①新闻报道－作品集－中国－当代 Ⅳ . ① I253

中国版本图书馆 CIP 数据核字 (2011) 第 229691 号

新号外·贰：影响中国

新京报传媒研究院　编著

责任编辑：程　鹃
责任印制：韦　舰
装帧设计：九　一

出版发行：新星出版社
出 版 人：谢　刚
社　　址：北京市西城区车公庄大街丙 3 号楼　100044
网　　址：www.newstarpress.com
电　　话：010-88310888
传　　真：010-65270449
法律顾问：北京市大成律师事务所

读者服务：010-88310800　service@newstarpress.com
邮购地址：北京市西城区车公庄大街丙 3 号楼　100044

印　　刷：北京京都六环印刷厂
开　　本：660×970　　1/16
印　　张：19.5
字　　数：260 千字
版　　次：2012 年 1 月第一版　2012 年 1 月第一次印刷
书　　号：ISBN 978-7-5133-0406-1
定　　价：35.00 元

新京报 · 新号外丛书编委会

论"持久战"

戴自更

一、关于新京报

去年年底开始，我就想着怎么来纪念报社成立八周年，为此还专门成立了新京报传媒研究院，目的是总结过去八年的经验，展示成绩、鼓舞士气，同时给新京报人一个抒发情感、规划未来的机会。当初定的方案是出一套书，包括：新京报八年来刊登的重要报道，传媒界著名学者对新京报的研究文章，本报有关人员阐述办报理念、营销理念和实战案例，本报员工八年的工作、生活记忆。后来在一次讨论会上，同事问应该给这套书取个什么名字，我脱口而出，叫"论持久战"——八年，正好是打一场抗日战争的时间。大家都笑了。

不过这确实是我的心里话。在内部会议上，我曾经说过，新京报能够存在，本身就是个奇迹，能做到今天这样的局面更是个奇迹，毕竟它有着特立独行的"不合时宜"，因此办这张报纸真的如同打一场持久战，并且是每天都在发生的战争。不仅做新闻像打仗，内心矛盾的交织更像打仗，在我，包括很多新京报人，总纠结于：是遵循新闻规律还是屈从利益集团，是坚持新闻理想还是得罪广告客户，是执着新闻人的良知还是向人情社会妥协……八年来，我们有过无奈，有过失落，但更多的是在坚持，日复一日，年复一年，打着持久战。

八年前，有许多人预言新京报不可能成功。他们说北京报业市场已经饱和，没有机会了；他们说新京报会水土不服，在现实环境下是死路一条；他们说新京报只是小报，办一份与首都地位相称的报纸纯属痴人说梦；他们说新京报的版面架构有致命缺点，不可能熬过第一个冬天。但是在他们的猜疑中，新京报从无到有，从小到大，从弱到强，走着一条高速发展的道路。如今无论社会影响力还是经营业绩，新京报已是北京地区同类媒体之首，并连续两年被权威研究机构评为引导舆论热点的主要媒体，与国内最大的通讯社和最大的门户网站并驾齐驱。

新京报的成功是遵循新闻规律的成功。新京报的最高标准，也是最基本的标准，就是"尽可能真实报道，尽可能说真话"。这有两层意思：一是对新闻事件的报道必须是真实的，是经过充分求证还原的，刊登的评论是理性的，是基于基本常识；二是要"尽可能"地把稿件发出来，在现有体制框架内，最大限度地满足读者的知情权、表达权、参与权、监督权，在判断不会带来重大风险的前提下，让稿件见报。凭借扎实的调查、客观的报道、理性的评论、贴近民生的服务意识和矢志不渝的创新激情，新京报赢得了读者的认可和赞赏。

新京报的成功是坚持文化品位的成功。新京报始终保持"有尊严的报格"。作为媒体，我们一向坚持独立自主的办报理念，就算是"工具"，也是维护国家和人民根本利益的"工具"，而不是为某地、某人服务的"工具"；其次，新京报具有积极向上的价值观，坚守法治精神、人文情怀，遵从进步的、美好的价值取向。第三；新京报的报纸形态是有内涵的而不是肤浅的，是高雅的而不是媚俗的，是适合阅读的而不是为难读者的。

新京报的成功还是自由创新的成功。新京报发轫于《南方都市报》，但又在很多方面进行了改良。在借鉴传统都市报和传统党报优势的基础上,我们提出了"走第三条道路"的办报理念。新京报重视对现实的批判,更强调报纸的责任,重视对权力的制衡,更强调秩序的重建。新京报有着较为广泛的、专注于新闻本身的自由,在理念一致的前提下,具有较大的新闻操作空间。在新京报,没有不能报道的新闻,只有不会报道的记者。

二、关于新京报人

我曾在很多场合形容过新京报人:"他们是可爱的自我完美主义者,对生命、对生活、对事业有自己独特的理解。他们张扬个性,但是协作互助;他们挥洒激情,但是恪守责任;他们筚路蓝缕,但也乐天向上。他们纯粹如永不长大的孩子,深刻如度尽劫波的智者。他们有诗人的情怀,学者的专注,僧徒的虔诚,也有政治家的敏感。"在我眼中,新京报人好像就是作为真正意义的新闻人而存在的。

新京报人简单,他们不需要知道社会潜规则,唯一要面对的就是把工作做到极致;新京报人正直,他们可以坦诚地表达自己的意见,不用拐弯抹角小心谨慎;新京报人职业,无论什么情况都把自己应该承担的责任放在首位;新京报人充满激情,他们觉得一个新闻人活着的意义,就是要尽最大的努力去真实地报道这个世界,并推动其不断进步。

是新京报的制度和文化铸成了新京报人。新京报是个充斥民主精神的地方,上到总编,下到记者编辑,只有岗位不同,没有人格高低,在新京报永远是对事不对人。这里没有拉帮结派,没有阿谀奉迎,没有整人搞事,没有繁文缛节,没有无事生非,没有文山会海,特别是不会在业务上逼着大家去做不想做的、违背职业准则的事情。新京报有清晰的制度规范,但没有违背人性的人身约束,大家相处的基本准则就在于价值观的趋同。当然即便如此,也不是所有人都满足,他们可能有更理想化的期望,甚至要突破"报社共同利益"的底线,那就只能合则留,不合则去。

八年来,新京报的人走了一茬又来一茬,差不多有上万人来来去去。以前我也曾为此叹息,但现在已经看淡很多。因为文化在,报纸的灵魂就在，变的是面孔，不变的是精神。退一步说，即使报纸没了，那些在新京报呆过的人，不是依然带着新京报的烙印吗？9月初，报社有些变故，一些从新京报出去的人夤夜从千里之外赶来探问究竟，让我深为感动。我说过，新京报就是一所没有围墙的学校或军营，能够永久相处固然最好，但人总在进步，新京报不可能为所有人提供更高的职位，何况外面的世界也很精彩，我唯一希望的就是，曾经的新京报人，是带着美好、带着充实、带着感情离开的。

新京报的民主氛围和新京报人的职业感，是这份报纸能够有今天成就的一大原因。很多时候，为了一篇稿子的刊发，我和王跃春等人要没完没了地挨批评，而我们很少跟记者说，甚至也不会跟中层说，为什么？就因为记者、编辑、中层都各司其职，写稿、编稿、内容核实是他们的事情，但发不发稿、发多大篇幅、会不会有风险，是我们的事情。常常是我们一边为一篇很有影响力但被有关部门批评的稿件写检讨，一边还要在报社内部肯定这篇稿件采编人员的职业精神。新京报培养了一大批名记者，在他们最有影响力的稿件背后，往往有我们一干人的检讨，甚至要付出更大的代价，但这是我们应该担当的职责。为此，我也常想起鲁迅的话："肩住了黑暗的闸门，放他们到宽阔光明的地方去。"这八年，我能起到的作用就是一柄雨伞，或一块铺路石。

三、感谢的话

借此机会，我要感谢为新京报的创办和发展付出心血、做出贡献的人。

程益中，新京报首任总编辑，他是新京报文化的奠基人之一。尽管与新京报相处的日子只有几个月，但他在推动南方与光明合作、选派和培训团队、确立新京报报纸形态方面发挥了重大的作用。他是一个有才华、有激情、有领导力的人，也是一个有原则也懂合作的人。

喻华峰，新京报首任总经理，他是新京报经营的奠基人之一。最初合作办报方案，就是我跟他在一个咖啡厅达成的。他是个务实的、顾大局的人。新京报的经营人才大多是他带出来的，经营模式也基本沿袭《南方都市报》的模式。让我感动的是，在他身陷囹圄的时候，依然让人带来有关市场经营的建议。

还有杨斌、韩文前、王跃春、孙献涛、孙雪东、李多钰、郑万洪、罗旭、迟宇宙等，他们是新京报第一任班子成员，他们都有才华，都很职业，都很真诚，都很正派。新京报有句广告词，叫做"做什么事情很重要，与什么人一起做事更重要"。现在我还是很诧异，怎么会有这么多优秀的新闻人集中在一起办一份报纸。记得那时有点事就开会，无论夜里还是周末，从没人缺席。对有关报社的任何事情，大家都当仁不让，由于个性都强，甚至争得不可开交，但丝毫不会影响彼此的感情。八年来，他们有人出去创业，有人另谋高就，也有人坚守至今，但大家对新京报的支持、关心、爱护一如既往，因为这里留有他们的智慧、心血、理想，有他们可歌可泣的经历。

还要感谢曾经在新京报工作过的所有新京报人。白手起家，从头开始，那种艰难困苦、难堪境遇，只有亲自经历过才知道，可以说是新京报人的青春、热血和必胜的信念，支撑新京报走过八年，走向荣光。他们是最值得骄傲的，也是新京报的价值所在。

还要感谢《光明日报》的袁志发、苟天林、胡占凡三位总编辑，和薛昌词、赵德润、李春林、刘伟等编委。他们有的是创办这份报纸的直接决策人，有的为这份报纸承担了很大的压力，有的为报纸的生存委曲求全。感谢《南方日报》范以锦、杨兴锋两位社长，和王春芙、张东明、钟广明等社委。他们在新京报创办的关键时期调动很多人力和资金，给予了决定性的支持，在后来外部环境不如意的情况下，依然义无反顾地信任新京报、扶持新京报。最后要感谢主管单位的有关领导。在新京报有些成绩的时候，他们总给予充分的肯定；在新京报出现问题、受到批评的时候，他们多以一个读者的身份给予善意和帮助，没有他们，也不会有新京报的今天。

四、关于丛书

由于各种原因，这套书最后只有四本，少了有关介绍本报经营的那本。现有的四本大致内容如下：

一是《写在新闻纸背面》，这本书的前半部分讲"新京报是一张怎样的报纸"，以访谈的形式，由报社评论、时政、经济、文娱、消费、视觉等各板块的负责人来谈相关的内容特色和采编经验。后半部分讲"新京报何以成为这样的报纸"，由多位对传媒业有深入研究的专家学者，采用一定的方法论，通过对新京报及"新京报现象"的解剖式观察，形成更有普遍意义的报业指导理论。

二是《影响中国》，这本书希望说明"新京报有怎样的影响力"，影响力体现在我们八年来倾尽心力制作的许多堪称经典的新闻报道。这些新闻曾经引发广泛的社会反响，曾经改变了很多人的命运，曾经见证许多重要的历史时刻，甚至或多或少影响了中国的社会进程。

三是《闻道》，展示"新京报做了怎样的报道"。我们每年都会在报社内部评选年度新闻奖，这些获奖作品既凝聚了新京报编辑记者的聪明才智，也基本可以代表中国都市报媒体的最高职业水准。

第四本书叫做《从光明顶到幸福大街》，这个需要稍稍解释一下：新京报创办初期的办公场所，是在光明日报社的老办公楼顶上，所以俗称"光明顶"。"幸福大街"则是现在新京报社所在地。八年间，有一万多名员工在光明顶和幸福大街奋斗过、成长过，希望以此书记录他们的故事，记住"新京报有一群怎样的人"——他们一起成就了这张报纸的光荣与梦想。

最后要感谢武云溥和张寒。我因为忙，没有更多的时间来接受他们的访谈，但他们查阅了很多材料，不仅写得很认真，而且写得很准确，不失为本报优秀记者的名头。

2011 年 11 月 8 日

（作者为新京报社长、总编辑、新京报传媒有限责任公司总裁）

目 录

新 京 报

品质源于责任

杨新海案：直抵现场满足民众知情权

闫 宏

刊发日期：2003 年 11 月 21 日
记　　者：刘炳路
编　　辑：陈志华　李 列　周 桓

五年内流窜四省，作案二十五起，杀人六十七名，"杀人恶魔"杨新海于 2003 年 11 月 3 日在河北沧州落网。

当其他媒体还在依赖一篇几百字的新闻通稿时，新京报记者已突破层层封锁，直抵大案现场。2003 年 11 月 21 日，新京报刊发了一万余字的《杨新海特大杀人案调查》，独家披露了杨新海的作案细节。

2003 年 11 月 21 日，新京报诞生第十一天。

北京人正怀着各种目的，持续关注着这张"另类"报纸。

在古都北京，它打破了报业的各种常规。

当时，人们习惯五毛钱买份报纸，它却定价一块；人们能承受一份报纸三十二个版的容量，它每天则厚达八十个版；人们还满足于翻阅报纸短讯时，它却每天用四个版做评论，再用更多的版面，去做深度报道。

"字太小"、"新闻太长"、"看着累"……一系列负面评论在市场上响起，但奇怪的是，人们并没有停止购买这个"另类"。那些"长篇累牍"的深度新闻，不断在人群中引起震动。

从"SARS后骨坏死"到"产粮基地调查"，得到的反馈是："我真的被震撼了"，"这样精心的策划"，"文字很精巧"。

那年的11月21日，韩福东在寒冷的北京街头，买了份新京报。他当时是《中国新闻周刊》记者，正要奔赴河北采访杨新海杀人案。他打开新京报，看了当天的核心报道，马上给编辑部打电话，"我想我不用去了，新京报已经报道了，三个版，关于杨新海的汤汤水水都报了。"

杨新海，一个河南农民，三年杀了六十七个人，震惊全国。

如今来看这篇报道，可以提出诸多不足。但在当时，许多媒体还没习惯用手中的话语权，去打破自我设限的报道禁忌，新京报却已突破层层信息封锁，直抵大案现场。

"都市报这一市场化媒体的出现，很大程度满足了老百姓的知情权。"时任新京报中国新闻部副主编的李列说。新京报想要做的是，政府知道的，百姓也有权知道。

线索来自"光明顶"

最初，杨新海案的新闻源头，出现在互联网上。

2003年11月14日，新京报创刊第四天。中国新闻编辑宋书良在网上浏览新闻，不稳定的电力供应，让他头痛不已。而因创刊条件简陋，网络也时断时续，打开一个电子邮件往往需要十几分钟。

大多数新京报员工不在意这些。他们不在意大楼里墙灰脱落，多处漏水；不在意数十人用一部电话；甚至不在意挤在过道里办公。许多人沉浸在理想主义氛围中。他们还把这样的办公场所称之为"光明顶"，因为当时的新京报位于光明日报社一栋老楼的顶层。

宋书良终于上了网，看到一篇四百字的消息，说杨新海特大杀人案已被河北沧州警方告破。消息来源《燕赵都市报》。他向时任中国新闻部主编陈志华报了选题。

陈志华，当时还是一个二十八岁的小伙子，个子瘦小，留着平头，蓄着胡子。他通常说话简短，直击要害。他新闻经验丰富，还写过小说，曾供职《南方都市报》任深度报道编辑。

他很清楚杨新海案背后的新闻价值。他也知道，其他媒体都会热衷此类题材，所以迅速突破是成败关键。

那天，太阳还未落山，一名记者已在赶赴沧州的路上。

首"战"副局长遭遇失败

被派出的记者叫刘炳路。统计学毕业的他，因为和新闻的某种因缘，放弃了去海关工作的机会。如今，他已是新京报编委兼深度报道部主编。他至今还记得创刊初期，那种狂热工作的情景。

忘我投入，是新京报的一个特征，也是理想主义的鲜明符号。

时任中国新闻部副主编李列，经常凌晨三点，将记者从睡梦中叫醒，安排出差，然后和部门编辑一同回家。还有记者为了完成选题，索性带着牙刷牙膏，在办公室安营扎寨。

刘炳路是一名以高效著称的记者。

在高速公路上，刘炳路已拨通了《燕赵都市报》记者的电话。他大学毕业后，曾在那家报社有过短暂的工作经历。但得到的消息，却令人沮丧：当地已禁止对此案报道。

刘炳路用了一天半的时间，完成第一篇报道。

在这一天半里，他经历迷惘、焦躁、绝望，如同热锅上的蚂蚁。他还要经受斗智斗勇中的挫败，以及真相可望不可即的勾引，最后才是柳暗花明的狂喜。

对杨新海案，虽然当时的媒体已有四百字的报道。但报道中，没有提及抓捕地点、被谁抓获、行动由哪级公安部门执行、被关押何处等信息，更没有关于杨新海作案的任何细节。也就是说，刘炳路只知道沧州警方破获此案，此外，一无所知。

那天晚上 10:10，他抵达沧州。在街上，他问遍行人、小贩、出租车司机、酒店保安、前台，用他的话说，"只要是会说话的，都聊上一聊。"在沧州，刘炳路用尽一切采访手段，甚至钻进派出所厕所，找正在撒尿的民警搭话。

但这些努力都没有结果。

11 月 15 日上午十点，刘炳路来到沧州公安局新华分局，先找值班民警搭话，没有进展。再去副局长办公室，想"撬开"副局长的嘴。

双方软磨硬泡两个半小时，最后以副局长的胜利告终。

一句"二十八岁"带来惊喜

刘炳路没有套出半点信息。

副局长微笑着送他和摄影记者下楼。他们经过报警值班室，刘炳路故意掉队，并用从容、厚重的脚步声，暗示值班民警，他和副局长的"亲密"关系。

再次和这位值班民警说话时，两人的关系有了微妙变化。放低戒心的民警，不仅告诉他，抓住杨新海的警察叫刘剑，还提供了那名警察的电话。

有时候，突破不在于技巧，而在于执著和不畏难。

但是，刘炳路的欣喜没能维持太长时间，他在刘剑的办公室里等了三十分钟。此前，刘剑已答应接受采访。三十分钟后，他改变主意，来电说要去执行任务，并拒绝了刘炳路仅去见一面、递一张名片的请求。

刘炳路的心，沉在谷底。下午三点，他来到沧州市公安局，做最后努力。

他说要见局长，门卫说"局长不上班"。他来到办公室秘书科。工作人员说，上面有规定，不能接受采访，但还是透露了一条重要信息——杨新海目前被押在沧州看守所。走出办公室前，这名工作人员多说了一句：

楼上还有个宣传科,专门负责外宣,但估计他们也不会说什么。

那天是周六。宣传科的一名男子刚好喝了酒,他满脸通红地重申着宣传纪律。刘炳路一边附和,一边说着恭喜立功的客气话。刘炳路询问刘剑的年龄,当得知刘剑才二十八岁时,他表示出惊讶:"什么?才二十八岁?"那名男子顺势抽出一份材料,说:"局里正在为他申报沧州十星。"

刘炳路至今还记得那一刻:接过材料时,他的手哆嗦了一下。材料上记录抓捕的详细过程,包括时间、地点、杨新海此前住的宾馆。两分钟后,他递还材料,而那些信息已刻在脑中。

走出公安局,刘炳路笑了。

看完作案录像三天难眠

杨新海最后一次作案,是 2003 年 8 月 8 日。他在石家庄郊区的一片菜地里,杀死一家五口,奸尸两人。这是他三年里所作的第二十二起案子。

但当时,刘炳路并不知道这些。11 月 15 日,他通过沧州公安局那份材料,仅知道警方的抓捕过程,于是他决定重走抓捕路和杨新海在沧州待过的所有地方,翔实记录并将稿件传回报社。

第二天虽是周日,但这一个整版的报道还是引起了巨大反响。央视一名记者看完后,立即给陈志华打电话,并透露了一个重要信息:他在廊坊一次其他采访中,获知杨新海曾在河北邢台犯案,公安部做了并案处理,并刻成光盘印发给各地刑警,才将杨新海抓获,所以廊坊警方一定知道杨的作案细节。

这个消息为杨新海案报道打开另一扇大门。

刘炳路事后回忆说,如果当时率先报道此案的,不是新京报,而是其他媒体,那央视记者可能就把这则消息给了别人。

刘炳路去了廊坊,他获得了杨新海的作案细节。但这些细节,让他三天睡不着觉。

警方将杨新海的二十二个犯罪现场，制成一个录像片，里面全是血腥场面，头上流血的窟窿，残损的肢体，裸露的下半身，尸体上的精液。刘炳路坐着板凳，在一个小彩电前看了近两个小时，记下所有案发地点。

杨新海，河南正阳县人。杨家贫困，但他自幼聪明，家中排行老四。他不爱和人说话，高三辍学，去山西、广州打工。此后，家里没了他的音信。

杨新海从2000年起开始作案，地点分布在河南（十七起）、河北（两起）、安徽（两起）、山东（一起）。他常用一柄八角小锤，击打人头部。杨新海对警方交代，他在2000年以后，基本上以盗窃、抢劫为生，作案太多，他自己都记不清。

编辑部获得这些信息后，派出记者钱昊平，去河南走访杨的作案地点；让刘炳路在河北，走访其他作案现场。

11月18日，刘炳路来到石家庄东良厢村。一个木棚子矗立在菜地中。三个月前，魏家五口在这里被杀，包括几个放暑假回家看望父母的孩子。棚子周边的菜地几近荒芜。棚子里，床上的被子，一半还耷拉在地上。屋内一片狼藉，保留着案发时的原样。当地村民说，天一黑，这里就没人了，大家都怕。

晚上，石家庄一家宾馆里，刘炳路整夜难眠，录像中的血腥场景又开始浮现。直到他回到北京，噩梦才渐渐消退。

万字长稿像"巨石砸湖面"

2003年11月21日，星期五，新京报的《杨新海特大系列杀人案调查》刊发，原稿长达一万余字，独家披露了杨新海的作案细节。诞生十一天的新京报，又一次给了人们震撼。

周桓当时参与此稿的后期编辑工作，他还记得发稿前的激动，就像擎起一块巨石，准备砸向湖面。

周桓以前供职于《南方都市报》，2003年9月，他来到北京。在寻找"光明顶"的路上，他买了几份报纸，翻完每份报纸都没超过一分钟。那天，他还和一个房产商打了个赌。那房产商说，在北京办早报肯定会死，北京报纸太多。周桦说，一定能办活。

杨新海案后新京报的很多报道——嘉禾拆迁、定州血案、王亚丽骗官、新圈地运动……都似一个个犄角，坚守着良心，保持着风骨。

"现在再来看杨新海案报道，只能算是突发，不能算是深度。"李列如今对深度报道的认识，和八年前大不同。

刘炳路也是。当时以为能报的、能采的，都已吃干榨尽，如今来看，还有不少角度可以纵深。比如，杨新海的生活环境是怎样的？环境中哪些因素促使他大开杀戒？杀人魔的人性构成是怎样的？

还比如，杨新海 2000 年犯案，公安部门为何 2003 年 8 月才并案？早日并案，就能早日破案，是什么阻碍了省级公安部门并案？

记者钱昊平也认为，过去做的只是流于案件表面。他现在更愿意探究事件背后的社会问题。

回望过去八年，如今新京报对新闻的理解、新闻操作的专业技术，都有了更成熟的表现。对比今与昔的不同，能清晰看见它在倔强生长，虽然窗外时常刮风下雨。

什么东西能够影响中国？

在新京报最初设定的理念中能找到答案：对事实真相的逼近，对国家和人民利益的看护，对理性的呼唤，对权力的制衡，对美好的追求，对公义的捍卫，对丑恶的暴露。

新京报成长的八年中，一直坚持着这份价值观，它坚守的每一天，都会对中国产生正面的影响。

如今，新京报已搬出光明日报社那栋老楼，在幸福大街上，竖起自己的招牌，每当夜幕深重，那里就会亮起"新京报"三个红色大字。

五年后，新京报重新回顾了杨新海案，进一步探究案件背后的故事。

杨俊官：生了那样的儿，我是罪人

刊发日期：2008 年 11 月 7 日
记　　者：孙旭阳

背负六十七条人命，杨新海被媒体称为"连环杀手"。据警方的调查，杨新海于 1999 年至 2003 年间，流窜于河南、山东、安徽、河北四省，作案二十余起，杀死六十七人，强奸二十三人。2004 年 2 月 14 日，杨新海被执行死刑。

【人物档案】

杨俊官　杨新海之父，七十四岁，河南省正阳县汝南埠镇杨陶庄村民。

从杨俊官家到镇上的路不长，五六里地，非常难走。

没修几年的村村通公路上，坑坑洼洼。摩托车在路上一直乱蹦跶。

杨俊官死死抱着前座上的二儿子。他几乎不出村，出村就为看病。

他攥着个牛皮纸袋，里面装着 X 光片。医生看了片子，有说是肺结核的，也有的说是肺气肿。杨俊官相信自己两种病都有。

他的身体，比 X 光显示的更糟，除了肺病，还有气管炎、冠心病、糖尿病、关节炎……每到夜晚，这位七十四岁的河南老农就在病痛中挣扎，直到天亮。

而对过去日子和人的回忆，就像胸腔里爆裂般的疼痛一样，一旦发作，再难赶走。

杨俊官最痛心的，是被枪毙的三儿子——杨新海。

十五岁，父亲被枪毙

父亲被枪毙的那个早上，杨俊官和母亲、姐姐躲在家里，大气不敢出。

在杨家，杨新海并不是第一个被政府枪毙的人。

第一个被枪毙的，是杨新海的爷爷，也就是杨俊官的父亲。

杨俊官拒绝说出那个让他想来发抖的名字。他只知道，父亲在"八路军来以前"，为乡里做保长。

他说的"八路军来了"指的是解放。1949 年，正阳县解放后，杨俊官的父亲很快被抓了起来。在一个民怨沸腾的早上，和乡里的地主恶霸一起，在离杨陶庄不远的汝南埠街上被公审公判后处决。

当时，十五岁的杨俊官和母亲、姐姐躲在家里，大气不敢出。不到一个月，他的母亲也在惊惧中逝去。

杨俊官说父亲没做过什么坏事。乡邻并不这么认为。同庄一位陶姓老者回忆，杨父一直帮国民党抓壮丁，很多人有去无回，"这是断子绝孙的买卖"。

父母双亡后，杨俊官跟姐姐相依为命，饥饿、贫困和白眼贯穿了他的少年时代。他说一辈子没跟人拌过嘴、打过架，"我这样子，能活一天就算一天，跟别人斗气，不沾弦呀……"

他从不买日历，他记忆里也少有时间的概念。甚至，哪一年结婚的，也忘了，只记得二十岁左右。

跟他这个四类分子后代结婚的，是邻村的姑娘张小云。小云是乳名，她没大名，跟了杨俊官后，就叫杨张氏。

老了的张小云谈起身世，开始哭，说命苦呀，哭到最后，瘦小的身子蜷缩在花生垛上睡着了。

她的父亲是个会赶大牛车的好掌鞭，那可是个技术活儿，做长工的话，可以比别人多吃一个荷包蛋。一次赶车到半路，他双腿被车齐刷刷撞断，哭叫中死去。

一直靠向亲戚邻居乞食的张小云以为，嫁给老实巴交的杨俊官，可以过上好一点的日子。而好日子还没怎么感觉到，她和杨俊官已老了。

"一辈子没吃过青菜"

即使跟儿子说话，他也习惯性低着头，多数的话，以"你说咋办"收尾。

10月16日，二儿子杨新河骑着摩托车，带着杨俊官到县城看了病。

下午带着X光片的纸袋回来，袋里还装着二百三十七元的医疗费票据。

杨俊官很心疼，"不是老二非要带我，我才不去呢。"他的理由很简单：肺结核既然不能治好，就没必要再治，费钱。

他浑身尘土，上身是一件二十年前买的中山装，裤子是儿子淘汰的，穿在他的细腿上，空空荡荡。旧布鞋鞋帮低，没遮住布满灰痂的双脚，即使在寒冬，他也很少舍得买袜子。

即使是跟儿子说话，他也习惯性地低着头，声音细而缓慢，大部分发话都以"咱不中"、"不沾弦"、"你说咋办"等收尾。

他不能清楚地分辨哪些日子最苦。他还记得1959年，大饥荒，饿得锄头都扛不动。那时庄里常死人，活人也没力气埋人，尸体直接丢在红薯窖里。

他全身浮肿，一按一个窝，估摸着自己快要死了。这时，一群大雁飞过头顶，落在村边一块荒地里。能吃的野菜和野草都被人挖光了，大雁在干啥呢？

杨俊官挣扎着过去，大雁受惊飞走，地上留着一摊摊粪便。他扒开来，看到了尚未消化的粮食和草籽。

他吃了，浮肿消了不少。

四十九年后，他眯眼看着秋高气爽的天空，"你说，现在咋不见有大雁了呢？"

他觉得人能吃上白馒头就是天大的幸运。他说他从小不吃青菜，也少有机会吃肉。儿子杨新河说他想省钱，他不承认，"我就是不想吃"。

"大跃进"后，因不吃青菜的特点，他被村干部选去照料菜园。"别人去看，队长都不放心，我去看，谁都不说闲话。"

张小云在节俭上丝毫不亚于杨俊官。儿女们形容张小云的可怜，就一句话，"吃了一辈子剩饭"。

当第一顿饭剩下后，张小云保存到下一顿吃，下一顿饭往往又剩，周而复始，她就一直在吃剩饭。

吃窝头，吃剩饭，这对夫妻还是生下四男两女。在那时的河南农村，这并不鲜见。

在很长一段时间内，一家八口住在两间小土坯房里，屋顶铺着茅草。每到雨季，外边大下，屋里小下。

六个孩子的命运，只能像村外的庄稼，听天由命。

曾经最爱三儿新海

他最大的理想是将儿女拉扯大，其他的，他无暇也无力顾及。

六个孩子中，张小云最喜欢生于 1969 年的新海，他在儿女中最聪明，儿时又"柔弱得跟个女娃儿似的"。

在村民零散斑驳的记忆中，杨新海小时乖巧听话，腼腆。他放学放假回村，见到老人，会站到路边问候几句。乡亲们也喜欢找他玩耍。

他是村里第一个高中生，还画得一手好画。村人判断画好坏的标准只有一个，"像不像"。

村民王嫂还记得，那时，一到岁末，杨新海家总挤满求画的人。杨新海善画虎，上山虎、下山虎的体态分别，他说来头头是道，让众人颇为叹服。

对于杨俊官来说，儿子受人崇拜，他感到了莫大的满足。在杨家，从来没人如此为别人所需要。甚至，杨新海落网后，杨俊官向来访记者提到最多的，还是"他画啥像啥"。

能在粗糙的白纸上画几只好看的老虎，并没有改变杨新海的命运。

杨家不是不注重教育，解放前，杨俊官的小富农父亲还不忘一年耗好几斗粮食，送他去附近大户人家办的国民小学读书。至今，古稀之年的杨俊官提起毛笔，还能很流利地写自己的名字，笔画遒劲。

当有了儿女后，农民杨俊官最大的理想，是将他们拉扯大。

而对子女的教育，杨俊官采取了自生自灭的方式，六个孩子只有杨新海读到高中。他从小读书认字，上小学报名，老师看他识很多字，让他直接从二年级读。这让杨俊官引以为豪。

但生活仍是窘迫。被抓后的杨新海曾告诉媒体，他很感谢管教给他买了两身新衣服，从来没人这样对他——事实上，也包括他的父母。

杨俊官说，新海小时几乎没穿过新衣服，衣服都是哥哥淘汰给他。

在十四五岁时，杨新海升入十八里外的油坊店乡高中。学校的伙食他吃不起。在一个堂姐家过道里，杨俊官给他支了个小煤炉，每月送粮送咸菜，让他自己做饭吃。

杨俊官知道儿子很憋屈，但他表示无能为力。在杨新海两年半的高中生活中，家里很少给他钱。他的学杂费和书本，大部分来自老师资助，他的成绩也大不如前。

这一切，都是杨俊官没重视，或无暇重视的。他难以理解儿子有饭吃，还会觉得"没脸在学校待"。

杨俊官承认，他曾因为钱的问题，跟上学的儿子吵过嘴。回忆起来，他一再说，"日子苦呀，家里也是没办法……"

他几乎没有教过孩子们"知识改变命运"的道理。在他的眼中，命运就像是一只鼻子特灵的狗，你无论钻到哪儿，它都能找到你，咬上你几口，"不认命？那你说咋办？"

杨新海选择了"认命"。1985年春天，高三下学期开学不到两个月，他捎信给父亲，说粮食没了。当杨俊官用架子车拉着几袋粮食到学校后，却发现儿子已于一周前出走，去向不明。

"这是谁的骨灰？"

一辈子对干部恭顺的杨俊官，突然强硬，说，咋知这是谁的骨灰？扭头便走。

一个多月后，杨俊官得知，老三原来跑到了老二打工的地方，河南焦作。

老二在煤矿一天挖八个小时煤，收入七毛钱，这在老三看来是笔不小的收入。

杨新海试着在煤矿上帮工，在杨新河看来，"那可能是老三一辈子最开心的日子。"每到收工时，工友们总是吆喝杨新海来两句，他就在人群中放声高歌。

但几个月后，杨新海又离开了哥哥。一年后，他写信说到了太原。杨俊官奔波数天，在一个简陋的工地找到了儿子，叮嘱他"好好干"。

"他使劲点头。"杨俊官说，"走的时候，爷俩哭得可厉害。"

那是杨新海最后一次跟家人交心。之后，他南下北上，干过不少工作，被拘留、劳教和判刑，家人也只稍微听他说过片言只语。

据媒体报道，杨新海第一次被劳教，是 1988 年在西安，期限两年；放出来刚一年，他又因扒窃在石家庄被劳教一年；1996 年，他又因强奸未遂，在河南被判五年徒刑。

杨新河到新郑的监狱去，叮嘱他好好改造，"他也应承下来，不过情绪有点冷"。这是哥俩最后一次见面。

之前，杨新海曾回乡几次，短暂居留。他曾买来卡拉 OK 系统，在家里唱歌，被杨俊官批评"聒噪得厉害，还死费电"。

每当外人不在场时，杨俊官和几个儿女，都想跟杨新海叙叙旧，说说心里话。但杨新海已不是那个女娃一样腼腆的老三了。

"我们不敢问他的事情，问急了，他就发火，凶得很。"新河说，他只隐约听村民说，杨新海曾抱怨在外"没人抬举"他，处处受白眼，劳改场里受了很多罪，"刺激太大"。

杨俊官和杨新河都没细问。为了妻儿，新河一如既往在外打工。杨俊官则继续在豫东平原上扒坷垃，"指望老天爷收成"。

直到 2003 年，方圆流传着杀人狂的信息。在正阳县城，警方曾一度公告市民：夜晚不要外出。

跨省专案组拉网排查，多年流荡在外的杨新海成为被怀疑对象。几名警察上门，抽检杨俊官的血。

他吓得几夜没睡着，隐约意识到"老三可能出事了"。

2003 年 11 月中旬，在河北与天津交汇处一工地干活的杨新河，看到三弟连续几天成为《燕赵都市报》的头版人物，慌忙赶回了老家。

此刻的正阳县，已是风声一片。各地记者，接踵而至。

杨俊官想看看杨新海，被告知"当事人不想见家人"。当杨新海被押回河南漯河后，杨俊官找过去，还是没见到。

关于儿子杀人的一切，杨俊官都是从记者那里打听到的。

2004 年 2 月，杨俊官给杨新海准备了两套新衣服，送到了漯河。不到三天衣服退了回来，还有一纸通知，说已执行死刑，让去漯河收尸。

漯河市政府大院内，有人递给杨俊官一个骨灰盒。一辈子对干部唯唯诺诺的杨俊官突然强硬："为啥不让俺见尸首，咋知道这是谁的骨灰？"

他扭头便走。骨灰至今未领。

隔绝的邻里

"杨俊官"少有人识，而若问"杀人犯父亲"，他们都会指向杨陶庄方向。

回到杨陶庄后，杨俊官发现，邻居们说话好像在躲着自己。

这样也好，他一辈子几乎不串门，对乡间的交际本就不重视。那些议论，像田野里的风一样吹来刮去，却没有进过杨俊官的家门。

"没人会跟我们提老三。"杨新河说，"除了记者。"

杨新河发现父亲变得更"低调"，走路说话头埋得更低了，"像个罪人一样"。

"我本来就是罪人呀，生个那样的儿子。"杨俊官老泪纵横。

在汝南埠镇，问"杨俊官"，很少有人认识，但如果问"那个杀人犯的父亲"，几乎所有成年人都会指向杨陶庄方向。

杨俊官的家，在村里最大的一个死水坑的边上，他在砖瓦厂外捡了两年碎砖块，砌了这两间小屋。

屋里蛛网密集，他搬来一张落满尘灰的椅子，一屁股坐上，望着门前树叶发呆。旁人不说话，他就那样一直坐着。

夜里，病痛让他在床上辗转反侧，呻吟，他说胸腔内阵阵剧痛袭来，"跟扯住肝肺一样"。

辗转中，他想起往事，想起他爹和三儿，他就哭，哭的主题跟妻子一样，"命苦"。

张小云也常哭，儿子被枪毙后，她连哭几个月，视力急剧下降。她并没找医生看。"一大把年纪了，眼看好也没啥用了。"

她和丈夫都没有梦见杨新海。其实她想再见见他，跟他说几句话，问问他为啥走到那一步。

捡垃圾和看病

捡一个月垃圾卖百八十元，攒两三个月，能去医院看一次病，不过他不舍得。

这个被外界称为诞生了"杀人狂魔"的家庭，五年来活在自责和痛苦中，谨言慎行。

虽自认"有罪"，杨俊官还没到羞于见人的地步。这两年，他开始在附近村庄捡废品。

往往，村民们会把垃圾倒入粪坑。很少有人相信，杨俊官能在粪坑里捡来值钱东西。

他还是一有空就捡。干不了农活，不捡，拿什么看病？靠儿子？儿子也有儿女呀。

杨俊官说，一月下来能捡上百八十块，攒两三个月，能到县医院看一次病。不过，他通常舍不得去看。

他一辈子信奉"老老实实干活，不偷不拿"的道理，对意外之财，最强烈的感觉是恐惧。曾有一个记者见他可怜，给他三百元，他追到村外，不还给人家誓不罢休。

他不是不需要钱，他说，"我不知道他为啥给我钱，我怕呀！"

这是河南最贫穷的地方之一。正阳县的 GDP 在河南倒数十名。杨陶庄人均耕地一亩，年收入八百元左右。青壮年大都打工去了，老弱病残幼，守着这片土地。

病中的杨俊官并不怕死。他甚至会想到，"下辈子命会好点吧。"

而杨新河对弟弟的事一直心存怀疑，"瘦得跟猴一样，咋能杀那么多人。"他请记者上网，把杨新海犯案的地点打印。"我哪天闲了，顺着这些地方走一趟，去看看具体咋回事。"

论战"禁乞令":为弱势说话

于 平

刊发日期: 2003 年 12 月
作　者: 孟波 艾君 于平
编　辑: 于 平 等

2003 年 12 月 6 日,北京设立禁止乞讨区,这一规定旨在将乞丐逐出都市繁华区。规定侵犯了弱势群体的生存权。2003 年 12 月起,新京报发表关于禁讨区的系列社论,如艾君的《把乞讨作为职业也是一种权利》,孟波的《禁乞无法回避的十大"硬伤"》,于平的《我们为什么反对禁乞》等等,从多个角度剖析禁讨区逻辑的谬误。此后,北京删除了"禁止在车站出入口、车站和列车内乞讨、卖艺"的"禁乞"条款。

"若论京城何处去,乞丐遥指新京报。"2004 年 7 月,"中青在线"上一位网友如是说。其时,距离新京报创刊只有八个月。一份新生的报纸,为何会被调侃为乞丐的代言人?这是源于新京报发起的一场有关禁讨区的论战。

决定打一场舆论反击战

2003 年 12 月 6 日,北京市东城区宣布包括流浪乞讨人员在内的"四种人"禁入王府井商业街,一时间各地纷纷效仿。广州、杭州、成都、南京等众多大中城市，都在闹市区，明确划出禁讨区。

此后，为确立禁讨区的合法性，各地还积极为禁讨区立法，如《北京市轨道交通运营安全管理办法（送审稿）》有禁止在车站出入口、车站和列车内乞讨、卖艺等行为的规定。在一份调研报告中，北京市许多政协委员力挺设立更多禁讨区。

禁讨区的风行，不是偶然。那个时候，农民工、流浪乞讨者等弱势群体的权利保障，在政府部门的思维里几乎还是空白，把乞丐驱逐出繁华都市，被认为是再正当不过的事。但"孙志刚事件之后"，收容遣送制度被取消，导致地方政府驱逐、消灭乞丐顿时少了随心所欲的手段，于是，有些地方政府想到设禁讨区这样的变通之法，动用治安管理手段，压制城市流浪乞讨者的生存空间。

这其中，民众的默许甚至支持亦是重要原因。由于主流话语长期对于流浪乞讨的贬低，社会心理中缺少宽容、悲悯的元素，更多的是对弱势群体的猜疑、苛责。许多城市的调查发现，支持禁乞的民意几乎是压倒式的。

有些媒体也在为禁乞推波助澜。记者把镜头对准街头，深入流浪乞讨者群体，挖出种种所谓的丑恶内幕。这样的报道，导致流浪乞讨群体进一步被妖魔化，事实上成为对愈演愈烈的禁讨区提议的有力辩护。

"这种话题，我们不做谁做？"孟波，时任新京报评论部主编，常以此作为口头禅。这个有着理想主义和悲悯情怀的评论人，曾写下《寂寞的"左拉"》、《六问收容制度》等经典评论。他在《寂寞的"左拉"》一文中曾写道："不公、专治、独裁最喜欢的就是沉默，最喜欢的就是鸦雀无声。借着这沉默，它会把灾难一个一个降临到每一沉默者的头上。"

警惕权力，为弱势说话，这是新京报评论初创时就确立的宗旨，当禁乞之声甚嚣尘上，公民权利岌岌可危之时，孟波及评论部同仁都坐不住了，决定要打一场针对禁讨区的舆论反击战。

2003 年 12 月起，新京报发表了关于禁讨区的系列社论，社论由各个评论员轮流操刀，如艾君的《把乞讨作为职业也是一种权利》，孟波的《禁乞无法回避的十大"硬伤"》，于平的《我们为什么反对禁乞》等等，从多个角度剖析禁讨区逻辑的谬误。

不谋求话语霸权

在发社论的同时，新京报也发表了许多作者的来稿，让不同意见交锋。我们反对禁乞，但我们也维护其他人为禁乞辩护的权利。新京报评论从创办之日起，就声明绝不谋求话语霸权，因为我们认为，无须害怕辩论，因为真理越辩越明，正如约翰·穆勒所说：即使是错误的言论也有存在的价值，因为一个没有经过任何挑战的真理，最后会变成僵化的教条。

声势浩大的禁讨区评论，很快引发高度关注，这些见报评论在网络上被广为转发，赢得一片赞誉。

不过，质疑也很快纷至沓来，先是多个媒体发表评论支持禁乞，后来一些专家学者也站了出来，用"学理"的阐释维护禁乞的合法性。

其中，比较有代表性的观点有两个。一是有学者认为，限制乞丐同样是一种文明，限制乞丐在当代西方是一项明确的法律制度，如《意大利刑法典》等就有相关规定。二是有学者认为，"'行乞权'在我国宪法法律中找不到其相应的根据"，"法外权利不是为国家所保护的权利，也没有相应的法律义务作它实现的条件或保障。"

这些观点，对于不谙法律的普通人很容易形成误导，比如《意大利刑法典》禁乞的例子，流传甚广，苦苦为禁乞寻找合法依据的地方政府对此喜出望外，他们在声明禁乞的理由时，总不忘把这些专家的观点列进去。

为正本清源，评论部决定继续约请一批国内有影响力的专家学者撰写评论，让讨论更加深入。

于是，在我们的邀请下，一批国内知名学者加入了禁讨区论战，其中包括徐友渔、上书要求废除收容遣送制度的五博士之一刘海波，以及秋风、王怡、顾肃等等。

针对"行乞需要法律赋权"的观点，徐友渔在《乞讨权利无须法律来证明》一文中指出："人的行为有万千种，指望法律中一定会载明自己做的这件事合法，实在是奢望。""对某些权利的列举，不能被理解和解释为对人民保留的其他权利的否定或轻视。"

王怡在《禁乞是一种进攻性立法》一文反驳道，所谓意大利的禁乞法律，实际是在法西斯时代制定的恶法，早已被意大利宪法法院判定违宪而废止。

有些底线不容逾越

纵观禁讨区论战的过程，从 2003 年 12 月到 2004 年 6 月，持续长达六个月，总共发文八十余篇。这样的评论力度，时至今日，在国内也罕见其匹。也正因为如此，有的人不解，出现了"乞丐遥指新京报"，"丐帮三宝：打狗棒、降龙十八掌、新京报"等嘲讽。除此以外，一些批评则更直白，如：新京报专论乞丐，已经成了乞丐报了；干脆成立一个乞丐委员会算了。也有不少媒体认为，关注禁讨区话题，实在是不入流。

新京报评论人从一开始就深知，有一些价值必须坚守，有一些底线不容逾越，不人云亦云，坚持独立判断，这是媒体评论的操守所在。

庆幸的是，在禁讨区论战中，报社领导始终给予支持，赋予编辑们充分的自由发挥空间，这是禁讨区评论成功的关键。

功不唐捐，禁讨区讨论在一点点的舆论发酵中，终于迸发出影响力。

2004年，《北京市轨道交通运营安全管理办法》通过，"禁止在车站出入口、车站和列车内乞讨、卖艺"的"禁乞"条款最终被删除。2005年北京"两会"，有人大代表提出在北京设立禁讨区的议案，被北京市政管委否定。

而之后，其他城市的"禁乞"声浪也渐渐出现退潮之势，禁讨区走向式微。此时，仍不时有些支持禁乞的论调冒出来，对此，新京报评论几乎是"露头就打"，第一时间就发文反驳。

"乞丐遥指新京报"是一个笑谈，没有哪个乞丐会惦记一份报纸，但作为媒体评论人，却要时时惦记着自己的责任。

禁讨区的讨论，不是一个标杆，而是一个起点，唤起公民论政的力量，推动点滴的进步，这个社会才大有希望。

把乞讨作为职业也是一种权利

"禁讨区"问题系列评论之二

刊发日期: 2004 年 6 月 17 日
新京报评论员: 艾　君

　　北京市政协提交给市政府的关于划定"禁讨区"的建议案中,有这么一个数据:在全市公安机关告知的流浪乞讨人员中,自愿接受救助的仅占 15%,而占 85% 的乞讨人员拒绝救助,其中有很大一部分属于职业化乞讨人员。

　　在北京市政协委员提出的建议中,除了要打击乞讨中的违法行为、维护社会秩序,还有一个内容,就是通过划定"禁讨区"对职业乞丐"进行限制和加强管理",因为这类人员中有很大一部分都拒绝救助,把乞讨当成"发家致富的有效手段"。那么,这部分"职业乞丐"能发家致富吗?乞丐有没有权利拒绝救助?应该对"职业乞丐"进行限制和加强管理吗?

　　首先,我们不认可把乞讨和"发家致富"等同起来。北京市政协的调查表明,职业化乞讨人员"一般每天能讨要到二十元左右",能讨要到八十多元甚至一二百元的只是个别人的个别时候。那么,每天二十元的收入(当然包括吃吃喝喝等的支出)能"致富"吗?如果乞讨真的能够致富,还有谁愿意到建筑工地、煤矿井下等辛苦工作?

　　北京市政协的调查还说,职业化乞讨人员有很大一部分来自经济欠发达的省区。这说明乞讨者来到北京等城市中乞讨,是因为可以得到比在家乡稍多的收入,这些微薄的收入可以用来养家糊口,可以用来给孩子交上书本费……放弃种种尊严,经受严寒酷暑,每天只有二十元的收入,如果有更好的赚钱路子，相信大多数乞丐不会如此选择。

其次，乞丐拒绝救助，完全是他们的权利。目前救助办法一个最基本的原则就是"进站自愿，离站自由"，乞丐不愿意接受救助，要么是救助站本身的管理和服务有问题，要么是乞讨者感觉在外面更自由。退一步讲，即使拒绝救助为了乞讨挣钱，也无可厚非。

最后，我们必须清楚，"职业乞丐"绝不等于"违法乞丐"。把乞讨作为一种职业也是一种权利。"职业乞丐"仅仅是众多职业中的一种。它和"职业经理"、"职业律师"等没有本质区别。如果"职业乞丐"需要加以限制，那么，"职业经理人"、"职业律师"是不是也需要限制？不对其他职业进行限制，独独对职业乞丐进行限制，并没有足够的道理和证据。职业经理、职业律师的收入多、社会地位高就可以推崇，职业乞丐的收入低、社会地位"低"就可以歧视吗？

当人的权利日益受到尊重、社会公平越来越受到重视的时候，更多的人对"乞讨"的观念也在发生变化。传统道德视乞讨为可耻行为，把乞丐当作"贱民"，如今人们应该能够容忍这种现象的存在，日益宽容的社会环境理应减小乞丐所受到的道德压力。

可以这样说，是否允许乞讨乃至"职业乞丐"的存在，从一个侧面看出一个城市的宽容度和一个城市的文明度。救助站只能给乞讨者本人"糊口"的饭食，而不可能承担乞讨者"养家"的费用，允许乞讨者通过乞讨"养家糊口"，也是另一种更为实际的"救助"。

当然，"职业乞丐"的存在，只能以合法、不危害他人利益为前提，任何以乞讨为名的影响社会秩序和治安的行为都应该受到法律的制裁。但这和划定"禁讨区"限制"职业乞丐"完全是两个问题。在农村经济还不发达、农村社会保障体系还不完善的情况下，我们还只能包容"职业乞丐"和我们在同一片蓝天下一起生活。

"宝马案"：用事实说话　不被网络民意干扰

周亦楣

刊发日期：2004 年 1 月
记　　者：高　爽
编　　辑：李　列　周　桓

2004 年伊始，哈尔滨"宝马案"在网络疯传。

新京报相继刊发了《哈尔滨"宝马撞人案"之传言调查》、《黑龙江省政协主席韩桂芝：苏秀文不是我儿媳》、《死者丈夫为何选择和解 宝马撞人案七大疑问调查》等一系列报道，用"客观严谨"的调查还原了案件的每个疑点。

2004 年新年伊始。几乎是一夜之间，哈尔滨"宝马案"以近乎疯狂的速度在各大网络论坛上传播着。

这起案件源于 2003 年 10 月 16 日。肇事者苏秀文驾驶当时最新款的宝马 X5，与载着大葱的拖拉机发生刮擦。争吵后苏秀文上车，围观者认为苏会向后倒车，结果宝马车向前猛冲，撞死了与之争执的农妇刘忠霞，并撞伤十二名围观群众。

事后，苏秀文被判缓刑。

然而，事情远未结束，网友们的愤慨正在网络上发酵。

象征着财富和权势的宝马，让人一下子就联想到贫富之间的差距。"苏秀文同黑龙江省的高干家庭有关系"的说法更是成为哈尔滨街头巷尾热议的话题。

作为黑龙江省外第一家跟进"宝马案"的媒体，新京报相继刊发《哈尔滨"宝马撞人案"之传言调查》、《黑龙江省政协主席韩桂芝：苏秀文不是我儿媳》、《死者丈夫为何选择和解：宝马撞人案七大疑问调查》等一系列报道，用"客观严谨"的调查还原了案件的每一个疑点。

判决书被网友指责"畏权枉法"

事件发生时，新京报深度报道记者高爽因腿伤，正在哈尔滨的家中休息。高爽回忆说，宝马撞人案事发当天，他就从当地媒体朋友处得知此事。此后连续三天，当地媒体均按突发事件报道此事。第四天，黑龙江省委宣传部发了通知，这条新闻就从本地媒体上消失了。

但民众的嘴巴却禁不住。这件事没有淡化，反而在哈尔滨街头巷尾热议起来，众人纷纷猜测案件可能的结局。

起初，高爽认为"宝马案"是个突发事件。尽管有宝马、拖拉机；富婆、农妇等作对比，但他觉得这起事件的矛盾冲突张力不够，进行深度报道的条件并不充分。

两个多月后的12月20日，"宝马案"在哈尔滨市道里区人民法院审结，肇事者苏秀文被认定"驾驶时精力不集中、操作失误"而并非"故意撞人"。被判有期徒刑两年，缓刑三年。

正是这张判决书，使得"宝马案"的民间情绪发展到了顶峰。互联网上的不满愈演愈烈。新浪网一天之内跟帖近万，不少网友认为这个判决"畏权枉法"。

网民群情激愤的一个关键点是，有传言说肇事者苏秀文是时任黑龙江省政协主席韩桂芝的儿媳妇。还有一种说法是，苏秀文的公公是黑龙江省原副省长、原国家医药管理局副局长。类似的传言均指向黑龙江政界高层。

"极高的网络点击率和跟帖数已经造成了社会热议，一定有事可做。"于是，按照新京报的选题操作制度，高爽向时任中国新闻主编陈志华报了选题。

"值得做。"听到这个选题，陈志华说，"这不再是突发事件，案件的疑点在公众质疑声中并没有得到清晰的回答，新京报有责任去探求真相。"

促使陈志华和高爽决定报道此案的是几个特殊符号：一是驾驶宝马的富婆与开拖拉机卖大葱的农妇；二是肇事者操作失误还是故意撞人；三是高官背景的传言；四是所有证人在案件中一概沉默。

陈志华说，这起案件在网络传言中发酵，从而引起传统媒体的介入，是 2003 年典型的网络媒介生态。发生在此前的因网络舆论主导而发生实质性改变的"刘涌改判事件"也是其中一例。公众找到了网络这个出口，希望借此引起媒体和政府重视，能更公正地处理问题、揭开黑幕。

正是基于这样的网络形态，新京报紧跟热点、探寻疑点，成为黑龙江省外第一家跟进"宝马案"的媒体。

跟受害人家属"处朋友"

12 月下旬，高爽着手调查"宝马案"。

身材高大、长相白净的高爽是哈尔滨人。大嗓门的他，采访此事有着得天独厚的地域优势。

高爽利用自己的人脉，几乎找到了所有和此事件相关的部门与核心人物。包括死者丈夫代义权、现场目击者、苏秀文、苏秀文丈夫关明波、道里区交警大队大队长、公诉人、审判长、法律人士等。

当时，高爽骨折后刚拆完石膏，每天从早跑到晚，走路是一瘸一拐的。

12 月 27 日，高爽第一次找到受害人丈夫代义权。代义权不想多说。原因是 2003 年 10 月 30 日代苏两家曾签订和解协议，协议规定，苏家赔偿代义权九万余元，代家此后不再追究此事。

代义权挂了高爽的电话，偷偷跑出家门躲避高爽采访。他对高爽说，日子还要过下去，他不想再痛苦地陷入"宝马案"中。

"必须要让受害人家属接受采访。"高爽多次来到代义权家，陪他看电视、聊天，获得了代的信任。到 2004 年 1 月 13 日，高爽与代义权会面四次，其间通话不下十余次。

"幸运"采访到省政协主席

通过代义权和现场目击者还原事故现场后，高爽将质疑锁定在苏秀文是否为黑龙江省政协主席韩桂芝的儿媳妇。

苏的丈夫关明波对高爽说，他非但和韩桂芝没有亲属关系，而且根本不认识。

1 月 2 日，高爽辗转找到韩桂芝的秘书陈文利。他亲口告诉高爽，韩桂芝的儿媳只有三十岁，不会开车。而肇事者苏秀文已四十四岁。高爽将这样的求证写进了首篇报道中。

早在 12 月 30 日东北某网站发布消息：负责事故处理的哈尔滨市道里交警大队有关负责人说，苏秀文不是黑龙江省或哈尔滨市曾任和现任领导的亲属。但这个简单得几乎有些含糊的辟谣消息，并未能得到公众的认可。

显然，直接向韩桂芝询问此事是最为透明的方法。高爽决定去找韩桂芝。

新京报首篇"宝马案"报道刊发当日，高爽直接来到黑龙江省政协。去之前，高爽想过被拒绝，他甚至只是想碰碰运气。因为在没有预约的大多数情况下，有的记者连省级政府的大门都无法迈进。

但那一次，高爽自报家门，说明采访意图后，"幸运"地见到了韩桂芝。

韩桂芝在办公室里接受了创刊刚两个多月的新京报的访问。她向高爽说明，苏秀文不是她的儿媳，和她没有任何关系；苏秀文和她身边的工作人员也没有任何关系。

采访结束后，高爽提出要采访同样受到外界猜疑的黑龙江省人大副主任马淑洁、黑龙江省委副书记刘东辉。韩桂芝爽快答应了，并派自己的车送高爽进入省委、省人大采访。

　　高爽不记得面对韩桂芝时使用了多么高明的采访技巧。"也许，韩桂芝当时也需要通过媒体向公众澄清事实，撇开与苏秀文的关系。恰好第一个上门找她的就是新京报。"

　　1月7日晚，高爽再次致电韩桂芝，核实她和黑龙江省原关姓副省长关系的传言。在第二天见报的稿件中，高爽写道："韩桂芝强调，互联网上部分网友毫无根据攻击官员的态势非常不好，已经严重影响到了党群关系和干群关系。"

　　这次，韩很生气，她通过秘书将高爽约至她的办公室。"已经严重影响到了党群关系和干群关系"这句话她说过，但记者不应该写到报纸上，这样会给大家造成误解——对她一个人的传言是不足以影响到党群关系和干群关系的。

那次见面持续了三个小时。韩桂芝说，通过前一次的接触，她已经将高爽当成朋友了，但现在她对这个朋友"很失望"，她希望高爽可以采取补救措施。

高爽当时表示，如有必要，可以再写消息，重新阐述她的意思。韩考虑再三，认为这样更加不妥。

回忆对韩桂芝的采访，高爽说，涉及高官一定要措辞严谨，但绝不能自我设限、畏首畏尾。

报道高官落马不捕风捉影

"宝马案"见报后五个月，韩桂芝被免职。6 月 10 日，政协黑龙江省第九届委员会常务委员会第七次会议通过关于免去韩桂芝省政协主席职务的决议。

网上言论再次喧嚣。有网民揣测，韩桂芝的落马与"宝马案"有关，或是韩桂芝因为"宝马案"走进中纪委视线。

高爽再次领题，前往哈尔滨调查韩桂芝落马案。此时，网民已将韩被免职视为"宝马案"的结果，甚至将此视为网民的一大胜利。

基于调查，高爽了解到韩桂芝或与其涉及黑龙江省绥化市市委书记马德案有关联。"准确地说，没有证据证明，韩桂芝的落马与宝马案有直接关系。"

"涉及高官落马的报道，要基于事实、不夸大、不渲染、不捕风捉影。这些也是对职业记者的基本要求。"高爽说。

创刊八年来，新京报刊发了不少官员落马的稿子。深圳市公安局罗湖分局原局长安惠君、北京市交通局原副局长毕玉玺、江西省国土资源厅的三位副厅长、北京地税局原局长王纪平等官员落马案，都遵循了这样的原则。

通过这些报道，新京报逐渐形成了典型的操作路数：以官员周边的关系网着手，找到涉案的相关线索，谨慎求证，理性客观。对于官员的是非功过，不介入道德评判，不融入个人观点。

报道的专业：试驾和技术分析

回到"宝马案"中，报道的成功还体现在高爽的试驾。这是时隔八年后陈志华仍在称赞的细节。

苏秀文为什么没有倒车？是故意撞人还是操作不当误撞？在交警部门的证言和二十六份询问笔录中。没有一份证言材料证实苏秀文说过要撞人。

"驾车那一刻，苏秀文在想什么，只有她自己知道。"高爽认为，还原现场的重要一节很难进行下去。他向陈志华提议，通过试驾判断苏秀文误撞的可能性有多大。

陈志华当即赞同。"在没有人证的情况下，只能从技术上寻找概率和可能性。试驾，是一个很好的参照体系。"

2004年1月2日下午，高爽在宝马公司技术人员的陪同指导下试驾了宝马X5 4.4，苏秀文的肇事宝马车型号为X5 3.0。两款车除发动机功率不同，其他基本无差别。

通过试驾并请教宝马公司技术人员，高爽得出结论：发生误挂挡位，车辆突然提速冲出的情况还是有可能发生的，但发生的几率微乎其微，并且一定是驾驶员驾驶经验和驾驶水平很低。

当时报道"宝马案"的媒体中，只有新京报采用了试驾。

回望此篇报道，陈志华认为，试驾的专业操作是该稿的亮点。"采用专业的技术分析手段进行真相的梳理和分析，正体现新京报深度报道探求真实的品质，是专业主义的方向。"

八年来，在新京报的其他报道中，专业主义的追寻从未放弃。如在刑事案件中给出的法医解释，矿难事故中专家给出的营救方案等等，都根据专业的求证和解释逼近真相。

客观调查不为网络民意驱动

"宝马案"见报几天后，高爽遇到了麻烦。

不知是谁将他的手机号码公布到某论坛上，他一天之内接到了上百位网友的电话，指责他"替苏秀文和韩桂芝说话"。

那次，高爽感受到了网络民意的汹涌。

他有些眩晕。一部分网友留言，看了新京报的报道，得知此前的传言并不真实，但对有钱人干预司法的担忧并未减少。另一部分网友则带有非理性的判断，坚信苏与韩的亲属关系。

陈志华安慰高爽说，新京报相信记者调查的客观严谨，没有充分证据表明苏秀文是故意撞人，民意不能给她定罪。

"新京报的调查报道会求证每一个疑点，但不会被汹涌的民意所驱动。"陈志华说，"新京报调查的特质是不被大众民意干扰，希望扮演更独立客观的角色。"

嘉禾拆迁：拉开监督非法强拆的序幕

老 詹

刊发日期：2004 年 5 月 8 日
记　　者：罗昌平
编　　辑：李 列

"谁影响嘉禾一阵子，我就影响他一辈子。" 2004 年，嘉禾的拆迁标语震撼了中国。当地推行株连拆迁，致很多夫妻离婚、公职人员停职。新京报独家报道，并引发中央关注。6 月 4 日，国务院常务会议出台政策规范城镇拆迁管理办法。

2004 年 "五一节"，时任中国新闻部副主编的李列没有出游。

一个人闷在永安路 106 号那栋破楼里。在加层八楼，不足三平方米的保安室，他改写下报道的开头。

"这个五一节，李小春老师决定独自出游。"

李小春，湖南嘉禾车头中学英语教师，根据县教育局的通知，她被远调乡下的普满中学，但这所学校还没开英语课，李老师 "被闲置" 了。半年前，她刚刚与在政府工作的丈夫离婚。

这一切，只因为，她的父亲不愿意拆掉房子。

李小春老师的故事，就成为新京报记录中国社会之纤细变化的一个事例，也就是后来轰动全国的"嘉禾拆迁"。

那时，新京报刚刚创刊半年。

来自嘉禾的报料："四包两停"

2004年4月，嘉禾拆迁的线索由报社的呼叫中心转到李列手上。

新京报创刊伊始，每天都会收到几十封举报材料，成为深度报道的重要线索源。

这份举报材料称，2003年7月，湖南嘉禾县启动占地一百八十九亩的珠泉商贸城项目，动迁七千余人，县委、县政府下发"四包两停"文件，要求全县党政机关和企事业单位工作人员，做好珠泉商贸城拆迁对象中自己亲属的"四包"工作。

所谓"四包"是指，包在规定期限内完成拆迁补偿评估、包签好补偿协议、包腾房并交付各种证件、包协助做好妥善安置工作。同时有"三不"：不无理取闹、不寻衅滋事、不参与集体上访和联名告状。

不能落实"四包"的，将实行"两停"——停职、停发工资，并"继续做好所包被拆迁户的所有工作，确保拆迁工作顺利进行"；"对纵容、默许亲属拒不拆迁、寻衅滋事、阻挠工作的，将开除或下放到边远地区工作。"

举报材料称，拆迁已致使很多夫妻离婚，公职人员停职。

"猛得一塌糊涂，连拆迁都搞株连九族"，看完材料的李列随即派出罗昌平赶往嘉禾采访。

罗昌平生于八十年代，是当时新京报最年轻的调查记者，突破力强，速度过人，笔锋犀利，自诩"人中豪杰，替补鬼雄"。

罗昌平在现场看到，这块十二万平方米的土地上，房屋东倒西歪，家具散落满地；在狭窄的空地上或过道中，屋主们用塑料布搭起了棚子，里面用木板支出简易的床，上面放着被子，一边还架着锅。

拆迁核心区为一凉亭，亭内有数眼泉水，名曰"珠泉"。珠泉商贸城也由此而来。

拆迁户李湘柱的家背对珠泉亭，这栋五层洋楼刚建了一年就要被拆；珠泉亭旁边居住的李会明夫妇已被关进看守所，他们房子被拆得还剩一层。

拆迁株连政策的推行，致使很多荒诞事件发生。李小春的父亲李刚皇有一栋四百平方米的临街楼房，他认为政府给的补偿款不合理，一直拒绝签订拆迁协议，政府强拆几次也未成功，最后李刚皇被打进了医院。

压力集中到李小春姐妹身上，她们是县城的中小学教师，丈夫都是政府工作人员。根据当地的"136号文件"，两对夫妇都是"四包"责任的承担者。

2003年9月28日，嘉禾县人事局向教育系统党委下发通知，要求对李小春、李红梅"暂停工作一个月，转做父亲工作"。之后，两人不得不与丈夫办理了离婚手续，"总不能连累他们。"

坊间说法称，嘉禾县有关部门注意到了这一独特的离婚现象，还曾要求暂缓办理离婚手续。

罗昌平几天走访群众，最后采访了政法委书记、工程总指挥周贤勇等官员，他们做出了回应。

5月8日，新京报以《拆迁引发姐妹同日离婚》报道了嘉禾的株连拆迁，随即成为各门户网站的新闻头条，嘉禾成为全国关注焦点，媒体蜂拥而至。

"最富现场感和连续性"

"自发的媒体大合唱。"罗昌平介绍，在接下来的连续报道中，媒体互动表现得淋漓尽致，尤其是央视的加入，他们还破天荒地聘请了拆迁法律律师王才亮飞抵嘉禾"现场说法"。

5月13日，《时空连线》以《株连九族》为题播出嘉禾拆迁事件。其后，央视《社会记录》、《经济半小时》、《焦点访谈》先后派出记者到嘉禾采访。仅《时空连线》就连续播出四期。

在舆论压力下，嘉禾废止"四包两停"政策，新京报予以追踪报道，并对事件的进展持续关注，之后共发表十八篇追踪报道。

2004年5月26日，建设部常务副部长刘志峰率调查组进入湖南，罗昌平再访嘉禾。

5月28日中午，罗昌平见到了刘志峰。刘志峰对新京报曝光嘉禾拆迁表示赞赏和感谢，并承诺调查组会全力调查，并将责任落实到人，责成当地立即释放刑拘的三人，下月将向总理汇报，并查处具体责任人。

6月4日上午，温家宝主持召开国务院常务会议，刘志峰作嘉禾拆迁事件调查报告。会议对嘉禾拆迁定性："这是一起集体滥用行政权力、违法违规、损害群众利益并造成极坏影响的事件。"同意对嘉禾县有关责任人严肃处理。

此前一天，湖南对嘉禾相关责

任人做出处理决定，县委书记周余武、县长李世栋撤职；县委副书记李水福党内严重警告，责令引咎辞职；政法委书记周贤勇留党察看一年。

国务院常务会议还研究通过了"控制城镇房屋拆迁规模、严格拆迁管理的有关问题的意见"。要求纠正城镇建设和房屋拆迁中急功近利、盲目攀比等导致的大拆大建行为，合理确定城市拆迁规模，控制征用农用土地，并及时补偿，严格执行房屋拆迁程序，严禁违规拆迁、野蛮拆迁和滥用强制手段。

国务院的决定下达前夕，李刚皇的两个女儿也分别与自己的前夫复婚。当时正在嘉禾调查的建设部副部长刘志峰亲自到场，为两对"新婚夫妇"祝酒。

对于新京报的嘉禾拆迁系列报道，当年12月30日出版的《南方周末》，将之评为"致敬之年度舆论监督"。

该报给出的致敬理由是：此报道淋漓尽致地披露了行政权力的泛滥，以事实的力量拨动了社会的神经，引发的不仅是对当前最激烈的社会矛盾之城市拆迁的矫正，更是对政府行政方式的诘问。此报道和其后央视《时空连线》、《社会记录》以及新华社等媒体的跟进，使得当地官员从曝光到公关到反击的行动被步步披露，舆论监督和反舆论监督的矛盾被清晰地呈现出来，成为本年度最富现场感和连续性的新闻事件。

"关键是抓住了典型案例，后来再被曝光的地方政府强拆案例都很难超越。"新京报执行总编辑王跃春说，嘉禾拆迁报道直接推动了中央对地方政府强拆、损害百姓利益的干预，遏制了地方政府在城市拆迁中的违法冲动，是新京报创刊之初"影响最大、效果最好的舆论监督报道。"

报纸的骄傲 中央的眼睛

"从结果看，央视在嘉禾事件上起到的作用，实际上比我们大。但那也和它的地位和影响力有关；从新闻的角度说，我们抢了先，而且在事后的跟进方面起到了与其他媒体共同推进的作用。"李列总结，作为一个创刊半年的报纸，能做到这一点实属不易，"这是我们的骄傲。"

事实上，当时拆迁户给新京报递交材料之前，也给了央视，但他们的一个相关负责人觉得事太小，没做。

国内拆迁事件那么多，新京报为何选择嘉禾？

李列给出他和陈志华在判断这个选题时的两点共识：一是有背景，中央当时正铁腕处理铁本事件，科学发展观在地方的推动需要更多典型案例。

铁本案的背景是：江苏民营企业铁本钢铁公司，未经审批开建八百万吨钢铁项目，违法占地六千亩，四千多农民被迫搬迁，有的甚至住进窝棚、桥洞、废弃的渔船。

之后国务院检查组认定，这是一起典型的当地政府及有关部门失职违规，企业涉嫌违法违规的重大事件。八名政府官员受到处分，铁本老总戴国芳也被拘捕。

"虽然现在看来，铁本处理重了些，但是中央不能纵容这种地方政府不依法行政，甚至违法违规的行为。"李列认为，嘉禾拆迁亦是如此，媒体要审时度势。

第二个共识是有故事，为了拆迁，居然"株连九族"，由此导致一批老少夫妻离婚的事件。

"但对嘉禾报道的轰动，作为编辑，我甚至开始有些估计不足。"李列所说的轰动源自"刺激性"。在嘉禾拆迁中，有几条标语后来被广为传诵——"谁不顾嘉禾的面子，谁就被摘帽子；谁工作通不开面子，谁就要换位子。"最有名的一条是"谁影响嘉禾发展一阵子，我影响他一辈子"。

当时电视剧《走向共和》正在央视热播，剧中有个情节：慈禧六十大寿，户部说没有银子，慈禧大怒，训斥众臣："谁让我这个生日过得不舒服，我让他一辈子不舒服。"

嘉禾的"一辈子"标语，同样激起了强烈的民愤。

这一点，被撤职的嘉禾县原县委书记周余武事后也进行了反思。

"假如强拆行为不是在社会舆论和中央领导的强力干预下急刹车，县委、县政府和拒绝拆迁户的对立矛盾将会迅速激化，嘉禾极有可能出现严重影响社会稳定的事件。"周余武认识到，行政手段不是万能的，行政手段必须在依法行政的前提下才能发挥作用。

2004年8月12日出版的《瞭望东方周刊》发文称："湖南嘉禾强拆案的公开报道中，中央新闻媒体的监督力度之大，导向之鲜明，行动之果敢，都给世人留下了深刻印象。这无疑代表着决策高层对媒体职能的赞许和肯定。"

更加猛烈的强拆事件

尽管嘉禾和铁本事件受到中央严处，但是强征违法案件并没有因此减少，反而愈演愈烈。进入新京报深度报道视野的典型案例也逐渐升级。

嘉禾拆迁中，当地的政法委书记周贤勇曾有一句名言："我们都是党的干部，流血牺牲的事都要做，拆迁这点小事又算得了什么？"

后来证明，征地拆迁这点"小事"却让很多百姓流了血，甚至成为关系地方稳定的最大事。

一年之后，2005年6月11日，河北定州，在市委书记的默许下，几百名持钩刀、火枪的黑社会分子向被征地的百姓发动袭击，致六人死亡、四十八名村民重伤。新京报报道后，市委书记被免职，后被判处无期徒刑。

2010年1月7日，江苏邳州再发征地血案，一名二十二岁村民在护地时被当场刺死。

新京报派出记者前往调查，独家报道揭开了一个县级市的土地征收乱局。在目前中央财政体制制度下，地方政府财政匮乏，"卖地生财"白热化，违法征迁日益严重。通过采访了解到，当地政府为占耕地挖开河道淹没数万亩正在生长麦子的良田，雇用涉黑人员威胁殴打农民。

报道见报后，七十五名涉案疑犯被抓捕，包括国土局长在内的三人被免职，三个月后，邳州市委书记李连玉被免职。

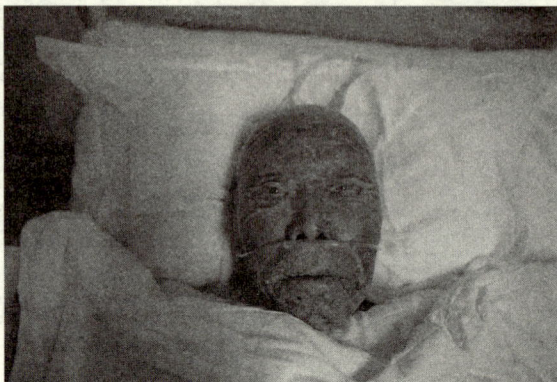

2010 年 3 月 27 日，江苏东海，为阻拦黄川镇政府强拆自家养猪场，九十二岁的老人陶兴尧和六十八岁儿子陶惠西身浇汽油自焚，儿死父伤。自焚事发后，铲车依旧轰鸣，强拆未止。

新京报首发报道，采用多名目击者和当事官员的描述，还原了事发过程，并立体勾勒了一位九十二岁老人为护子自焚的前后生活片段，采访中摄影记者突破重围，在医院中拍摄了自焚老人唯一一张照片——满目疮痍的脸上是为家而战的决绝。这位老红军的自焚是对我们这个时代违法强拆的控诉，也是他们维权意识的觉醒。

成都的唐福珍，在胸口点燃自己，火苗像旗帜一样飘过头顶，覆盖了全身。

农民杨友德，以暴制暴，将自制的烟花土炮对准拆迁队。2010 年 6 月，新京报独家对话这位湖北农民，他说自己不想死，又不想放弃合法权益，只有抗争。

"我要守住我的家。"杨友德说，你征收我的土地，我没有意见，但要按政策拿回我的补偿费。

程序不公、补偿过低和不到位、被拆迁户没有谈判权等等，是征迁中以公权践踏私权导致诸多恶性事件发生的关键。新京报的报道也最终促使杨友德拆迁问题的解决。

"高举责任意识，义不容辞地捍卫党、国家和人民的最高利益。"新京报社长戴自更说，新京报一直注重对社会不公和公权力的监督，对弱势群体的关注，对人性的关怀，而违法强拆报道正是对国家和人民利益的根本看护，也是对个别地方政府乱作为的揭露和监督。

袁凌，原新京报深度报道部调查记者，现任《凤凰周刊》主笔，在他看来，新京报关于强拆事件的持续关注和报道，充分发挥了日报和深度结合的优势。"与其他以操作深度报道而见长的周报周刊相比，有时间优势，而再能做出深度来，就是完美的结合。"

"嘉禾拆迁等报道，在这么短的时间内有了处理结果，体现中央对舆论监督的重视，也是中国新闻史上的成功案例，媒体在配合党的大局方面贡献突出。"新京报社长戴自更认为，媒体由报道直接推动政策的出台，在干预社会、纠正社会不公等方面发挥重大作用。

"这些报道唤起的都是人们的权利意识，特别是对私有产权的保护。"戴自更说，包括《物权法》的出台，和媒体对系列私权保护的报道不无关系。

■ 报道链接

拆迁引发姐妹同日离婚

刊发日期：2004 年 5 月 8 日
记　　者：罗昌平

这个五一节，李小春老师决定独自出游。

李原本在湖南省郴州市嘉禾县车头中学教英语。4 月 19 日，根据县教育局下发的通知，她被调往远离县城的普满中学。

"我在车头中学担任两个班的英语教学任务，而普满中学到目前还没有班级开英语课。"李小春说。

去年 9 月 26 日，二十八岁的李小春与在县公安局当民警的丈夫离婚。同日，她的姐姐李红梅与姐夫——嘉禾县委办公室的一位秘书离婚。

今年 4 月，同为教师的李红梅也接到一纸调令，从县城的珠泉小学下调石桥乡。

事情并非巧合，去年 7 月以来，发生在李氏姐妹身上的一切，都与拆迁有关。

"四包、两停"

2003 年 7 月，嘉禾启动占地一百八十九亩的珠泉商贸城项目。该县县委宣传部的一份材料显示，项目涉及拆迁居民一千一百多户，动迁人员达七千余人；拆迁机关、企事业单位及团体二十余家。

8 月 7 日，嘉禾县委、县政府办联合下发"嘉办字 [2003]136 号文"（下称"136 号文"），要求全县党政机关和企事业单位工作人员，做好珠泉商贸城拆迁对象中自己亲属的"四包"工作。所谓"四包"是指，包在规定期限内完成拆迁补偿评估工作、签订好补偿协议、腾房并交付各种证件、包协助做好妥善安置工作，不无理取闹、寻衅滋事，不参与集体上访和联名告状。

136 号文规定，不能认真落实"四包"责任者，将实行"两停"处理——暂停原单位工作、停发工资。并"继续做好所包被拆迁户的所有工作，确保拆迁工作顺利进行"。

"对纵容、默许亲属拒不拆迁、寻衅滋事、阻挠工作的，将开除或下放到边远地区工作。"

今年 4 月 27 日，嘉禾县政府某部门负责人李滔（化名）在一份拆迁协议上签字，虽然那栋老房子的产权属于他六十七岁的老父。

据知情人士透露，嘉禾县各级部门单位中，共有一百多名公职人员面临李滔这样的选择：要么做通拆迁工作，要么被下放边远地区工作。

李滔的父亲对有关政策十分愤怒："搞这样株连九族的拆迁，嘉禾现在是父子关系紧张、夫妻离婚、兄弟反目。"

姐妹离婚事件

李小春姐妹的父亲李刚皇则是一个不合作者。

在嘉禾县繁华的中华东路，李刚皇的私宅是一栋四层的临街楼房，建筑面积超过四百平方米，其中一楼临街设有两个大店面。

去年7月，这栋房子列为被拆迁对象。但李刚皇认为"政府给的拆迁补偿太不合理"，一直拒绝签订拆迁协议。

4月29日下午，李刚皇躺在医院打点滴。"他的病闹了很长一段时间了，都是拆迁惹出来的。"一位家属说。

去年12月20日，嘉禾县政府派工作组准备强行拆迁李刚皇的房子。争执中，李刚皇突发心脏病，被送往医院抢救。至今，房子未被拆，李也一直没有出院。

但压力却集中到了李小春姐妹身上，如前所述，两姐妹是县城的中小学教师，她们的丈夫都是政府工作人员。根据"136号文件"，两对夫妇都是"四包"责任的承担者。

"136号文件"还有一条规定：凡本单位有被拆迁户亲属的，必须督促其按规定的期限和要求做好"四包"工作。各单位被拆迁户亲属拆迁工作落实情况，将列入单位年终目标管理考核内容。对本单位被拆迁户亲属完不成"四包"工作的，将按有关规定追究该单位党政一把手的责任。

家中老父不肯签拆迁合同，女儿两对夫妇在单位的压力可想而知。

去年9月28日，嘉禾县人事局向教育系统党委下发通知，要求对李小春、李红梅"暂停在本单位的现有工作一个月（9月30日—10月30日）"，转做父亲李刚皇的工作，完成"四包"任务。

两天前，李小春、李红梅分别与自己的丈夫办理了离婚手续。

"这是没有办法的办法，总不能因为父亲的事连累他们的前途吧。"李小春说。

这种"不是办法的办法"，目前已成为嘉禾县一些家庭的选择。据记者了解，同样的情况发生在钟水乡派出所的李勇身上，他与妻子李运红离婚，原因也是岳父李中正的房屋拆迁问题。

一个未经证实的说法是，嘉禾县有关部门注意到了这一独特的离婚现象，离婚手续在县城范围内被暂缓办理。知情人士介绍，年近五十岁的嘉禾县水电局财务股股长李良柏，因妻兄李天赐的房屋拆迁问题未解决，与妻子李土姣离婚，手续是到郴州市办理的。

"下放"的女教师们

事实上，对李小春、李红梅姐妹而言，离婚只是她们为拆迁问题付出的第一个代价。离婚后，两姐妹并不能回避她们自己的"四包"责任。

去年 12 月 18 日和今年 1 月 9 日，两姐妹先后接到嘉禾县人事局《急、难、重工作任务通知书》和《再次通知书》，要求在当月底做通父亲李刚皇的房屋拆迁工作。

2 月 9 日，两姐妹收到盖有嘉禾县委书记周余武、县长李世栋印章的一份督办卡，最后期限下达："2 月 25 日前签订拆迁协议，3 月 5 日前腾空房子。"

面对最后通牒，李小春反而认为："上面这样不讲理，我们已经付出了沉重代价，还不如支持了父亲的决定。"

后果随即产生，4 月，两姐妹双双被嘉禾县教育局从县城调往偏远的乡镇。

在嘉禾，最终受到处理的教师并非仅李小春姐妹。

2004 年 3 月 3 日上午，一次关于教育系统家属拆迁问题的专题会议，在嘉禾县人事局二楼会议室召开。据其会议纪要，"珠泉小学的李静、李红梅等三位教师的家属，必须在 3 月 10 日前签好拆迁协议并搬迁，否则不仅房子按时拆除，而且这些老师会调离。"

此后不久，李静调往泮头中学，李红梅和另一位教师从县城调到石桥乡。

五十四岁的李翠凤曾任职于县城尊崇完小，这位已有三十四年教龄的老教师，同样因为未按时完成"四包"任务，4月19日被调往广发乡。丈夫李涌泉随后两次在拆迁协议上签字，拆迁自己的两栋房子。

补偿不合理还是漫天要价

对李刚皇"拆迁补偿不合理"的说法，嘉禾县政法委书记、珠泉商贸城协调建设指挥部指挥长周贤勇表示："拆迁最大的阻力就是某些居民漫天要价。"

由于李刚皇住宅的拆迁中途停滞，尚未进入评估程序，因此无从得到有关补偿价格数据，但一些同类房屋的拆迁价格可以作为参考。

在嘉禾县城珠泉小区北市街61号，拆迁户李会明的五层楼房系2002年竣工的框架混凝土承重结构的建筑物。记者在现场看到，住宅一楼为44.5平方米的门面，紧临原珠泉农贸市场；二至五层均为68.4平方米的楼房。

经评估，李会明这栋房屋的拆迁补偿金及临时安置费合计二十三万元。但据李会明的委托人郭廷安介绍，李家仅一层铺面每年租金即可收入一万多元。李不愿接受五层楼房二十三万的补偿价格。

拆迁户李涌泉的一套独门独院三层楼房，实际使用面积为二百多平方米。拆迁补偿金及临时安置费为十万元。

"县城同类地段买套一百平方米的商品房，也差不多要十万元。"李涌泉说，他所获得的每平方米四五百元补偿，仅相当于嘉禾县周边的房产价格。

知情人士称，珠泉商贸城拆迁范围，是嘉禾县最繁华的地方。"凡是在这里有房子的人家，没有人愿意出让的。"

一个可资比较的数字是，珠泉商贸城开发商打出的销售广告显示，该商贸城铺位价格为每平方米1.6万元。

据周贤勇介绍，此次拆迁由长沙万源评估公司评估地产，郴州远航评估公司评估房产。

但李涌泉、陆水德、李盛德等户主反映，在房屋评估期间，他们认得一些评估者是县房管局的工作人员，他们要求评估人员出示评估资质证书，对方并未依章办理。

县政府干部李滔说："确实有部分居民要高价，但我看到的情况是，给拆迁户搞评估的不是评估公司，而是县政府的干部，是开发商。"

"一阵子"和"一辈子"

2003 年 7 月，珠泉商贸城开工仪式在县城新建的体育馆举行。当地居民所提供的照片显示，当天在体育馆旁，几条醒目的横幅上有如下字样：

"坚持服从和服务于县委、县政府重大决策不动摇。"

"谁不顾嘉禾的面子，谁就被摘帽子；谁工作通不开面子，谁就要换位子。"

"谁影响嘉禾发展一阵子，我影响他一辈子。"

嘉禾县对珠泉商贸城的态度显然可以从中窥得一斑。

"嘉禾一直想把经济搞起来，但高考舞弊案发生后，我们的事业都做不起来。"4 月 29 日，嘉禾县委宣传部副部长黄志平对记者说。

黄所说的高考舞弊案发生于 2000 年，事件当时引起全国关注，嘉禾的名声受到影响。

黄志平介绍，2002 年 9 月 13 日，原国内贸易局商业网点建设开发中心向嘉禾县政府下发"商网字 [2002]05 号"公函，将珠泉商贸城列为全国五十个商业网点示范项目之一。

该项目选址县城核心地段人民路、中华路，将占四千多平方米的原珠泉农贸市场扩大一倍，新增步行街、以珠泉亭为中心的广场、中华日用百货市场等，累计投资 1.5 亿元。

2003 年元月，此项目在嘉禾县第十四届人大第一次会议通过，此后获郴州市政府批准成为全市重点工程。

据黄志平证实，珠泉商贸城所涉拆迁房屋，其中二十世纪八九十年代建的占 49.1%，九十年代后建的占 21.3%，而七十年代前建的只有 26.6%，七八十年代建的仅 2.96%。

受拆迁牵涉的县政府干部李滔说："许多建成不久的房子都成片成片地拆掉，太可惜了。"

这一观点在当地居民中颇具代表性。

"在仅有三万余人的小县城搞珠泉商贸城，搞房地产开发，范围尽占县城商贸黄金地段，县领导是想突出政绩。"另一位拆迁户主说。

对此，县政法委书记、珠泉商贸城协调建设指挥部指挥长周贤勇说："项目由国家商业网点中心组织投资，开发商珠泉商贸城置业有限公司也是从北京过来的，县里只是协调。"

5 月 7 日，记者在北京向原国内贸易局商业网点建设开发中心主任、法人代表易传保求证得知，2002 年 9 月 13 日中心向嘉禾县政府发函的原因，是此前嘉禾县向该中心发函，要求珠泉商贸城列入全国五十个商业网点示范项目，中心只是回函同意。

易传保说，对于嘉禾的珠泉商贸城，原国内贸易局商业网点建设开发中心既无投资，也不存在组织投资的问题。

此前，记者曾多次对珠泉商贸城置业有限公司总经理张普军提出采访请求，均未能如愿。

政府有无越权

"我们调动有血缘关系的党员干部去做拆迁户的思想工作，一来这些干部了解县里的政策，二来他们更容易取得拆迁家属的信任。他们已经成为县里拆迁工作的一支有生力量。"4 月 29 日，周贤勇如此解释嘉禾的

"四包"政策。

但李滔等公职人员质疑，政府凭什么对未完成"四包"任务者停职停薪甚至调动？

"在需要你的时候，组织当然有权力临时调动你的工作。比如哪里遇到突发事件、水灾等，我们当然有权力调动干部去做工作。谁要玩忽职守，谁就会被因此免职。"宣传部副部长黄志平说。

"拆迁也是突发事件？"记者问。

黄志平解释："虽然算不得突发事件，但应该属于急、难、重工作的范畴。这个问题省纪委是有明确规定的。"

五一前夕，湖南省纪委一位不愿具名的官员接受记者咨询时明确表示："拆迁不应该列为急、难、重工作范畴。像嘉禾'四包'、'两停'这种规定，完全不符合市场经济规律，拆迁可以由开发商与居民对话，不应该由政府强制干预。"

但周贤勇的说法是："我们都是党的干部，流血牺牲的事都要做，拆迁这点小事又算得了什么呢？"

据周介绍，珠泉商贸城一期工程已启动八十多亩，从 2003 年开始，目前第一批拆迁户三百七十四户已拆完三百二十三户，已接近百分之九十。

"现在看来，我们这个方法是行之有效的。都搞了八个月了，局势比较稳定，也没有集体闹事，也没有集体上访。"周贤勇说。

去年 10 月 30 日，湖南省建设厅向郴州市房产管理局下发的公函透露了另外一种信息：

"嘉禾县陆水德、李中林、李干德、李永德、李土亮等到北京、省会上访，反映嘉禾县在珠泉商贸城项目建设中存在违法拆迁、侵害被拆迁人权益的行为。请你局认真调查事实，依法采取有力措施，维护拆迁当事人的合法权益，并将有关情况函报我厅。"

今年 3 月 23 日，湖南省人大常委会办公厅以公函的形式，要求嘉禾县政府"应纠正错误行政行为,切实维护群众的合法权益"。

但记者五一前离开嘉禾之时,县政府已向余下的拆迁户下发强行拆迁通知——5月10日将对拆迁户停水停电;5月15日如有任何个人不在协议上签字,将实施强行拆迁方案。

此前的4月21日,嘉禾县政府对李会明房屋实施强制拆迁,县人民法院出动二百多人参与强拆行动。当天,李会明、李爱珍夫妇和陆水德三人站在房顶上抵制拆迁,被警方带走,数天后,三人均被处以拘留,罪名分别为"暴力抗法"和"妨碍公务"。

李会明之子李湘柱,原广发乡政府公安特派员,因未完成"四包"任务已被免职。

寻找失学农民工子女：你们也是祖国的花

石明磊

刊发日期：2004 年 7 月至 8 月
记　　者：谢言俊　陶春　周奇　郭建光 等
编　　辑：王秦　朱敏　张晓枫 等

新京报与中国青基会、北京青基会共同主办了"同在蓝天下——寻找京城失学农民工子女"大型公益活动的序幕。五十多个版面的新闻报道、十篇系列评论、十次公益广告、千人义卖新京报，所有这一切的努力，让一千五百名失学农民工失学子女得以重返校园，再圆读书梦。

上学！一个都不能少！

2004 年盛夏，北京，一张年轻的报纸和成千上万的失学农民工子女，一同发出了呐喊。

这年的 7 月 28 日，新京报以社论《我们身边不该有孩子失学》拉开了与中国青基会、北京青基会共同主办的"同在蓝天下——寻找京城失学农民工子女"大型公益活动的序幕。

这次报道持续了两个月的时间，五十多个版面的新闻报道、十篇系列评论、十次公益广告，全面展现了北京农民工子女的生存和教育状况。活动期间，还招募一千名志愿者义卖新京报，随后又开展了让农民工子女与北京孩子结对子的"同在北京 手拉手"活动。

最终，一千五百名在京农民工的失学子女得以重返校园，再圆读书梦。

孩子们用诗歌表达了他们心中的喜悦：

要问我是谁

过去，我总不愿回答

因为我怕

我怕城里的孩子笑话

他们的爸爸妈妈送他们上学

一路鸣着喇叭

不是开着本田

就是开着捷达

我们的爸爸妈妈送我们上学

一路都不说话

埋头蹬着板车

裤腿沾满泥巴

……

今天，有人要问我是谁

我要大声告诉他

我是农民工的子女

是中国的娃，祖国的花

"不敢想象百万失学儿童在城市流荡"

2004 年 6 月的一天，初夏的天气已愈发炎热。

永安路 106 号的"光明顶"上，新京报北京新闻部的一场选题会正在进行。墙上的空调已开到最大，却仍然无法让几位编辑和记者彻底"冷静"下来。

让他们心中"火热"的原因是正在讨论的选题：寻找、走访北京的农民工失学子女，通过报道让人们关注这一特殊群体，进而帮助这些孩子重返校园。

在新京报创刊前，在京农民工及其子女一直是"被遗忘的角落"，只有每年春节遭遇"保姆荒"，才会被媒体提及。然而，正是这样的一个长期被无视、甚至是被歧视的群体，他们盖房子、卖菜、送水、当保姆……扮演着城市不可缺少的角色。

"用新闻报道改变他们的命运。"

选题就这样定了下来。

时任新京报副总编辑的王跃春说，这一策划报道的提出源自中国青少年发展基金会的一次寻求合作。

2004年1月，中国青基会"希望工程——农民工子女助学基金"项目启动，在希望工程开展十五年后，青基会渴望在捐助模式、方式上有所创新和突破：帮助最有需求的孩子，影响范围更为广泛。

带着这种想法，他们找到了创刊只有半年多的新京报。

新京报用一份周详的策划方案给予了最快的回应。带着这份方案，王跃春来到青基会，与秘书长涂猛等人详谈，双方一拍即合。

这项深度合作，开创了青基会与媒体联合开展助学活动的先河。"与新京报合作寻找并资助失学农民工子女的模式，此后开始在全国推广。"时任中国青基会常务副理事长的徐永光说。

"当初我们实施希望工程时，农村每年有一百万失学儿童，现在城市中失学的农民工子女也有一百万。但现在的形势比原来可怕得多，很难想象一百万失学儿童流荡在城市的大街小巷里会是什么样子。"徐永光说。

2003年教师节，温家宝总理专程赴北京市石景山区的玉泉路小学，看望在那里上学的农民工子女。

在黑板上，温总理写下了这样一句话："同在蓝天下，共同成长进步。"他强调说："一定要让进城务工农民的孩子有书读、有学上。"

同年底，国务院办公厅转发教育部等六部委《关于进一步做好进城务工就业农民子女义务教育工作的意见》，要求各级政府采取切实措施，解决进城务工就业农民子女义务教育问题，并号召社会捐款、捐物，资助家庭困难的农民工子女就学。

"农民工这一特殊群体的存在，农民工子女上学读书难问题的存在，在某种程度上既意味着我们社会公正的缺位，又意味着经济效率的损失。用制度把人分成权利存在差异的不同群体，这在现代社会是不正常的，不用说，取消这种差异已经是非常急迫的事情。"这组报道的主力记者谢言俊说，"当时北京农民工子女失学问题日趋严重，孩子们处境堪忧，一份以推动进步、寻求美好为己任的报纸，理应担此大任。"

对于新京报寻访北京失学农民工子女的系列报道，中国社科院农村经济研究所研究员党国英这样认为：在孩子们受教育这件事上，只有公民一种身份；任何公民的子女，将享有平等的受教育权利。"不用怀疑这一天一定会到来，但在眼下，需要我们踏踏实实地为他们做些事情。"

"奶奶捡来雪糕就好了"刺痛记者

行动开始了。

2004 年 7 月，新京报派出十多名记者，分赴北京通州、海淀、昌平、朝阳等区，开始寻找失学的农民工子女。

中心城区的边角地带，高楼大厦的阴影遮蔽处，一座座矮小的平房，甚至是搭建简陋的窝棚，都是记者们要寻找的失学孩子寄居之所。

海淀西五环晋元桥旁，一个小区前不起眼的角落里，瓦砾和垃圾中间挤着几座低矮的临建房。

谢言俊站在门外，敲了又敲。屋里，七岁男孩孙赢赢和五岁的妹妹怎么也不肯开门。

"奶奶说了，外面有坏人，我们不能随便开门。"

谢言俊只好去赢赢曾就读过的学校，找来了老师。老师的出现，打消了孩子的戒心，开门迎客。

为了了解赢赢的生活，谢言俊跟赢赢一家人待了七八个小时，陪着赢赢看动画片、和赢赢一块在草地上玩、跟着赢赢的奶奶去捡垃圾、看着赢赢的奶奶用捡来的食物做饭……

"我一直在旁边看，我不想打扰他们。"谢言俊说。

他忠实记录下孩子们的生活：吃捡来的馊馒头、臭肉，烤蚂蚱果腹……

"奶奶，你要是能捡到雪糕就好了！"孙赢赢的心愿，刺痛了谢言俊。

8月4日，新京报的报道迎来了第一个高潮。

《奶奶能捡来雪糕就好了》刊发后，中国青基会、新京报的热线电话不断响起，众多读者要求捐助小赢赢。

一位读者在电话里说："以前一直讨厌楼下捡垃圾的小孩将垃圾翻乱了，看了报道之后才知道他们那样难，可能由于我们的一次讨厌，他们就没有饭吃了。"

"我们希望通过报道对农民工子女的教育和生存状况做比较深入的揭示，也希望从农民工的角度来报道问题，期望北京市民对他们有所了解，改变以往对他们排斥的观念。"谢言俊认为，报道的目的部分达到。

在此期间，新京报又相继推出了"农民工子女村调查"、"我在北京读书的日子"等栏目，刊发了十余个版面的报道，详尽报道了京城农民工子女的生活与受教育现状。

"采访扎实、报道真实感人。"所有被问到的农民工子女学校的老师，对前去采访的新京报记者都竖起了大拇指。

千人上街义卖新京报捐资助学

2004年8月18日，一千名志愿者走上街头，义卖新京报十万余份，所得报款全部捐赠中国青基会，用以资助贫困农民工子女入学。

大望路，"大眼睛"苏明娟一口气卖出了五六十份新京报。

东方医院门外，八十二岁老奶奶张云访带着七岁的孙女金启桐大声吆喝:"买一份报纸吧,献一份爱心。"

打开装着几张毛票的钱包,一名年长的农民工坚持要买一份报纸……

志愿者丁华艳卖出了五十三份报纸,义卖活动结束后,她收到了一张新京报社长戴自更签名的纪念卡,卡片上写着:"送人玫瑰,手留余香。"

"大眼睛"卖报助学

"大眼睛"卖报助学。

"我问王跃春,新京报所得的'余香'是什么?她回答说,应该是影响力和美誉度的提升。"丁华艳说。

新京报决定,将每年的8月18日定为新京报的助学日。

8月23日,新京报社长戴自更将义卖所得100109元,捐给中国青少年发展基金会,捐款用于资助一百五十名失学的京城农民工子女,并命名三个班级为"新京报希望班",选派了九名员工分别担任三个"新京报希望班"的辅导员,通过各种经常性活动,与受助学生保持长期联系。

二十个孩子度过"快乐一天"

义卖报纸掀起的助学高潮尚未散去,8月5日,新京报再次与中国青基会、希望工程北京捐助中心联手,开展"同在北京手拉手"活动,招募十个"爱心家庭"和十名农民工子女,进行爱心互动,满足彼此间一个小愿望,孩子互相教对方一个小"本领"或小"技能"。

最终,九个北京爱心家庭(其中一个家庭有一对姐弟)将十位结对农民工子女接到自己家中,共度周末。二十双分别来自城市和农村的小手拉到了一起,成为难忘的朋友。

对于这二十个孩子来说,这次互动既幸福又心酸:

陈欣，在结对伙伴李伊楠家第一次上了洗手间，在必胜客吃了第一顿匹萨，从未用过刀叉的她小脸憋得通红，在李伊楠的床上睡了一夜好觉，"姐姐家一只蚊子都没有，连蚊子哼哼都没听见。"

第一次吃虾，第一次坐电梯，第一次吃蛋糕、第一次去动物园……

这一天他们感受到了太多的第一次。

"给农民工子女一个平等的就学机会不容易，消除农民工子女和城市孩子隐形的隔膜更不容易，'同在北京 手拉手'活动是一个有意义的尝试。"中国青基会的项目负责人陈燕云说。

新京报评论员艾君说："我们不想夸大举办这个活动的意义，因为十个孩子在数以万计的农民工子女中所占的比例实在太小，可是，也别小看这一天的快乐，我们此举，更愿意是一种示范：二十个生活在同一个城市却彼此陌生的孩子如果相处得很好，他们都度过了'快乐的一天'，那么这种家庭式的交流或许可以为更多的家庭所效仿，给更多的孩子——不仅仅是农民工孩子——带来快乐。须知，'鸿沟'不可能在一天内消弭，童年的快乐也只能由一天天的快乐积攒而成。"

我们常力不从心，但却从未放弃

至2004年9月，由新京报、中国青基会、北京市希望工程捐助中心共同主办的"寻找京城失学农民工子女"活动，共资助了一千五百名符合捐助标准的在京农民工子女，他们每人每学年获得了六百元资助。随后，这种方式被推广到全国二十七个城市。

"'寻找'对失学农民工子女是雪中送炭；对于政府也是帮助和促进。"徐永光这样总结"寻找"活动的意义。

相关政府部门也用行动对这次活动做出了回应：8月8日，石景山区华奥学校等三所打工子女学校获得合法办学资格。

2004年8月16日，时任北京市委副书记的龙新民接受媒体采访时表示，市政府有责任为生活在北京的流动儿童、少年提供平等的受教育的机会。

翻阅当时的报纸,新京报人在活动结束之日写下了这样一段话:

"新京报全体同仁与青基会十分欣慰,但在欣慰之余,我们的心情颇为沉重。这次活动让我们再次了解了京城农民工子女艰难的生存状态。虽然我们帮助了一千个人,但是需要帮助的农民工孩子远远超过一千个人;虽然我们帮助了一千个孩子上学,但这一千个孩子面临的不仅仅是上学的问题,生活中还有太多的艰难,作为媒体,我们感到力不从心。"

与青基会的合作,只是新京报热心公益慈善的一个开端……

2005年1月10日,新京报与中国扶贫基金会联合推出"助贫寒学子回家过年"行动,八天时间共募集捐款262868元,成功资助十二所高校的四百四十二名贫困大学生回家过年。

2005年6月27日,新京报第一个报道了"山东烟台男子孙靖服药自杀,留下遗书希望器官受捐者帮助患白血病儿子"。在新京报报道的促进下,2005年6月29日,中国红十字基金会在全国范围内首次为白血病患儿设立了"小天使基金"。

2006年9月17日,新京报发起、主办的"我爱北京天安门"京藏少年手拉手活动,十六名西藏少年与北京家庭结对,分别住进北京十六名小朋友家中,同北京的小朋友及家长共同生活了三天。

2007年6月21日,新京报、中国青基会联合发起"奥运梦 同心圆"大型公益活动,记者寻访团分赴六个贫困地区的希望小学调查体育教育情况。当年11月,新京报组织京城企业家及大学生志愿者,为山东、陕西等地的希望小学送去奥运知识读本和体育用品,并捐款十万元。

2008年5月,汶川地震后,新京报与中国红十字会合作,捐赠并组建了全国第一支专业心理治疗救援队奔赴灾区。

2009年4月26日,新京报联手中国扶贫基金会发起"爱心包裹"捐献行动。至当年9月,全国累计捐购学生型爱心包裹一百一十五万余个,学校型爱心包裹一万四千余个,惠及四川、甘肃、陕西"5·12"地震灾区的一千五百余所中小学及一百一十五万多名中小学生。筹集善款已超过1.3亿元。

2009年5月25日，"你的六一，我的爱心"活动正式启动。中华骨髓库与新京报在北京十一家医院，用心愿卡的方式收集到近两百名白血病儿童的儿童节愿望。活动八天收到捐款近十万元，礼物四百多件。这些礼物全部分发到患儿手中。

2006年元月，新京报最先在北京各大报纸中开设公益专版；2010年，新京报首设专职公益记者，慈善公益报道向专业化、深度化发展转型。

新京报副总编辑王悦说："从最初的配合基金会举办大量活动，关注弱势群体，救济个案，到近两年对慈善公益事业发展中遭遇的困境，制度的欠缺的思考与解读，理念常识的普及，新京报公益慈善报道的操作理念逐步转变。"

"普及公益慈善的理念，呼吁组织机构规范化发展，唤起民众慈善意识的觉醒，这远比个案报道的意义更为深远。"王悦说，八年的坚持，是新京报爱心之行的良好开端，"但慈善不是游戏，是必须严肃对待、坚持不懈的事情，需要每个新京报人的行动与坚守。"

撕破新兴医院的送子神话

林阿珍

刊发日期: 2004 年 8 月

记　　者: 魏铭言　汪　诚　张太凌　佟佳熹
　　　　　张剑锋 等

编　　辑: 周　桓　朱　敏　许晓静　张晓枫
　　　　　钟　敏 等

新京报用持续近一个月的多篇报道，打破了"自称是国内规模最大、医疗水平最高的中西医结合治疗男女不孕不育症的国际化专业医疗机构"——北京新兴医院的"送子神话"，报道期间，新兴医院曾一次拿出三百万元试图在新京报投放广告，以求不再继续报道，被新京报断然拒绝。

"像疯狗，紧咬医院不放。"

骂人的是北京新兴医院院长朱明的弟弟，主管医院宣传。被骂的人是新京报北京新闻部的女记者魏铭言。

2004 年 8 月，新京报推出了持续近一个月的连续报道，一举打破了北京新兴医院的"送子神话"。而魏铭言正是参与这组系列报道的主力记者之一。

撂下"狠话"调查新兴医院

坐落于北京海淀区沙窝的新兴医院，是一栋被平房包围的小二层楼。

这家看起来规模并不大的医院，当时却自称为"国内规模最大、医疗水平最高、技术力量最雄厚、服务质量最优、医疗设备最先进的中西医结合治疗男女不孕不育症的国际化专业医疗机构"。

2003年至2004年，在全国各个城市，都能看到铺天盖地、各式各样的新兴医院广告。新京报时事新闻记者张太凌回忆说，新兴医院宣传最为火暴的时候，至少买断了二十家电视台的"夜间垃圾时间"，用来滚动播放广告。其广告形式类似现在的电视购物广告，为新兴医院代言的唐国强、解晓东频频亮相。

解晓东主演的广告剧以新兴医院为背景，讲述女主人公因为不能生育遭受到巨大痛苦。剧情高潮处，新兴医院使她喜得贵子。解晓东在剧末说："新兴医院挽救了这个家庭。"

后来据新兴医院的一位顾问透露，做电视广告的第一年，新兴医院就花了一亿元的费用。

"我们都是抱着一线希望，走进新兴医院的。"北京通州区的不育患者木先生告诉新京报记者，2003年底，他和妻子看到新兴医院的广告，决定试试看。

北大医院给木先生开出的诊治结果是：因睾丸小致无精造成没有生育能力。病是先天的，没办法医治。但当时新兴医院的医生申臣英告诉他，这个毛病能治好，不过治疗需要很长时间。

至2004年4月，在四个多月的治疗过程中，新兴医院给木先生开了近万元的药品，其中多为"补肾养血颗粒"。服用后，木先生的诊断结果仍为无精。

2004年，新京报不断接到类似木先生这样、来自全国各地患者的投诉。投诉范围直指该院"夸大宣传"，刊出不实广告，打造"送子"神话。新京报派了两位记者去暗访调查，但因不孕不育涉及的内容太过专业，需要求证的信息量太大，报道未能做出来。

2004年8月初，《瞭望东方周刊》最先报道了新兴医院涉嫌虚假宣传

"送子神话"。这篇报道刊发当天的晚上九点多，时任新京报北京新闻主编陈峰分别给记者魏铭言、汪诚、张太凌、佟佳熹打电话，要求他们立即赶到报社开会。

针对新兴医院的调查小组正式成立。"既然周刊的报道已经出来了，新京报就必须要超越它。"这是陈峰给记者们撂下的"狠话"。

当晚，调查小组讨论了两个多小时，决定分两条线进行调查，跑卫生线口的魏铭言正面采访卫生局、药监局，汪诚、张太凌、佟佳熹等人做暗访。

生理正常被诊为"精子不足"

虽然当时新兴医院已被曝光，但患者仍络绎不绝。

魏铭言回忆说，"一号难求。"三百元的专家号，被号贩子炒到一千五百元至两千元，最高能炒到五千元。

新兴医院还带火了周边小旅馆的生意，那里几乎全是来自外地的不孕不育患者。被曝光后，新兴医院对病人的选择上开始变得谨慎，深怕遇到"卧底"。

为了躲过医院的眼线，汪诚和佟佳熹假扮夫妻，在新兴医院旁边的小旅馆住了两个晚上，借机采访了大量的患者。次日，二人冒充一对结婚两三年、一直没有小孩的夫妻去门诊看病，摄影记者赵亢携带偷拍机，冒充佟佳熹的哥哥，陪同就诊。

汪诚说，当时他们挂了男科和妇科两个副主任医师门诊，门诊费各八十元。佟佳熹妇检结果一切正常，但仍被诊断为"原发性不孕"、"输卵管有问题"，现在已经当爸爸的汪诚则被"确诊"为"精子不足"，医生的最终诊断结果就是"需要吃新兴医院的药，'补肾养血颗粒'。"

汪诚说，医生开完处方后，一旁的导医小姐就拿着处方带他们到二楼划价买药。他提出自己去，被导医小姐拒绝。

在二楼的中药划价处，汪诚发现每个患者身边都有导医小姐，陪病人划价、陪病人交费。从诊室出来，处方一直被导医小姐拿着，直到交费后才让患者拿处方取药。

由于开的半个月药费高达一千六百元，汪诚他们当时带的现金不够，便向导医小姐提出能否把处方带回家，导医小姐说："不付账买药，医院是不能让患者带走处方的。"最后，他们只能让魏铭言打车过来送钱。整个过程，都被赵亢记录了下来。

汪诚说，新兴医院给他们开的药费是相对便宜的，当时新兴医院开药就像搞批发一样，一麻袋一麻袋地装，外地患者一次性采购一年半载的药，价格从几千到几万元，全是补肾养血颗粒。而且，新兴医院当时对患者采取"全程式导医小姐服务"。

汪诚和佟佳熹走出医院后，仍有眼线盯着他们，直到他们乘公交车离开。

一个又一个"送子观音"被揭穿

暗访进行一周后，调查小组已经收集了足够多的患者资料，掌握了医院的治疗模式。

问题是，这些内容与《瞭望东方周刊》的见报内容相似。陈峰说，调查到那个阶段，采访遇到瓶颈，想要进一步突破比较困难。

转机来得很偶然。

陈峰偶然在网上看到一个新兴医院专家医生的背景，两年前还是癌症治疗专家，如今已是不孕不育专家。"这是一个突破口。"陈峰要求调查小组集中深挖新兴医院的所谓专家的"老底"。

张太凌说，他在新兴医院"泡了一个星期"，跟患者聊天，记录哪些"专家"出诊、包括资历在内的个人情况、如何进行宣传。

随后，魏铭言拿着张太凌调查来的资料，到海淀卫生局医政科查看新兴医院的医生资格登记。

魏铭言说，这些"专家"中，一个被塑造为"送子观音"的专家争议最多，她叫高雅儒。新兴医院网站资料显示，高雅儒毕业于"中国中医研究院"，"从事中医内、外、妇、儿科等疑难杂症的治疗近四十年……尤其擅长运用中医辨证施治的方法治疗男女不孕不育症，有着一套非常行之有效的独到医学理论。"然而，魏铭言从海淀卫生局医政科了解到，高雅儒此前只从事过西医学习，且学历较低。

一个又一个"专家"的老底被揭穿。

调查组发现，所谓的不孕不育"专家"，有的是资历不够，有的从业经历存在疑问，有些资深"专家"是"被顾问"，不知道自己被新兴医院利用。

整个调查期间，佟佳熹的另一个任务是紧盯新兴医院的网站。"我们发现医院哪里有问题，医院马上就会修改。"佟佳熹把医院网站前后的变化都用截图保存了下来，以示对比。

暗访调查两周后，2004 年 8 月 19 日，新京报推出了五个版的专题报道《北京新兴医院再调查》，覆盖了新兴医院家史、"名医"从业经历、患者个案，诊疗过程、"补肾养血颗粒"疗效、北京中医医院权威专家解读病症等方面。

做版的当天晚上，由于文字量太大，记者张剑锋主动提出帮编辑做版，张太凌客串校对。凌晨四点，张太凌才回到家。

用广告换停报道"不可能"

在五个版的专题报道推出前，当时的新兴医院院长朱明一直不愿意接受采访。时任新京报北京新闻部记者的徐春柳得知，自己和朱明是江苏南通老乡，便通过这层关系采访朱明。

徐春柳回忆说，朱明把他带到了一个饭店，见了一些官方人物，以显示自己的人脉，还在徐春柳面前给一些权贵和高层官员打电话，"特意在我面前展示他的力量。"

朱明的弟弟当时在新兴医院主管宣传，他当着徐春柳的面，骂魏铭言"像疯狗一样，紧追不放"。

これらの五つの版面分別為：
調査動機、個案、医生資質、
暗訪·対話、用薬。

报道期间，新兴医院曾一次拿出三百万元试图在新京报投放广告，
以求不再继续报道。新京报断然拒绝了。新兴医院又辗转通过熟人约见
报社高层说情，也被婉拒了。

魏铭言说，到 8 月 23 日，新京报的报道在社会上引起了强烈反响，
新兴医院的诊疗量直线下降。

8 月 23 日下午四点多，朱明主动提出约新京报记者聊聊。在办公室里，

魏铭言和张太凌一同采访了朱明。对话时，双方一度发生了激烈的争执。

魏铭言说，朱明认为媒体找他的原罪，翻出了他从医之前犯过流氓罪的旧账，攻击他个人道德，把他逼到了死路。不过，面对魏铭言和张太凌追问的新兴医院涉嫌虚假宣传、药品暴利、夸大治疗效果等关键问题，朱明基本没有回答。

采访结束时，已是晚上八点左右，天已经黑了。魏铭言和张太凌刚走出朱明二楼的办公室，医院全院的灯"报复性"地突然全部熄灭，两人只能借助微弱的手机光线下楼，魏铭言不小心从医院黑暗的台阶上摔了下来，扭了脚。

这位个头不高、看上去很柔弱的女记者，顾不上疼痛，马上赶回单位写稿。8 月 24 日，朱明的对话见报。

第二天，又一个重量级的线索出现了。

新京报刊发的新兴医院连续报道被各大门户网站转载后，陈峰浏览网友评论时，发现一个女孩留言说自己曾在新兴医院工作过。

这名女孩是怎么被找到的，已经没人能说得清了。可以确定的是，8 月 26 日，这个女孩专程来到新京报，细述了新兴医院对就诊患者游说、检查、诊断及开方卖药的全部流程，从而揭露了更多的内幕。

调查进行到这个阶段，新兴医院利益链条的各个环节已经被逐个击破。患者、同业专家、医师、药师对新兴医院的高额收费、医生资质、检查过程、用药过程、治疗效果等提出全面质疑。

系列报道引起了全社会的广泛关注和讨论。这其中，有对新兴医院的质疑，有对明星代言虚假广告、对相关部门监管不力的批评，也有对中国民营医院向何处去的思考。

这一切，被称为"新兴医院现象"。

卫生部门"沉默"留下遗憾

对于新兴医院的系列报道，魏铭言至今仍觉得缺少一点东西，"来自官方的声音。"在报道计划中，陈峰提出的要求是，第一次五个版报道后，接下来每天至少一个版，一定要"逼"卫生部门做出回应。

虽然公众认为，"新兴医院现象"的真正要害，在于行政主管部门和法律监管部门的监督缺失，以及对公众和媒体的质疑回应迟钝、无力，甚至漫不经心。但遗憾的是，当时的卫生部门始终沉默着。

在此后陆续出现的用"绿豆治百病"的"神医"张悟本、声称注射当归液、活吃泥鳅，就能治疗"渐冻人"的"健康教母"马悦凌事件上，同样存在监管缺失的问题。

有评论认为，"神医"泛滥除了职能部门的行政不作为外，还与我国相关法律存在缺陷有关。法律对于大吹牛皮的"神医"如何禁止和处罚，并没有专门的规定。即使追究他们的责任，惩罚的力度也有限。而要让"神医现象"不再，除了要进一步向公众普及医疗养生科普知识外，就是要进一步完善法律规定，追缴"神医"们的非法所得。

魏铭言说，当年她刚接口卫生线不到半年，跟卫生部门打交道的经验不够，而且对法规掌握不够熟。比如，当时新兴医院通常会给患者开出半年的药，这明显违规。因为处方药一次不能开出超过七天的量。这些规定，她是后来才了解的。

虽然没等来卫生部门的回应，但一些电视台还是陆续停播了新兴医院的广告，路牌广告也被摘除。新兴医院一度没有患者问诊。

2005年4月21日，国家工商总局发布当年第一季度广告监测情况，新兴医院在某电视台的"新兴妈妈回娘家"广告以新闻报道形式发布，用患者、专家的名义作证明，涉嫌违规而上了黑榜。

目前，新兴医院仍在北京照常营业。医院的候诊大厅里，仍然挂着"新兴妈妈回娘家"的宣传照片以及各地的"新兴宝宝"。不过，与当年医院里人头攒动相比，来就诊的患者少了很多很多。

"我们报道只能让民众知道更多的真实情况，不要再上当了。"魏铭言说。

新京报

品质源于责任

◎ 中国电影百年：以媒体的方式「读」电影

二零零四·十一

至

二零零五·十一

中国电影百年：以媒体的方式"读"电影

孙琳琳

刊发日期：2004 年 4 月至 2005 年 12 月
采编人员：新京报文娱新闻部、文化副刊部

持续二十个月，连续二百七十期报道——以 2005 年中国电影百年为契机，重访电影人，梳理电影史，以媒体视角解读，将一百年的电影史呈现给读者。

新京报创刊之后，一直致力于开创国内娱乐新闻报道新领域、新模式，提升读者娱乐消费品位。继策划制作的《2004 中国电影加速度》、《香港电影北上》、《韩国电影百年》等大型专题获得了业内外人士的高度评价、迅速确立在娱乐报道行业的新航标之后，时任新京报副总编辑的李多钰发下了与中国电影百年同行的宏愿，决定做一个"前无古人"的策划项目——借中国电影在 2005 年进入第一百个年头的契机，以每天至少一个版的量，推出"中国电影百年"大型系列报道。

根据李多钰的策划，每期按时间顺序做一个主题，每个版面要有尽量多元的呈现，既要有综合的采访、当事人或其后代的口述，还要有史料的链接、横向和纵向的对比，图文并茂。这一定位无疑困难非常大，因为当时国内不仅没有一本完整描述中国电影史的专著，尤其是早期的中国电影，只能从一些回忆录、传记和业内人士的随笔中寻找线索和材料的蛛丝马迹。

独特的业务探讨

"我是经过很长时间的犹豫，才斗胆接下这个任务。"当时担任该系列报道专职编辑的牛文怡说。"这个宏大策划一度成为编辑部的紧箍咒。"担任这一系列报道的专职记者张悦说。在开始筹备的日子里，除了报社，牛文怡去的最多的地方就是图书馆。张悦，当时还是个没毕业的大四学生，开始过起了一边写论文、一边躲在宿舍床铺的帘子里电话采访的日子。

2004年4月6日，"中国电影百年"系列报道的第一期《1905年，中国电影第一次投射》正式出炉，同时还专门推出了一个版的对《小城之春》的女主演韦伟和导演田壮壮的专访，强势推出了"我们的一年，中国电影的一百年"概念。此外，还专门聘请了陈山、郝建、陆弘石三位电影界专家作为学术顾问。

在推出几期之后，很快便有不少电影界人士关注到我们的报道，但是采访的难度意料之中地浮出水面。这一系列完全是按照中国电影史的时间顺序一步步推进的，而早期中国电影的重镇无疑是在上海，尤其是中国电影十分辉煌的上世纪二三十年代。但是上海当时对于在北京诞生的这份新报纸还比较陌生，记者需要做相当多的解释，而上年纪的人通常无法接受电话采访。

这一度让编辑部非常头疼。经常是下午签版，当天中午才访到采访对象。"抓狂"成了编辑部的家常便饭。因为压力太大，编辑部内部也难免出现矛盾。急性子的、直肠子的，话说得直接，当面争执也是常有的事。一次，就主题报道的文体，时任娱乐新闻副主编的杨彬彬与张悦发生争执。事后，杨彬彬给张悦写了一封长信，信中提到了编辑部同事共有的紧张感和疲倦感，提到了整个团队对自身的要求苛刻、工作强度大，也提到

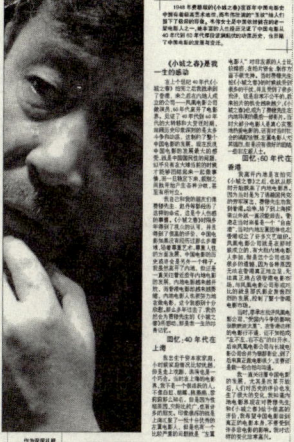

了为什么对记者的工作批评多于鼓励。

在信的结尾，杨彬彬说："很多年之后，压力成空了、荣誉成空了、职务成空了之后，你会发现这是我们部门最可珍惜的东西。"这句话让张悦的心情平复了下来。这封长信，张悦至今保留着，她说："这种业务上的讨论和如此细致的回复，是新京报独有的。"

有"说明性"的两件事

报道的成果给编辑部打了气。

其一，2004 年第七届上海国际电影节期间，新京报决定借这个平台做有关"中国电影百年"系列报道的落地活动。当年 6 月 10 日由新京报与上海电影集团联合主办了"上海都市电影——昨天与今天的对话"主题论坛，围绕"二十世纪三十年代上海电影的辉煌历史"和"二十一世纪重塑上海华语电影重镇地位"两大主题展开的讨论。老电影人秦怡、张瑞芳，著名导演吴思远、彭小莲、王小帅、朱文，著名学者陈犀禾、著名作家程乃姗、陈丹燕等人出席了论坛并作主题发言。

这一活动被列为那一届电影节官方活动的重要组成部分，赢得了很好的反馈。可以说是新京报的一次全势出击和权威亮相，在品牌推广方面做了很好的尝试。而此时"中国电影百年"系列报道正好进入到了上世纪三十年代的上海电影时期，借助这个平台和契机，记者结识并采访到了不少上海电影界人士。

其二，2004年7月初在推出"大上海流金巅峰"系列十部经典影片的寻访之后，又紧跟着推出了"你是明星"系列，寻访阮玲玉、胡蝶、金焰、赵丹、周璇等亲属或后人，做口述史的采访。在这期间，曾在上世纪三四十年代的中国银幕上留下无数青春倩影、因身体欠佳隐居在北京的黎莉莉，破天荒答应接受我们的专访。

正是茉莉花开的时节，记者张悦买了一大盆郁郁葱葱、顶着花苞的茉莉花登门。"已是九十高龄的黎莉莉一见面就给了我一个拥抱。"张悦至今回忆起来仍倍感温馨。原定一个小时的采访时间，因为愉快的交谈而延长到两个多小时。此次报道见报后，很多同行都来约黎莉莉的采访，包括《鲁豫有约》，但之后黎莉莉再也没有接受任何媒体的采访。一年以后黎莉莉去世。后来听她的女儿说，黎莉莉一直珍藏着我们那期的报道，还很喜欢那盆茉莉花。

这两件事，一个是新京报自身日益扩大的品牌影响力，一个是记者对受访者将心比心的尊重，而这两点，又何尝不是新京报的精神所在？

与时间赛跑

在整个系列的采访过程中，一层大家都心知肚明、却都不愿意捅破的窗户纸，在带给编辑部严峻考验的同时，也带来了许多伤感：很多老电影人都已是垂暮之年。

第54期：
"你是明星"之黎莉莉

一个世纪的行云流水

我们的一年　中国电影的100年

■ 回眸

飘荡在风中的茉莉

中国电影"银壶级"影星黎莉莉自述银色人生

除了黎莉莉，还有孙道临、谢晋，《刘三姐》和《我们村里的年轻人》的导演苏里，《阿Q正传》、越剧《红楼梦》的导演岑范、《小城之春》的主演李纬、石羽、张鸿眉，《二子开店》的导演王秉林，中国水墨动画大师特伟，香港商业导演旗帜性人物王天林等先后去世。"做到后来真是感觉在与时间赛跑，如果没有他们的鲜活口述，我们的"中国电影百年"会缺失多少重要的一手材料，会留下多么大的遗憾！但是，每次采访也是对他们的打扰，总有些于心不忍，内心真的很复杂。"张悦说。而每当一位老艺术家去世，编辑部会陷入集体沉默。

2004年8月，"中国电影百年"系列报道进入到上世纪四十年代。这是一个令人着迷的时期，从《八千里路云和月》、《一江春水向东流》、《不了情》、《太太万岁》、《假凤虚凰》、《哀乐中年》、《万家灯火》、《乌鸦与麻雀》到《小城之春》，文化精英们成为了电影创作中的中坚力量。史东山、

蔡楚生、张爱玲、黄佐临、桑弧、费穆、沈浮等导演，再加上石挥、蓝马、陶金、张伐、白杨、上官云珠、黄宗英等影星，可谓是花团锦簇、星光熠熠。可惜的是，据打听，那时期的当事人中只有汤晓丹和桑弧导演还健在，并且身体都很不好。就在记者打听桑弧导演电话的过程中，9月1日，传来了桑弧导演去世的消息。

这也让编辑部临时决定启动另一个方案：采访一切可以采访到的谈他的人。首先想到的是桑弧的儿子、上海交大的教授李亦中。但父亲刚刚病逝令他心情极为低落，拒绝了我们的采访。编辑部又几经打探找到了李亦中的好友、上海电影制片厂的青年导演朱枫。他完成了一篇相当棒的文章《桑之叶，弧之弓》，述说一个世纪的电影背影。同时又采访与桑弧一同工作过的"文华"公司的老人和电影艺术家，并请专家撰写评论文章。最终两个版的内容超出了意料，而这也让"中国电影百年"系列报道与现实有了新闻性的交集。

丰富的人生　百年的电影

另一个让编辑部难忘的采访对象是导演谢晋。

谢晋爱喝白酒，八十多岁的高龄经常坐着飞机到处跑，而且从来就是一个人，助理都不带。他听力也不太好，接受采访时经常侧着半个脸努力来听。

谢晋的经历本身就是一部跌宕起伏的电影。父亲服安眠药自杀时，他正在厂里"隔离"，赶回家看到的是父亲的遗体，又很快被带进"牛棚"，连父亲遗体火化都没能参加。后来母亲跳楼自杀，他把母亲的遗体抱上楼，而他的两个傻孩子不明白怎么回事，还在笑。有这样的人生经历，对人性被扭曲和被摧毁的东西特别敏感，所以后来他会拍《天云山传奇》，会拍《芙蓉镇》。

谢晋本身又是个悲剧。他最得意的长子谢衍因病早逝，他不得不白发人送黑发人，而他本人也病逝他乡，留下身后的那些风波，又是何等悲哀。传奇大师终究这样落幕，又是怎样地无奈。

记者张悦至今仍记得谢晋对她说的那些话："我的影片所向往的境界，不是场灯亮起时热烈的掌声，而是大银幕上，长时间的静默之后，那一声叹息。""有人问我为什么而活？我想我是为电影。"

当整个编辑部常常被这个系列报道搞得筋疲力尽的时候，能向读者呈现出如此丰富、精彩的人生，已经不仅仅是一种成就感，更是一种使命感。这也让大家如同打了鸡血，继续精神饱满、满腔热忱地"战斗"下去。

李多钰曾说："你往往想不到，中国电影竟然有如此多值得追寻的过往。""中国电影百年"系列报道编辑部原本的计划是"我们的一年，中国电影的一百年"，结果发现听起来漫长一年，其实并不够。最终，这个系列时间跨度长达二十个月、共推出了二百七十期的报道。

这一系列报道的最后一期，标题是"将一百年的电影放进博物馆"，以探访当时还未开放的电影博物馆做了一个具有形式感的结尾。

花团锦簇中落幕

该系列报道在业界乃至全社会引起广泛好评和强烈反响，注定了这个新京报创刊后在电影报道方面最大的策划项目，不会简单地落幕。

除了在报道期间策划推出了"北京电影学院78班"、"八零初类型片"等沙龙活动外，2005年6月14日，《中国电影百年》（上篇）一书在上海举行首发式。导演吴贻弓、谢飞、田壮壮、李少红、陆川等出席，现场反响十分热烈，好评如潮。著名导演吴贻弓在序言中写道："从去年4月开始，我的手边总有一张新京报。每天，在我工作之余，我会把它翻开，翻到载有回顾中国电影百年轶事的那个熟悉的版面，看一看今天它将给我带来怎样的欢乐和欣喜。每当这个时候，一种会心的惬意便油然而生。"

另一为本书作序的著名导演陈凯歌说："中国电影百年是一个大题目，而新京报的编辑、记者朋友们以发烧友般的热忱编撰出二百多篇美文，记述一百年来中国电影中的人、事，使本已沉潜于历史巨影下的故事一一浮现出来，说是雄心壮举并不为过。这些文字将以缤纷的姿态结集出版，使电影的情人可以灯下捧读，成就了人生一件快事。"

酷爱电影、近年也一直从事保护中国老电影工作的著名主持人崔

香港著名导演徐克在"中国电影百年名人堂"手模上留下手印。

著名导演何平（中）、著名导演贾樟柯（左）和时任新京报副总编辑的孙献涛（右）为新京报出版的《中国电影百年》揭幕。

著名导演谢晋（中）在名人堂手模上留下手印，时任新京报总编辑的杨斌（左）和北京电影学院院长张会军（右）为谢晋导演颁发百年名人堂奖。

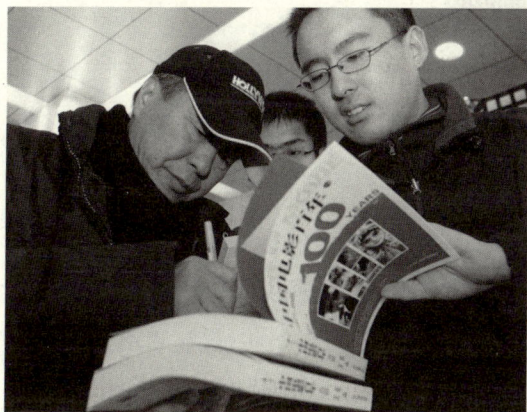

台湾著名导演侯孝贤给读者签名。

永元认为："关于老电影，电视中《电影传奇》做得最好；报纸中新京报做得最好。"

《中国电影百年》（下篇）于同年 12 月 17 日在北京电影学院举行首发式，更是将这一策划推向高潮，让"中国电影百年"系列报道完美谢幕。此次活动涵盖了图书出版、主题论坛、主题放映和"中国电影百年名人堂"致敬四项活动。在"中国电影百年名人堂"致敬仪式中，入选首批致敬名单的电影人谢晋、侯孝贤、徐克、刘晓庆和老电影人张石川、费穆、袁牧之、黎莉莉、周璇的后人出席，共同见证百年中国电影庆典的一个华彩篇章。导演侯孝贤、田壮壮、何平、贾樟柯，主持人崔永元等还在北京电影学院发表了主题演讲。著名导演张艺谋、田壮壮、冯小刚、陆川等也做了。担任学术顾问的北京电影学院陈山老师说："感谢你们，你们媒体做了学术界应该做而没有做的事。"

值得一提的是，"中国电影百年名人堂"这一落地活动，得到了电影界热烈的支持和回应。多年未曾到大陆的台湾导演侯孝贤，来自香港的导演徐克，专程赶到北京出席了这一活动。而导演张艺谋、陈凯歌则分别以影像的方式表达了祝贺和对新京报的致谢，并通过"留手模"这一特别的方式，纪念中国电影的百年诞辰。导演李安也特地从纽约致电新京报表示祝贺，并接受了新京报越洋专访。成龙也通过 VCR 表达了对名列"中国电影百年致敬名单"的感谢。

价值的重现与理解

李多钰说，这些愿意远道而来、赶赴一个传统媒体举办的小型纪念会的电影界巨星们，他们绝不是为了场面而来，他们也不是为了荣誉而来。他们为什么愿意到现场？只有一个解释，因为他们感受到了，这一年多来，这张报纸一直在用一种朴素的激情对电影和电影人的价值进行重新展现和理解。在花团锦簇的电影界，这种朴素的工作如此稀缺。"所以，单就这个纪念中国电影百年的活动而言，是电影人捧媒体的场，而不是媒体捧电影人的场。如果说什么是媒体的力量，这就是媒体的力量。"

在"中国电影百年"系列报道的整个过程中，文娱新闻与文化副刊的很多记者都参与其中。记者张悦在做完最后的落地活动"中国电影百年名人堂"之后，提出了辞职。"可能是陷在这个专题太久了，有点难以接受其他新的工作。现在把它从一而终地做完，对我来说就该结束了。"她感谢新京报让自己孵化了理想，"能够在长达一年多的时间里，和"中国电影百年"站在一起，那种慢慢探寻的幸福，恐怕再不会拥有。而这段经历也让我深知，走得再远，也不要忘记为什么出发。"

■ 回访

贾樟柯："中国电影百年"是对文化遗产的重视

新京报：您对"中国电影百年"系列报道的评价如何？

贾樟柯：这个系列给我最大的感受，是对中国本土电影、本土文化艺术价值的尊重。相对于欧洲国家、美国，甚至是亚洲的日本，中国对本土的艺术文化是非常缺乏尊重的态度的，也鲜有人去做关于历史的梳理工作，反而喜欢花气力去做个人对文化艺术理解的理论上的延伸。但那些真正存在于历史长河中的动人的故事，当今的年轻人又有多少人了解？没想到一家传统媒体、而且是并非专注于文化艺术类的专业媒体，竟然能够花费如此大的心血来做这样一件有价值的事情。电影的生命周期太短了，基本上花一个月，最多一年的时间大家去谈论它，之后就变成好像是死去了一样，这个很让人悲哀。其实不管是默片时代、黑白时代，还是有声电影时代，都需要去不停地研讨，不断地做回顾性的活动，让中国人了解这段历史。新京报恰恰做了这样有意义的事。

新京报：当时我们做"名人堂"落地活动的时候，您也是欣然应允。后来您在接受采访时也说过，通过这次活动让您跟心目中的偶像侯孝贤

导演贾樟柯。

导演见了面，是人生一大幸事。

贾樟柯：是啊，我现在还记得。当时是在我的母校北京电影学院做的活动。侯孝贤、徐克……来了很多导演和有声望的电影人，举办了很多场演讲、讲座和交流活动，堪称是中国电影百年的一个奇迹。

我记得在参加这个活动之前不久，我刚刚在日本参加完纪念沟口健二导演去世五十周年的回顾性研究活动。当时不但有日本的电影导演和电影人参加，还有来自世界各地的知名电影人。我当时觉得很感慨，日本对本土文化传统的重视对中国是很有借鉴作用的，可是我们中国的电影人都在做什么？回来之后，正好新京报举办了这样的活动，我觉得很欣慰、很感动，也很受鼓舞。因为，我们自己的文化、艺术，还是有一帮真正充满激情和热血的人在做，而且这个队伍又是那么的年轻。

新京报：据您了解，国外在对本土电影的梳理、文化艺术的保护方面，往往会进行哪些工作？

贾樟柯：我多次接到国外相关文化活动的邀请，据我了解，国外的美术馆、艺术馆是非常活跃的，不但是针对自己国家的电影作品，还有各个国家知名导演的回顾展、研讨类活动。像这样的活动在欧洲、甚至日本，基本每个月都会有。而且国外往往有专门的艺术中心、艺术电影院，这样的活动已经是一个常态。

但在中国，这样的机构一方面很少，另一方面相关活动的影响力不大，也很难受到社会的关注。新京报用长达二十个月的连续报道来尽可能真实地还原这段历史，是让人肃然起敬的一件事。由于新京报又从属于传统媒体，反而让这个系列报道变成了一种独特的活动。而且之后还能有相应的出版物和落地活动，可以完美地呈现整个专题策划的初衷。

新京报：您觉得这个系列报道对中国电影具有什么样的意义？

贾樟柯：我认为有两大意义。其一，新京报是大众媒介，受众的层面非常广泛，因此可以以这样一个平台把这些资源介绍给影迷之外更广泛的读者，特别是现在的年轻人。很多年轻人是没有梳理中国电影知识的。虽说DVD、出版物很容易找到，但能够跟着报纸来完整地回顾过往的历史，在带来新鲜阅读感受的同时，丰富了自己的知识。这是一个功德无量的事情。我听说有很多忠实读者都是完整地收集了这个系列的所有报道。

其二，这个工作是对中国过去文化遗产的重视，只有抱着尊重传统的心态，才可能下这么大的力气、以这么大的篇幅来做这样一件困难重重的事情。其实中国经历"文化大革命"后，是特别需要有一种文化心态的。过去的作品往往被认为是过时的，其实不然，上世纪二三十年代的实验性作品，如《神女》、《马路天使》等都有很出彩的创造，但后来被失落、被遗忘了。而且这个传统一度被中断了，需要有人来做这样一个重拾经典的事情。所以，新京报的这个团队，值得受到尊重，应该接受掌声。

相声门：反思什么是相声

杨 林

刊发日期：2006 年 3 月 11 日

记　者：天　蓝　卓　伟　等

编　辑：刘　帆　周　松　张鹿鸣　刘　铮
　　　　袁　红　谷　峪　李熹微　尚　娜

从挖掘郭德纲，到关注"相声门"，新京报对娱乐新闻并不只是浅尝辄止。一期十六个版的"相声门"特刊，让公众透过现象关注相声本身，了解这门浓缩着旧时社会景观的传统艺术如此博大精深。

2005 年底到 2006 年春天，在北京文化圈一个叫郭德纲的天津人突然成名，这个一直扎根在天桥地区小剧场的相声艺人经过多年的寂寞之后，终于得到公众的认可。而若没有媒体的集中关注，郭德纲和他的德云社不会如此迅速走入公众视野。

但郭德纲慢慢也为盛名所累，2006 年 3 月，相声演员汪洋告他诽谤；同月，郭德纲的前"师傅"杨志刚也和他就"伪造发票"打起官司。

跳开郭德纲身上这些纷纷扰扰，作为相声院团体制外的异类，郭德纲的"暴得大名"让相声这门手艺再次成为老百姓的话题，相声重新回归到剧场，它传统的一面重新向世人展现出来。相声是什么？相声里的师承关系、各种门派、各种传统规矩是什么？很多读者并不了解。

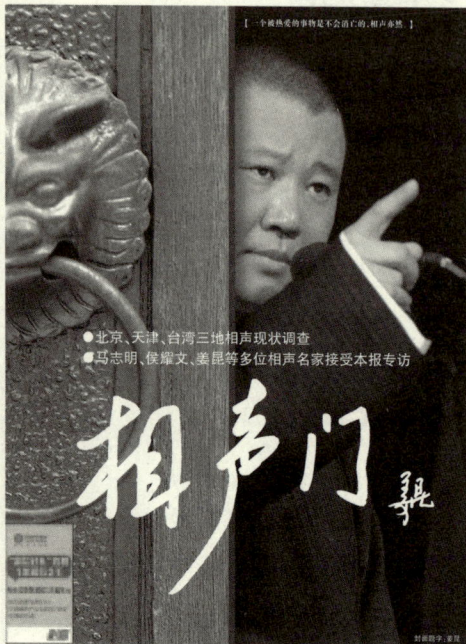

2006 年 3 月 11 日，新京报 C 叠推出十六个版的《相声门》特刊，走访北京、天津、台湾等地相声艺人，向读者全面介绍这一传统艺术。这个特刊缘起郭德纲，却成为当今媒体梳理相声艺术最全面最深入的一次报道。

发现郭德纲

严格来讲，新京报文娱新闻部最早知道郭德纲的人，应该是现任主编刘帆，那还是他读大学时从同学李菁处听说的。从小就学过快板书的李菁，和刘帆大学同班同寝室。读书时李菁和天桥一带茶馆说相声的郭德纲认识，当时郭德纲他们办的是"北京相声大会"这样的民间演出。上学时刘帆觉得李菁对相声很痴迷，练习也很辛苦，但没想到四五年后他会成为郭德纲的伙伴并走红。

时钟拨转到 2005 年冬天，郭德纲此时在天桥一带已小有名气，借助互联网和北京文艺台"开心茶馆"节目的播放，他的名字被一些剧场之外的观众所熟知，尤其是他和张文顺说的那段《论相声五十年之兴衰》，抨击了一些曲艺界的黑幕以及院团体制带来的弊病，深得知识分子的认同。譬如袁鸿、老六、史航等文化人开始在网络或平面媒体撰文，引起刘帆的注意。

当时推崇郭德纲的人中，袁鸿是最为积极的一个，作为北京小剧场话剧的策划人，他对剧场相声有着本能的敏感。文娱新闻部跑戏剧口的天蓝和袁鸿非常熟悉，在她记忆中，2005 年的初冬，袁鸿就不时向她推荐郭德纲这个人。

"传说"中的郭德纲。

"说实话，那时候我对曲艺界真的不熟悉，只记得北京电视台相声小品大赛，郭德纲参加过还得了个奖。当时我把袁鸿的推荐和刘帆提过，他让我先观察一下这个现象。"天蓝回忆说。

热情的袁鸿后来组织天蓝等北京戏剧口记者去了趟天津，为的是专门拜访郭德纲和他的德云社，他觉得口说无凭，非要让这些记者见识下郭德纲的与众不同。那次天津之行非常不巧，郭德纲刚好在安徽卫视录节目，天蓝只看到德云社的其他演员。从天津回来后不久，在袁鸿的再次撮合下，天蓝才在袁鸿组织的饭局上遇到了"传说"中的郭德纲。

郭德纲成名前演出的天桥茶乐园距离新京报社不到两公里，就是这么短的距离，却一直没有得到记者关注。

天蓝回忆说："我跑戏剧口兼顾曲艺，但曲艺圈尤其是相声，2005年之前算是很偏门，相关活动很少，能上报纸的活动和人就更少，因为多数相声演员只是每年春晚出来一趟。"

就在袁鸿组织的那顿饭局上，天蓝对郭德纲进行了第一次专访，在她印象中还没出名的郭德纲和现在其实一样，就是口才相当好，一个提问过后，就是郭德纲滔滔不绝的回答。

这次侧重相声演出的采访刊登后不久，很多媒体都开始找天蓝要郭德纲的电话，凤凰卫视、中央电视台都找上门来，媒体开始铺天盖地对这个"非著名相声演员"进行轰炸。2006年1月郭德纲和德云社在解放军剧院举行"新年相声大会"，一票难求，返场多达二十二次，新浪网在线直播，有二十多万网民在线收看。这次演出似乎是那一年"郭德纲"火暴的顶点，之后"人红是非多"随之而来。

郭父希望媒体报道降温

卓伟2005年底加盟新京报文娱新闻部，作为天津人的他从小就爱好曲艺，小时候也买书自学过相声。但对于郭德纲的走红，他有点后知后觉，直到郭德纲走红后他才从公共汽车上听了半截他的相声。"当时我觉得他唱得不错，基本功也很扎实，很有相声天赋，但就觉得媒体报道太过火了，天津一家报纸为他一个人做了十几个版，侯宝林和马三立当年也没这个待遇。"

卓伟对郭德纲的第一条报道是采访他的父母。接受采访时郭德纲父亲主动提出要给郭德纲降温。卓伟说，一个真正优秀的记者要透过热闹的现象来观察背后一些事，也让郭德纲走好之后的道路。

但郭德纲父亲的倡议没有实现。

2006年3月初，郭德纲因为在博客中部分内容涉及到儿时好友汪洋，而且在解放军剧院的"新年相声大会"上"砸挂"砸到汪洋的妻子，引发两人之间"口水战",并闹上了法庭。

与汪洋的矛盾还未结束,又有媒体报道郭德纲在天津的第一个师傅杨志刚透露,郭德纲当年因"伪造领导签名"而被开除。

3月8日,郭德纲在其博客撰文承认自己在1991年曾伪造发票,但馆长(暗指杨志刚)家庭装修报销发票在前。杨志刚和郭德纲的师徒恩怨开始搬上台面。

卓伟在天津媒体工作时,有个同事的父亲和杨志刚是师兄弟,通过这层关系,新京报在报道"师徒恩怨"这件事上一直处于领先地位。

相声是个什么东西?

不过在刘帆的眼里,围绕郭德纲身上的是非并不是重点,他更关注是非之外的背景。

"譬如郭德纲和汪洋因为'砸挂'产生的矛盾,公众需要知道'砸挂'这一术语;郭德纲拜师侯耀文,启蒙师傅杨志刚为何生气,这里就涉及到传统相声中的拜师规矩……"刘帆说。

在刘帆和其他文娱新闻的编辑们看来,郭德纲所代表的剧场相声迥异于院团制,才是他走红的根本原因,而且郭德纲身上所带有的江湖气,正是传统相声社团身上的特点。

"对于大众而言,相声到底是个什么东西?它的历史传统,门派以及内部的行规是什么?做这些,比单纯说郭德纲道德是否完备重要得多。"回顾五年前做这期专题的动因,刘帆如此解释。整期专题还未开始启动,刘帆就和同事们想到"相声门"这个名字,在他看来这个名字有双重含义,一方面是相声是分门派的,有着比较重的江湖气;另一方面在尼克松"水门事件"后,媒体喜欢用"门"来形容大事件。

事实上,文娱新闻内部并没有真正学过相声的人,对这行的了解都是来自网站或者其他二手途径。为了让专题的内容经得起相声圈内人士的考验,刘帆和编辑周松请当时已加入德云社的李菁吃了顿饭。

郭德纲和德云社的出现，让相声重新回到剧场。

李菁在饭桌上较为系统地对两人进行了相声传统知识普及，对整期专题的统筹帮助很大。为了让专题内容呈现较为全面和系统化，首先从地域分成北京、天津、台湾；其次从门派分成马派、侯派和常派，对这三个流派的代表人物马志明、侯耀文和常贵田都进行了全面采访。

天蓝主要负责北京的采访，让她记忆最深的还是对曲协党委书记姜昆的采访。天蓝回忆说："郭德纲毕竟是脱离院团体制的异类，他的出现官方一直没有给出明确的说法，我去采访姜昆前有些担心。"

不过等天蓝去姜昆办公室时，姜昆还是愉快地接受了采访，并对郭德纲现象给予了正面的评价，他还为"相声门"专题题字。

负责天津地区相声社团采访的是卓伟，他对当地的情况非常了解。事实上，天津的传统相声保存相对更完整，从1999年开始就陆续有"哈哈笑"和"众友相声社团"，脱离院团体制进行茶馆演出。卓伟说："其实郭德纲走红之前，天津相声的茶馆演出就已经不错了，当然郭德纲让他们有了满座的机会。"

卓伟在天津采访发现，郭德纲走红之后，最大的变化是越来越多的年轻人开始关注相声，很多谈恋爱的年轻人不仅去电影院，也开始去相声剧场。而且很多年轻的相声迷会走到后台和演员沟通。卓伟还发现，天津的相声人普遍感觉郭德纲被捧得太高。这也为四五年后的郭德纲事件埋下了伏笔。

不做浅薄的新闻

"相声门"专题策划大概花费了两三周的时间，几乎动用了文娱新闻部所有的记者和编辑力量。除了原创的采写，天蓝和袁鸿还组织了一个论坛，让一众文化名人探讨郭德纲现象。

刘帆认为："在整个过程中，郭德纲只是一个新闻由头，关键还是让公众更了解、更关注相声。相声不仅是一种娱乐形式，它还保存着旧有的礼仪、道德。相声的世界特别像传统社会的微缩景观。在一定程度上，郭德纲为这个艺术门类做了贡献。"

郭德纲之后，他的几个弟子也开始独立演出，并出现了嘻哈包袱铺、王自健等相声团体，这种现象在以前也是很少的。而且相声成了北京市的一张文化名片，很多外地朋友来北京都想来看看德云社和郭德纲。

天蓝在回忆整个专题的采写时认为，最大的收获就如同上了一个研究生课程。天蓝事后总结道："我们不是为了挖一些绯闻，也不是做一些浅薄的新闻，而是把相声当成一种艺术形式。两个星期的采访和写作，我就像考过了一个相声文凭。众所周知，相声界不是特别团结，直到如今也是。能让这些人抛开门派之争，为同一件事说话，也是难得的事。"

■ 回访

郭德纲："我要是不膨胀不会闹出风波"

新京报做"相声门"这个采访时，我当时刚好处于"闭关"状态，但新京报确实一直在关注相声，关注德云社。我是一个普通的相声演员，并不比别人高多少，也不比别人强什么，无非是爱相声，把相声当作我的生命，当一件正事去做，所以才能在北京的小剧场里坚持十年。

从 1996 年开始在茶馆，到中和戏院，到"广德楼"，一直辗转到"天桥乐”，一转眼就是十个年头。我们在北京做剧场相声有了一次转机。演员越来越多，观众培养得也越来越多；相声说得越来越多，随之而来的是非也越来越多。我以前说过我没请过记者来采访我，这是个事实，但因为接受采访也认识一帮媒体朋友。重要的是媒体的报道，让更多人知道了剧场相声，这也是个事实。

不管是媒体的报道，还是其他的因素，总而言之社会把我推到了这个位置上。我也别无所求，不希望大红大紫、荣华富贵，这些对我没有意义，我就希望能有一个更好的空间，能够让我把相声弄好，有点时间，培养更多的学生。我知道我没有那么大的能力挽救相声，但是我会尽一己之力，这样我对得起相声，对得起观众，更对得起我自己。

我记得 2006 年时，有专家预测，郭德纲红不过五一，但五一过了，郭德纲更红了。不久，又有人说，我红不过十一，但当年十月，德云社举办十周年大汇演，场场爆满，最后一场演出凌晨三点闭幕，谢幕时台下观众鼓掌三十分钟。直到现在我有个小小的愿望，就是让那些当初预测的专家出来道个歉，小点声说对不起都行，要不我老提这个事，我这人小心眼。

这些年的发展，德云社从一个单纯的相声社团发展成为涉及相声演出、影视制作、餐饮、服装等多个行业的机构。但在我看来，相声还是最重要的。这些年大家看到相声火了，其实很多小剧场和茶馆没有想象中这么活跃，很多二线城市听相声的人还是很少，这一行还是需要大家的努力。去年夏天德云社发生很多变故，大家都说很多人都走了，但其实德云社发展了近十五年陆陆续续才走了这么几个人，我认为还是很成功的。有人说德云社老有人走，迟早要散的。我还有一百多没走的，你们为何不夸我管理有方呢？相声这个行业和其他行业不一样，需要管理上下更多的力气，最近我们分三个演出队，按照上座率等方式来管理，这样也可以调动年轻人的演出积极性。

去年夏天德云社发生了很多事，事后我也发微博进行了反思：如果能再平静一些,再谦逊一些,再放低自己一些,相信事情不致如此。八月之事,会有无数种解决方法,但由于冲动,逞一时之快,才铸成大错。之所以闹出这场风波都是源于"膨胀",膨胀是万祸之源。徒弟们不膨胀不会出走,我要是不膨胀也不会闹出这场风波。八月份伤害了很多人……知错要改!向全社会及观众、媒体、北京台致歉。这个事情对我来说是个好事,我自己都说,二三十年来,这是个恶补的机会,调整了我很多为人处世的方式。以后德云社可能还会发生一些事,但我不会很冲动地对待了,起码这是个教训。

定州血案：揭开血腥征地的黑幕

崔木杨

刊发日期：2005 年 6 月 13 日至 17 日
记　　者：刘炳路
编　　辑：涂重航　宋书良

这是一起官黑勾结的血案。2005 年 6 月 11 日，为帮助国华电厂征地，定州市委领导默许，一群"黑社会"对拒绝搬迁、拒绝离开土地的农民展开杀戮，造成六名村民死亡，四十八人重伤。新京报披露该事件后，定州市委书记被判无期徒刑。当地政府表示，那块地将不再征用。

2005 年 6 月 13 日，《数百人持猎枪钩刀袭击定州村民夺六命》见报，"定州血案"令全国哗然。

这是一起官黑勾结的血案。为了征地，国华电厂取得定州政府默许，找来涉黑团伙对拒绝离开家园的农民进行暴力驱赶。打手们使用火枪、镰刀、自制炸弹。混战当天，六名村民死亡，四十八人重伤。如今，血案的幕后策划者，原定州市委书记已被判处无期徒刑。

发稿那天，时任新京报副总编辑的孙雪东感到有些愧疚。

"刘炳路采写的内容很详细，原本想刊发一个版，可最后只发了一千多字。"他说，原因是当时的舆论环境。

而刘炳路觉得，只要报道刊发，就是给社会一个交代。他在新京报能切实感受到，"无论是谁，对新闻都保持着高度'执著'。"

凌晨三点接线员报料

定州血案发生于 2005 年 6 月 11 日凌晨。

接线员郑艳艳接获这一线索。她连夜用电话叫起深度报道部主编李列，当时是凌晨三点。

"一开始李列迷迷糊糊的，可一听我说有'大事'，立马精神起来。"郑艳艳回忆说。

李列当时担心题材过于敏感，不知是否能刊发。戴自更很快打消了他的疑虑，交谈中，社长用浓重的浙江口音说，"去做"。

戴自更，新京报社的社长。他一头长发，戴着眼镜。

二十二年前，他独自骑着牦牛爬上五千七百米高的喀喇昆仑雪山，为了采访那里的哨兵；十八年前他推开广东一位官员带来的十万元钞票，为了披露前者辖区里的集资事件。八年前，为了办一份进步的美好的报纸，他筹建了新京报。

八年来，这位操着浓重浙江口音的男人，感觉身边朋友越来越少。在他看来，新闻工作者就是丛林里的啄木鸟，啄出蛀虫，守卫森林。

2005 年 6 月 12 日，一个酷热的上午，记者刘炳路接到任务。

刘炳路，一头卷发，成为记者前，他是河北大学的学生，也是一位忙碌的打工仔。放羊、出杂志、在校园里销售传呼机，成为一名农场主曾是他的人生目标。

"当时绝没想过会坐在这儿，成为一名新京报的记者。"刘炳路说。

刘的记者生涯始于大学毕业。在成为记者前，他放弃了去海关的机会。他不希望过"一眼就能看到头的生活"。

在成为记者后，刘做过社会经济新闻，跑过热线，当过跑口记者，这是一份不错的差事。

但他开始不停去找报社领导，他要成为一名调查记者。多次请愿后，领导同意了他的要求。自此，他开始专注各种离奇的新闻事件。

6月12日中午十一点，刘炳路坐上了前往定州的火车。他知道，公众们想要的是鲜活的故事和谁是这起血案的幕后策划者，而不是简单的复述。"就像剥洋葱一样，"他说，"我的任务是把事实的真相一层层剥开。"

而且，他还被要求当天发回报道。

装束简朴混过封锁线

到达定州绳油村，已是下午两点。路上，刘炳路一直担心，警察会把现场围成一个铁桶，不许任何人进入。幸运的是，尽管警察封锁了现场，但并没有人注意到他。

当跨过一条两米宽、村民自行挖掘的壕沟后，令人震惊的现场出现在他面前。

土地上，死者留下的大块血迹、血衣、自制猎枪和锋利的钩刀。留守的村民守在自挖的地窖里。地窖顶扣着白色的塑料布，里面支起了铁锅。放眼望去，散布在两万平方米荒地之上的地窖群，好似一个印第安部落。

这时，一个意想不到的问题开始困扰刘炳路。劫后余生的村民拒绝讲话。

村民说，此前大批的记者来了、走了，什么也没有做。

他站在土坷垃上，恳请围在自己身边的村民再"磨一次嘴皮子"，伤痕累累的村民们只是默默地在他身边围成了一个圈。

"当时很静。"刘炳路回忆说，"我看着村民，村民看着我"。

过了一会儿，诚恳的态度换来了理解，女人们抹着眼泪，复述杀戮当天的场面。她们抽泣着说，一位老乡如何被猎枪喷死。

接下来，一位村民把一本事发时摄录的影碟交给了刘炳路。

这位村民说，袭击持续了约一个小时，他只录了三分钟，便被对方发现，来人砍断了他的胳膊，并在他屁股上扎了几刀，两个年轻的村民架着他一口气跑了两公里，才保住了光盘和一条命。

录像带里，爆炸声和砍杀声不绝于耳。打手们用劈柴的姿势砍着面前的村民，村民攥着锄头反抗。

录像带和现场，让刘炳路恐惧、兴奋、愤怒。而多年的采访经验告诉他，必须要置身新闻事件之外，不能让同情心左右了自己的采访。

他开始求证村民复述的每一件事。"消息源互相印证是必须的。"他说。

为了印证村民的话，刘走进了"地牢"。"地牢"里关押着一名年轻人，他叫小朱，在此前对村民的暴力袭击中被俘。小朱证实，雇佣打手的是一名叫强子的人，与小朱一同被雇佣的都是社会上的混混。

接下来的采访中刘了解到，这块地已被定州电厂征用，村民认为补偿标准过低和征地操作程序不透明，多次上访未果，便搭建窝棚阻拦施工，因此也和施工方多次发生冲突。6月11日，约三百多名不明身份的人向他们发动了袭击。

就在刘炳路采访时，几十名警察来到村上，搜寻陌生人。刘炳路确认光盘仍在身上后，戴上村民给的草帽，从小路离开。

如今刘炳路仍喜欢穿廉价的布鞋和超市买来的衣服。

"作为记者，采访时你的装束一定要不引人注目，越简单越好。"他说，这样一来你可以和任何人打交道，不管他来自何方，态度如何。

记者要像游击队员

"记者的脑子必须转得快。"刘炳路说，很多情况下，瞬间反应很重要。

在定州医院采访伤者时，十几位警官冲到刘炳路面前。警官要他终止采访，回派出所接受询问。若是刘炳路听从了警察的安排，那么他的稿件刊发就会受到极大影响。

首先，他会因为匆忙结束采访，而失去很多关于血案的故事和细节。其次，警察要是对他展开长时间询问，会影响他把稿件发回报社的速度。更为关键的是，看不见伤者，无法确认村民对遭袭时的描述准确与否，这将影响报道的客观真实性。

警察要求记者离开，引发了村民的愤怒，双方发生了争执，刘炳路乘机钻进了病房，在那里他看到了伤者。村民们说，有人被划开了肚子，有人肠子流到体外，还有的人看见伤者的肺叶在胸腔里一张一合。这些细节的讲述与之前采访一一印证。

在定州，村民还告诉刘炳路和其他记者，当晚两台参与袭击的车辆的车牌号。

记者们去了车管所，官员拒绝提供任何信息。

一些记者失望地离开，不过刘炳路选择了坚守。

车管所门口聚集的黑车给了他灵感。他把钱塞到黑车司机手中，说："请帮我查一下这两台车的信息，我知道你们和里面的官员很熟。"

很快，那两台车的信息被调了出来，刘炳路顺藤摸瓜，找到了组织参与袭击人员的更多信息。

为中央提供真实素材

2005 年 6 月 13 日，"定州血案"首发见报。当日，河北省委免去定州前任市委书记和风、市长郭振光的职务。

此后，河北省公安厅成立专案组。那年 7 月，血案的组织策划者、骨干分子等主要案犯已全部抓获，共刑事拘留一百零六人，其中包括定州市原市委书记和风、定州市开元镇原党委书记杨进凯。

2006 年 2 月 9 日，河北邯郸市中级人民法院对二十七名被告人作出一审判决：其中四人被判死刑，三人被判死缓，被告人和风（定州原市委书记）等六人被判无期徒刑，其他被告人分别被判处十五年至六年有期徒刑。

此外，河北省政府和保定市政府决定，不再征用绳油村土地，电厂用地另行选址。

对于这些后续影响，刘炳路说，当时他也没特别兴奋，也没觉得自己变得很牛，一切如常，"其实一篇好报道的背后需要一个优秀的平台。"

刘炳路所说的平台，就是新京报。

李列曾任深度报道主编。在编稿时，他拒绝使用"万里无云"之类的词语。他认为，人的眼睛根本看不见一万里。而一份严肃的报纸应向公众呈现铁一样的事实，而不是似是而非的成语。

报道中被采信的每一个消息源都会得到至少三方以上的认证，很多时候一篇几百字、豆腐块大小的报道，要采访十五六个人。

严肃的采访作风，为新京报赢得了公信力和读者的认同。

对于舆论监督，新京报与其他报纸有着不同的认知——媒体不是一个批评家，而是一个建设者。

为什么做舆论监督报道？不是为了让某些人受到惩罚，而是推动问题的解决和社会的前进。

就拿定州血案来说，李列认为，这起血案之所以发生，根本原因是地方政府为了发展经济而采取了极端手段，而发展经济的原动力则来自中央政府对地方政绩的考核机制。

"我们把最真实的情况汇报给公众，"他说，"这样就会在中央完善和修订政策时，获得最真实的素材，因此我们是一名建设者。"

■ 报道链接

数百人持猎枪钩刀 袭击定州村民夺六命

前日凌晨事发该市南郊绳油村，保定市成立专案组介入调查

刊发日期: 2005 年 6 月 13 日
记　　者: 刘炳路

（本报讯）前日凌晨四点半，河北省定州市南部绳油村外一块荒地上，二三百名头戴安全帽穿着迷彩服的青年男子手持猎枪、钩刀、棍棒、灭火器，向居住在荒地窝棚里的村民发动袭击。事后据绳油村村民统计，此次袭击至少造成六人死亡，另有四十八位村民受伤送院，其中八人尚有生命危险。

昨日下午，亲历袭击事件的十余名绳油村村民对记者讲述了事件经过。定州市委宣传部有关负责人就此表示，6 月 11 日当天，保定市已成立了专案小组，由市政法委书记亲任组长，介入协调和调查此案。

有人持双管猎枪开枪

记者在绳油村村外所见，事发现场的这块荒地被一条约深两米宽两米的土沟包围起来，几十个窝棚散布其间，窝棚下面是地窖，内有木板

和散乱的被子。荒地上四处丢弃着断裂的棍棒；还有一种长短不等的钢管，一端磨尖，管侧焊有镰刀；另外，地上还散落着各种灭火器，有的像小推车，一个小型灭火器外观像手榴弹。

"这些器械都是袭击者留下的。"几名村民回忆说，当时大约凌晨四点半左右，天蒙蒙亮，约二三百人突然从五辆大轿车上跑下来，冲到村民们居住的窝棚一阵乱砸、乱砍。

"还有人拿着双管猎枪开了枪。"牛振宗当场看到同村六十岁的侯同顺被枪打中，侯的尸体事后在几百米远的马路上被找到。

四十四岁的村民黄金凤右眼肿胀，她说来人见人就打，她跟着村民一同跑，结果被人一砖头砸在脸上。

另一些遭遇袭击的村民说，他们也曾用铁锹等农具回击，但与对方所持器械长短悬殊，随后只好逃跑。

一位绳油村村民的录像显示了袭击现场的混乱景象，冲突中一阵阵的火光和白雾，不时听到巨响，比鞭炮的声音要大。

据村民介绍，袭击约持续了一个多小时，此后村民们拨打了120和110，大约上午九点左右，警方和医疗人员到达，部分伤者被送到医院。在此之前，大部分受伤者已被送到新乐市人民医院和中医院。按村民们提供的名单，约有四十八人住院，六人已证实死亡，死者分别是，牛顺林、牛同印、牛占保、牛成社、侯同顺、赵英×。

前次袭击一人被扣

据村民们介绍，此前的4月20日凌晨两点半左右，约二十多名不明身份者曾持棍棒前来袭击，其中一人被村民扣留，随后关在地窖中。

这位被扣留者约二十多岁，自称朱小瑞，安徽人，以前在北京一歌舞厅做服务生，有一名叫"强子"的人喊他来河北溜达一圈，许诺给每人一百元钱，朱小瑞说他们是从北京开一辆大客车来的，车上一部分人面熟，多数没有职业。

根据朱小瑞提供的安徽家庭电话，记者向一位自称是朱小瑞母亲的妇女求证了朱的身份，对方说，儿子已经多日没有和家里联系。

牛战宗等多名绳油村村民说，6月11日凌晨袭击时，来人大喊："朱小瑞你在哪里？"

昨日下午，定州市公安局一名负责人通过电话向村民表达，希望从朱小瑞处获得更多的破案线索，但被拒绝。

昨日傍晚，记者从定州人民医院获知，袭击者一方也有不少人员受伤，前天曾在该院治疗，但昨日已全部转走。

相关背景　绳油村村民缘何住窝棚？

据村民们介绍，国家重点建设项目河北国华定州电厂，2003年因存放煤渣征用绳油村土地三百八十七亩，村民们说，定州市土地部门说每亩补偿1.548万元，村民们认为补偿较低，希望能够看到有关征地补偿标准和征地合同，但一直未果，便在土地上打起窝棚，因此施工方也一直无法施工，双方曾多次发生僵持。

定州市政府一名官员介绍，对此纠纷，定州市委市政府非常重视，还成立了解决小组。

另据《河北青年报》2004年7月报道，该报记者得到一份国华定州电厂2004年4月5日向当地村民发放的《关于灰场建设征地费用有关情况的说明》，证明国华电厂共征用定州市土地1748亩，实际支付征地费用5929万元。

这篇报道称："定州市国土资源局侯树民局长向记者介绍，这1748亩共涉及两个乡十三个村，除去向有关部门交的各种费用，剩下的钱平均到每亩地中，大约1.5万元，按平均钱数发下去，十二个村没有意见，唯独绳油村不同意。"

新京报

品质源于责任

◎ 艾冬梅：被改变的冠军命运

◎ 东四八条：挽住旧城的流逝

艾冬梅：被改变的冠军命运

范 遥

刊发日期：2007 年 4 月 9 日
记　　者：李天宇　田　颖
编　　辑：王　海

《马拉松冠军艾冬梅摆地摊谋生》的报道，让大家至今还记得有个冠军穷到卖奖牌。这篇文章以及随后的追踪报道，引发大家对于退役运动员保障问题的思考，以及对举国体育体制的反思。最终，艾冬梅的命运改变，更多的艾冬梅们，也被广泛关注。

　　她曾经为了国家和团队的荣誉竭力奔跑，在她停下脚步后，却茫然不知所措，她在郊区摆摊，准备出售职业生涯所得的金牌过活。艾冬梅，一位非著名运动员，讲述了一个关于中国运动员的典型案例，令人惊讶，却打上了时代的烙印。

寻找艾冬梅

　　2007 年 4 月 8 日，中午十二点左右，记者李天宇接到了编辑陈俊杰的电话："有猛料要给你，有个世界冠军要卖金牌，就在通州。"李天宇得到的信息只有这些：寻访长跑运动员艾冬梅。艾冬梅的大致活动范围，就在通州区武夷花园附近的农贸市场，目前摆摊为生。没有任何联系方式。

同为冷门体育项目的从业者，艾冬梅的名气远不如王军霞、曲云霞这些世界纪录保持者那般响亮。李天宇对艾冬梅的资料和成绩不了解，甚至不知道对方的相貌，但他没有更多的时间。找到艾冬梅，尽可能迅速地了解她的现状，是第一要务。同去的摄影记者韩萌，是当日的值班突发记者。刚接到通知时，她就判断，这将是一个有影响力的案例，冠军、退役、卖金牌，这些关键词的背后是一个困境的故事。

李天宇和韩萌来到目的地，没有见到艾冬梅，不过他们在小区寻觅之时，意外碰到了艾冬梅的叔叔。下午两点左右，他们在布满水果、油炸小吃和杂货的市场里见到了艾冬梅。

在李天宇看来，艾冬梅完全不像一个马拉松冠军。这个二十六岁的女人走起路来孔武有力，微微发胖，有些臃肿，身穿一件罕见的红紫色运动服——那是体工队和体校特有的训练服装。

踏进艾冬梅租住的小屋，韩萌的相机记录了艾冬梅所在环境：几乎是毛坯房，几乎没有家具陈设。她的丈夫王启海蹲在地上，用一个大红盆洗衣服，他们的女儿瑶瑶在旁边玩，对贸然闯进来的陌生人颇感好奇。艾冬梅说，每月三百元的房租，几乎等于全家一月的收入——火车头体工队每月发给她三百二十元工资。

冠军与地摊

艾冬梅从柜子里掏出塑料袋，摸出精心保管的奖牌，在床上整齐地码成两排。从业长跑训练十余年，共获奖牌十九枚。其中国际级比赛奖牌十枚，包括1999年北京国际马拉松赛、大连国际马拉松赛和日本千叶公路接力赛的金牌。

和这些象征着荣耀的奖牌相映衬的是艾冬梅的脚。在李天宇看来，艾冬梅的脚是"奇怪的"，两只脚的拇指严重外翻，关节处几乎成为九十度（后经诊断，艾冬梅的脚部为重度拇指外翻畸形）。艾冬梅说这是她常年超负荷训练落下的毛病，左脚大脚趾与第二趾叠在一起、右脚第二趾与第三趾叠在一起，走路有点轻微瘸。

艾冬梅说，自2003年从火车头体协退役以来，一直想去医院治疗，但生活窘迫，无法承担治疗费用。炎炎夏日，她穿凉鞋必然穿双袜子，怕别人看到她的脚。

李天宇和艾冬梅是老乡，黑龙江齐齐哈尔人，这为他们交流提供了很多便利，不善言谈的艾冬梅娓娓道来。2007年3月20日，一家三口来到北京，等待着一桩官司开庭——2006年9月18日，艾冬梅及其队友将昔日教练王德显告上法庭，称王德显侵吞工资和奖金十六万余元。

为了生计，艾冬梅借钱做本，摆地摊卖衣服。

"这摆地摊的是马拉松冠军？"获悉艾冬梅身份后，市场里的人都这么反应。但对艾冬梅的举步维艰，她的昔日队友、一同状告王德显的郭萍评价说："这太正常了，我要是在北京，也摆地摊了。在田径场上跑了这么多年，为国家和队里取得了那么多荣誉，我们只会不停地往前跑，什么也不会做。"

2007年4月6日，艾冬梅写出"欲出售奖牌维生"的博客，"我要把奖牌卖了，一共有十六块。金牌一千块钱。"她含着泪说："我还想给女儿留几块。"

艾冬梅的律师许子栋曾参与起诉王德显一案，得知艾冬梅要卖奖牌的情况，他惊诧不已。"真的？什么时候的事？有关案子上的事，我会竭尽全力去做，但她生活上的事，我这个身份不好多问。"

李天宇小心翼翼地问她：从世界冠军到摆地摊，是不是心理落差很大？艾冬梅想了想，"世界冠军是以前的事儿了，我不可能永远是世界冠军。我已经退役了，我还要生活，现在沦落到这种地步也是不得已。不瞒你说，第一次摆地摊，我把衣服都摆好，可十多分钟都是在那站着，叫不出口，过不去那个坎儿。"

艾冬梅苦笑着说，偶尔还会有人认出她，指指点点，但收入并不会因身份有所增加。"我以前一直是在田径场上生活，从来没做过生意。不会卖东西，无论利多少都想卖。丈夫这两天因为卖东西经常和我吵架，说照我这么做买卖，得赔死。第一天本来赚了三十多，结果还收到一张百元假钞，反倒赔了。"

争议与愿望

跟踪艾冬梅的报道，长达半年，最困难的是角度问题，这也是记者和编辑的心思所在。确定了"以人物故事为主，事件脉络为辅"，跟踪艾

艾冬梅的早春三月

冬梅的报道一路向前。涉及了艾冬梅的家人、队友、教练、律师、火车头体协、国家体育总局以及她的左邻右舍。

时任体育部副主编的王谨强调，要尽可能地扩充采访范围，否则不免成为艾冬梅一方的发言平台。稍有遗憾的是，障碍主要在王德显方面，他对采访一直排斥。

李天宇在电话中刚提到艾冬梅的名字，王德显说了一句话便匆匆挂断。火车头体工队队长陈祖平则以"我在开会"挂掉电话，铁道部体协一冯姓主席称她已经退休，不了解情况。火车头体协一位不肯出具姓名的工作人员认为，艾冬梅为队里和祖国做过贡献，没功劳也有苦劳；有什么问题可以直接找单位，摆地摊和卖奖牌有些"欠考虑"。

国家田径总教练冯树勇表示，"我很痛心，毕竟她是为国争过光的优秀运动员。"他承认，对于运动员的退役费等善后问题，许多地方都有解决不完善之处。"我们国家对退役运动员的安置需要进一步完善，也正在逐步完善中。"

让李天宇和韩萌最为难忘的是，第一次采访艾冬梅时，曾无意问她："你二十二岁就退役了，你希望女儿继承你的事业吗？"艾冬梅的回答平静而决绝："不希望，肯定不希望。我和几个一起退役的姐妹都说好了，谁家孩子以后要当运动员，就把孩子腿打折。"

新的生活

2007 年 4 月 9 日，新京报以一个版的规模进行了报道，"艾冬梅事件"随即成为舆论热点。

李天宇在一天内接到了十几个电话，都是看到报道后找到报社的。社会各界都有人要给艾冬梅帮助。"有人要给她介绍工作，还有要捐助她，还有律师要免费帮她打官司的。也有其他媒体同行找我要电话，甚至还有国外的媒体。"李天宇回忆说。

艾冬梅迅速成为焦点，全国各地的报纸、电视、广播都参与进来，一时间，新闻战"风起云涌"。随着媒体大军的加入，艾冬梅的生活"峰回路转"。

曾经是体操运动员的黄乃海看到报道后，到京向艾冬梅捐助两万元，劝说其不要再卖奖牌。4月13日，同样是退役运动员救助典型的邹春兰来京探望艾冬梅，这位"前辈"不仅带来了热情的拥抱，也给艾冬梅带来了一千元钱。随后，南京一家公司聘请艾冬梅为"荣誉员工"，徐州一家公司邀请艾冬梅成为其形象代言人，两家公司分别出资十万元，作为她的创业启动资金。

5月27日，艾冬梅和北京郊区通州的"万意百货"签约，对方为艾冬梅提供柜台，免去两年租金，在三层的服装精品摊位经营体育服饰。还有企业为她提供了价值三万元的货物。她的女儿瑶瑶，也被通州一家幼儿园免费接收。

6月末，天坛普华医院院方辗转联系到艾冬梅，想为其免费做脚部手术。7月31日，经过历时两小时的拇外翻手术，艾冬梅完成先期手术，主刀医生胡宝彦称："手术比较成功。两周后可拆皮线，八周后拆除钢针，恢复正常走路。"

2007年年底，艾冬梅成为奥运之星保障基金会的员工，并在随后参与了救助吉林省高山滑雪全国冠军赵永华的计划，获得医疗、就业的社会援助，与此同时，在社会的关注下，艾冬梅的"徒告师"官司迅速和解，二十余万元的补发奖金使艾冬梅的生活发生了转变。凭借着这笔资金，她还在燕郊买了一套老房子。

更多艾冬梅

艾冬梅只是沧海一粟，与此类似的案例比比皆是。

被誉为"亚洲大力士"的才力，曾连续获得了四十多个全国冠军和二十多个亚洲冠军。但在退役后，在辽宁体院的关照下才被安置为该院的一名门卫。新京报曾率先报道的邹春兰，于1988年获得全国锦标赛冠军，在退役后做了搓澡工。据一位举重教练讲，"邹春兰这样的窘迫生活，在举重界并不算个例。"据记者韩双明调查，就连名噪一时的"马家军"，也有多名队员失业在家。如陈玉梅，世青赛八百米亚军，在鞍山做一名矿工。

对更多的普通运动员而言，退役后的就业更为艰难。据国家体育总局人事司 2002 年编制的《全国体育人事工作调研报告》显示，在湖南等八个省区，处于待业的退役运动员占全部在队运动员人数的 28.9%，占运动员编制总数的 24.2%，其中宁夏回族自治区比例高达 78%，是在训运动员的三倍，其滞留运动队时间最长的达二十一年。

据记者韩双明调查，针对退役后的运动员，国家并没有统一的安置规定，主要是"买断"后自主择业。各省的通常做法为，根据运龄、成绩和退役前津贴等因素，计发一次性经济补偿。

在艾冬梅系列报道的采访中，有火车头体协的工作人员称，一般火车头体工队运动员退下来，工作单位都应该在铁路系统，但是现在不光是艾冬梅，有一大批运动员都积压在队里等待分配工作。"运动员的工作出路挺费劲的。"这位工作人员称，自谋出路方面，如果运动员选择自主择业，那单位将会给其一次性补偿。但"目前这项工作也并未实行"。

记者赵宇采访了体育产业专家王奇，王奇认为体育产业化是艾冬梅们的出路："过去运动员训练和比赛都是由国家掏钱，但现在正在进行这个转变，体教结合是一条很重要的道路。"

变与不变

在报道后期，李天宇和韩萌都发现，艾冬梅有了变化。刚开始略显自卑的她，逐渐有了底气，说话声音也大了起来，与此同时，说话也变得谨慎了，不像以前那么直白性情。

不过，李天宇坚持认为，艾冬梅是个单纯的人，她的身上有着中国运动员的标志性烙印。曾有外国媒体找过艾冬梅，但被她婉拒了。她有着自己的解释："我觉得这毕竟是自己的事，应该由自己国家的人来解决。我也不想因为这个事，给中国体育界带来什么影响。"

　　艾冬梅事件广泛报道后，她一度在奥运之星保障基金会工作，期间有传闻一位俄罗斯运动员在东北的一家煤矿挖煤，境况十分凄惨。有同事提议寻找其人进行救助，艾冬梅有不同看法，"咱国内还有这么多人等着救助，咱们中国人不帮中国人，倒去管起人家外国人来，怎么也说不过去。"

　　"以我的个人角度来看，艾冬梅是个极为简单的人。她也有过谴责体协和总局的行为，但她的表达不是直接的，是浅层次的，甚至不像是一种愤怒。"说起这些，李天宇颇为感慨，艾冬梅甚至不很了解运动员保障机制，"她跟我说，没有保障是普遍的事，很多队友和她一样难过，很多人过得还不如她。她真的没有愤怒，当时她甚至没有意识到自己应该愤怒，她只是朴素地觉得，不能再让孩子练体育了。"

　　"神舟七号"发射后，李天宇去航天员翟志刚的家乡齐齐哈尔采访，顺便去了艾冬梅的家里。"她的父母都住在农村，家里非常贫困。"李天宇带去一点水果，"被迫"收回了一筐柴鸡蛋。"艾冬梅的家人也很淳朴，都和她一样。"

体育界的社会新闻

　　时任体育新闻副主编的王谨认为，新京报有关艾冬梅的系列报道，影响力非同一般。"可以说在那一年，'艾冬梅事件'是最大的体育圈的非体育事件，给了体坛和体坛之外较大的震动，大家开始反思举国体制和退役运动员的福利、安置问题。"

　　他认为新京报在"艾冬梅事件"上的优势明显，"其他媒体反应是都反应了，但力度数新京报最大。从一开始，新京报就不是以一个纯体育事件报道的。"

　　李天宇赞同这种说法。他认为，这一事件所具备的影响力，新京报的报道是一方面，但更重要的来自事件本身。"事件本身就是影响力，世界冠军为了生活，不得不变卖多年血汗换来的金牌，这本身就是冲击力。"

在当时的实习生、现今体育部记者田颖看来，新京报和别家的报道略有不同，对艾冬梅的报道详尽、客观且有分寸。"每次报道都是有策划的方案，虽然艾冬梅是主人公，但并没有一味替艾冬梅说话，立场比较客观。比如我们也曾分析，艾冬梅是不是应该自己学一些东西，自己是否也有地方需要反省等等。"

新京报在"艾冬梅打官司"这一环节上，除了最早介入的优势外，还独家采访了王德显及其律师。"当时很多记者都告诉我，别打王德显的主意了，他不可能开口。但经过一番努力，他还是松口接受了采访。"田颖说。

王谨和李天宇都认为，艾冬梅系列报道并非没有不足，例如深度挖掘不够。"可以做得更深，更充分。当时没有大规模地做人物和对话，还是有所欠缺。"李天宇说。

更待制度完善

按照火车头体协的惯例，艾冬梅最终被分配在铁路系统内工作，所在单位属于哈尔滨铁路局的房产段，正式工作是烧锅炉。

教育的短板、技能的缺乏、就业的艰难，带来的不仅是退役运动员群体的社会性话题，更是一个与体育大国形象不符的尴尬现实。社会体育学者金汕为艾冬梅的遭遇唏嘘不已。"辉煌的冠军是有限的，体育的规律注定更多的运动员最终无功隐退。如果连金牌运动员的生存都保证不了，那么所谓的形象工程还有什么意义？"

"艾冬梅事件"推动了运动员保障工作的进展。2010年4月13日,《关于进一步加强运动员文化教育和运动员保障工作指导意见的通知》由国务院办公厅转发各地及体育总局、教育部等直属机构。《通知》对运动员的保障问题作出了具体规定，要求各省（区、市）应确保当地运动员于 2010 年底前参加当地工伤保险，完善运动员的多层次医疗保障体系，要对再就业予以扶持补偿等，这也是首次涉及运动员群体的权益保护。

2007 年 6 月 25 日新京报《赛道周刊》刊发的评论写道："我们解决了艾冬梅这个个案，但如果不从体制上、从根本上彻底解决相关问题，便无法杜绝类似事件的再发生。"

■ 回访

艾冬梅："不能让孩子遭这个罪"

新京报：很久没有媒体打扰你了是吧？

艾冬梅：是啊，我很久没有上过报纸上过电视了，一方面可能是媒体觉得我没什么可做的，一方面我也不大愿意接受采访了，觉得没什么要说的。我现在的生活挺好的，安安静静的，特别省心。

新京报：那你最近在忙什么？

艾冬梅：我现在不在北京了，已经回老家了，在黑龙江的依安县，我跟父母在一起。当时火车头体协安排的工作就在这儿，那两年没回来上班，但这次是因为铁道系统改革，我们这些职工必须回来工作，去年九月份，我们一家都回来了。

新京报：你每天的工作怎么样？

艾冬梅：我相对轻松了，因为单位领导对我挺照顾的，我现在不用去坐班，有事儿的时候，去单位坐着，平时就待着，挺闲的，还不知道干点啥。我丈夫和我在一起工作，但他比我忙一些，他在夏天时候还不是很忙，等到了十月份，东北快进入冬天时，取暖工作开始使用锅炉了，他就开始忙了。

新京报：跟"奥运保障之星"还有联系吗？还有邹春兰、赵永华这些好姐妹。

艾冬梅: 我跟"奥运保障之星"早就没联系了, 北京奥运会之后就没联系了。跟邹春兰、赵永华她们也好久都没联系了, 前几年还能打个电话, 现在都不知道她们在做什么, 大家可能都忙着自己的事情吧, 希望她们过得好一点。

新京报: 你在廊坊的房子卖了吗?

艾冬梅: 没呢, 跟以前相比, 它涨价了, 不过要是和北京市里比的话, 涨得实在太慢了。先不急着卖, 我如果有机会回北京, 看看朋友, 还能有个住的地方。

新京报: 很多人都关心着你的脚, 现在好些了吗?

艾冬梅: 我的脚还是那样, 以前没手术前, 挺吓人的, 都畸形了。后来不是手术了吗, 看起来好多了, 反正这几年一直这样, 也没有什么变化。

新京报: 看起来你还挺满意现在的生活的?

艾冬梅: 这个怎么说呢, 咱就是一普通老百姓, 对现在的日子还算满意吧, 也不求什么大富大贵的, 有吃的有穿的, 一家人能够在一起, 这样不就挺好吗。

新京报: 跟几年前相比呢?

艾冬梅: 这个……跟几年前相比肯定是强太多了, 那几年揪心的事儿基本都解决了, 现在我们就这样生活, 这在前几年完全都没想到。

新京报: 你还记得当时在北京的日子吗?

艾冬梅: 当然记得了, 这才过去几年啊, 感觉就像是在昨天似的。当时去北京, 根本没想过什么以后的日子, 满脑袋都是打官司, 只想把欠我们的钱要回来, 把事儿都解决了。当时真是什么都不敢想, 也不敢奢望什么。

新京报: 你觉得媒体对你的生活改善有帮助吗?

艾冬梅: 简直是帮了我的大忙, 媒体的介入对我的帮助特别大。当时我那么惨, 也没人理, 我的事情根本不受重视。都是媒体的帮助, 才让我的问题得到重视，舆论压力帮我要回了钱，也解决了很多事情。

新京报：对未来有什么想法？

艾冬梅：要说未来啊，还真没有什么想法，就是好好过日子呗。瑶瑶都六岁了，她也上幼儿园了，现在学习还不错，画画也很好，要说希望，她就是我的希望吧。

新京报：以前你说过不让孩子练体育，现在还这么想吗？

艾冬梅：嗯，现在还是这想法，我就是不能让瑶瑶受这个苦，遭这个罪。我们家瑶瑶自己也知道，她常跟别人说，我不练体育，要不然我妈妈就得打折我的腿。我觉得她只要不练体育，干点儿啥都行，我充分尊重她的意见。

■ 报道链接

国际马拉松赛冠军生活拮据，通州摆地摊谋生

刊发日期：2007 年 4 月 9 日
记　　者：李天宇　田　颖

2007 年 3 月 20 日，前国际马拉松赛冠军艾冬梅一家三口来到北京。她这次来，是为了打官司。

2006 年 9 月 18 日，艾冬梅等人将昔日教练王德显告上法庭。称王德显侵吞工资十六万余元，这还未包括当运动员时比赛获得的奖金。同时，向媒体披露自己在训练时曾遭严厉的体罚，因训练不科学导致双脚严重畸形。

开庭日期仍未确定，而每月收入仅有三百多元的艾冬梅一家生活陷入窘境。曾在澡堂做搓澡工的举重冠军邹春兰尚未被人们淡忘，而在北京市通州区一农贸市场，另一位世界冠军又摆起了地摊，甚至打算将汗水换来的奖牌出售。

人物简介

艾冬梅，26岁，黑龙江省伊安县伊安镇人，1995年11月进入火车头体工队，跟随王德显训练，2003年退役。1999年先后夺得北京国际马拉松赛、大连国际马拉松赛和北京公路接力赛冠军。迄今为止共获奖牌十九枚，其中国际级比赛奖牌十枚。

艾冬梅左手把着自行车，右手帮丈夫王启海推着三轮车。三轮车上，除了两大包童装外，还有两个用来崩爆米花的圆桶，一岁的女儿瑶瑶坐在桶边，并不哭闹。王启海还是不放心，在车边系了两根粗绳，绕过孩子的身体，一切收拾停当，两人各自蹬上车。

昨日中午，一家三口缓慢地离开通州区武夷花园附近的农贸市场，温暖的阳光照在他们身上。

这是他们第七天的地摊生活。

来京无奈　摆地摊卖童装

艾冬梅的家，是通州上潞园小区一个两居室的合租房，与他们合租的，是附近人文大学的学生，与别人合租的不同，是任何一方离开时，都不用锁门。

3月20日，艾冬梅一家住进合租房中较大的一间。艾冬梅说，每月三百元的房租，几乎等于全家一月的收入——火车头体工队每月发给她三百二十元工资。

刚来北京没几天，丈夫王启海便找到一份月收入八百元的保安工作，但却没去，只因妻子一人实在照顾不过来女儿。夫妻俩考虑再三，决定摆地摊赚钱，虽然孩子天天跟着苦了点，但总算有父母在身边。

摆地摊，卖什么呢？

艾冬梅突然想起，一次路过一家外贸童装店，老板认出她就是国际马拉松比赛的冠军，把她拉进屋内，俩人聊得挺投缘，于是她去找了那位老板。摊位地点、进货渠道、销售对象……那位老板知无不言。三四天时间，艾冬梅走了十几家店，终于进了第一批货，共计八百多元。

首次开张　收到百元假钞

第一次摆摊在东潞园早市，艾东梅一去就摆上了所有的衣服，可随后早市的工作人员就告知，早市不让卖衣服，虽然站了一个多小时，她还是被请出早市。两天后，她骑了四十分钟自行车到的第二家早市也遭到同样"待遇"。

3月31日，武夷花园附近某早市接纳了艾冬梅，卖了十几件衣服的她兴奋不已，撤市时她盘算着，应该挣了三十多元钱。可到家后，丈夫却发现，收到仅有的一张百元钞票，是假的。

王启海一边安慰着妻子，一边狠心买了辆三轮车，弄两个圆桶，开始崩爆米花卖。夫妻俩天天早晨五点半起床，一起去早市，七天下来，从没做过生意的两名退役运动员，一共赚了五十多元钱。

生活难继　忍痛抛售奖牌

摆摊收入微薄，生活难以为继，4月5日，艾冬梅终于将酝酿十几天的心事说给了丈夫：卖奖牌。"没办法，逼到这份儿上了。"王启海听后，狠狠地抓着自己的头发。

十九枚奖牌（十枚系世界级比赛所获），是艾冬梅一家的骄傲。女儿瑶瑶去年出生后，则成了她最喜欢的玩具，每次给女儿照相，艾冬梅都要把一大堆奖牌挂在孩子脖子上。

6日18时，艾冬梅在博客中称，"为了生计，我要把奖牌卖了，一共有十六块。金牌一千块钱。"她含着泪说："我还想给女儿留几块。"

昨日下午，艾冬梅打开客厅的抽屉，取出一个塑料袋，将奖牌一枚枚地拿出来，先是端详一下，然后在床上整齐地码成两排。记者看见金牌上标有：北京国际马拉松赛金牌、大连国际马拉松赛冠军、北京公路接力赛冠军……

艾冬梅说，截至前天，她共收到二百多封电子邮件，其中有一百七十多封邮件都有购买的意向。有邮件询问称，一万元一枚的金牌价格她能否接受，更有人给她发送短信，称愿意出前者五倍的价格。但艾冬梅说，直到目前，她未跟这些人做进一步的接洽。

"孩子再当运动员 就把她的腿打折"

艾冬梅表示，与目前艰难生活现状相比，血汗付出未获得认可更让自己心痛。

昨日，在艾冬梅租住的小屋，记者与她进行了对话。

第一次摆地摊 十多分钟叫不出口

新京报（以下简称新）：从世界冠军到摆地摊，是不是心理上的落差很大？

艾冬梅（以下简称艾）：世界冠军是以前的事儿了，我不可能永远是世界冠军。我已经退役了，我还要生活，现在沦落到这种地步也是不得已，不瞒你说，第一次摆地摊，我把衣服都摆好，可十多分钟都是在那站着，我叫不出口，心理上过不去那个坎儿。

新：摆地摊的时候有没有人认出你是世界冠军？

艾：（低头笑）每次出地摊，都有一两个人说看我面熟；甚至有两次，还有人直接叫出了我的名字，我听了既有点不好意思，又感觉心里暖暖的。有次有位大姐带孩子买衣服认出了我，我说既然你认识我，我就给你便宜点儿，那位大姐坚持说，你该卖什么价就卖什么价。后来一下买了三件衣服，我有点不好意思，给了她一袋爆米花。

新：你的收入会因为你的身份有所增加？

艾：完全不是，因为多数人还是不认识我的。再说我以前一直是在田径场上生活，从来没做过生意，也不会卖东西，无论利多少都想卖。丈夫这两天因为卖东西经常和我吵架，说照我这么做买卖，得赔死。

收到假钞票　试训八年更伤心

新：你还能回想起来收那张百元假钞的情形吗？

艾：当然记得，说起来我挺伤心的。（转身拿出假钞给记者看）。因为我那天卖了一百多块钱，就收这一张百元钞，当时光顾着卖衣服，也没仔细看。

知道是假钞后我就想，人都是有良心的，我拖家带口的都这样了，你还拿假钱糊弄我。（低头，反复在手里折叠钞票），这是我第一天自己挣钱，本想着能挣三十多元钱，没想到一转眼就赔了六十多。

新：这是来北京以后最伤心的事儿了吧？

艾：这不算什么。我是专业马拉松，在火车头体工队练了八年，后来才知道，这八年我的身份始终是试训队员，有试训一个运动员试训八年的吗？我为体工队、为国家取得过那么多的荣誉，可是应该属于我的血汗钱却得不到。事发后，到目前为止，没有领导来过问过。这事儿在我心里一直憋着，想想心就痛。

不舍卖金牌　想留几个给孩子

新：你卖金牌的事儿，事先跟家人朋友们沟通过吗？

艾：没有，只跟我丈夫说了。跟别人说，他们是不会同意的。

新：你是怎么想出金牌一千元钱的价格的？

艾：我觉得这个奖牌对别人来说不会很值钱，没有人会花很高的价钱买这个东西。

新：就这么把你十几年的荣耀和骄傲都卖了？

艾：那有什么办法呢，到北京来交完房租，我们三口人身上只剩二百多块钱，卖服装上货的一千元钱是借的，但也不能总向人家借啊。就算我和丈夫不吃不喝，孩子今后也得长大啊。卖奖牌的事儿我想了很久，开始想全卖了，就当自己从来不是世界冠军。后来我想给孩子留下几个，等孩子长大了，好有东西让她知道，她妈妈以前是世界冠军。（鼻子抽动，忍住未流泪，沉默片刻。）

新：听说这个事情，有外国的媒体也找过你？

艾：是的，加拿大和英国的媒体都联系过我，但是都被我给回绝了。我觉得这毕竟是自己的事，应该由自己国家的人来解决。我也不想因为这个事，给中国体育界带来什么影响。

新：你二十二岁就退役了，你希望女儿能继承你的事业吗？

艾：不希望，肯定不希望。我和几个一起退役的姐妹都说好了，谁家孩子以后要当运动员，就把孩子腿打折。

东四八条：挽住旧城的流逝

王 荟

刊发日期：2007 年 5 月
记　　者：王　荟　王殿学
编　　辑：李　程　等

　　2007 年 5 月，新京报独家披露文保区东四八条民居要被拆，并一直进行追踪报道。居民、政府、文保专家与开发商的博弈，轮番呈现在版面上，还独家采访了国家文物局官员。最终，东四八条的拆迁许可证被撤销，胡同得以留存。

　　"东四八条要拆"的消息，我们是从著名的胡同保护人士华新民女士那里知道的。那是 2007 年 5 月初，与华新民熟悉的新京报评论部编辑曹保印，把这个新闻线索转给了我。

　　这个新闻线索所呈现出来的事实，看上去既简单又复杂。

　　简单是因为，是非明确，东四八条处于历史文化保护区，按照《北京城市总体规划》、《北京历史文化名城保护条例》、《北京旧城历史文化保护区保护和控制范围规划》等明确规定，东四八条不能拆除。

　　同时这个事情又不简单，这就在于为什么一个看上去违背法律的事情，最后竟然能够得到允许并且开始实施。

其中原因，也许我们心知肚明，但是，我们需要用手中的笔，告诉公众事实。

老街陷危机

除了查阅相关的法律文件，对我来说，最重要的是走访居民，了解他们的想法。

由于与公房住户不同的立场，在这场拆迁中，私房户与公房户自然而然地成为两派。前者毫无疑问地成为东四八条胡同的衷心捍卫者。

列入拆迁范围的几十个门牌中，一共有四座私宅，这四个院落也是这条街上保存状况最好的。四户人家都是老街坊了，这个叫那个阿姨，那个叫这个干妈，全都透着一股子亲热劲儿。

对他们来说，首先，房子是自己的私产，地处黄金地段，既有胡同内的舒适静谧，又有胡同外的交通便利。一旦搬迁，无论拆迁费多少，都不会再拥有此种优势。另外，每家几乎都不止一位老人，年纪大的有九十多岁，举家搬迁无疑是一种巨大的"折腾"。同时，从感情上来讲，住了一辈子、半辈子的地方，不会愿意离开。

这四处院子我都曾进去参观过，面积大的有四五百平方米，两进院落，走来走去间，总若有若无地感觉到穿堂风在脚边拂过。面积小的也有将近两百平方米，正房前头一棵有年头的大树，阳光透过树荫丝丝缕缕洒下来，可谓惬意。

这样的房子，自家的祖产，谁又愿意搬走呢？

也正是有了这些原住民，有了这些回荡在胡同里的京腔京韵，几百年来绵延不绝，东四八条才有了鲜活的生命和性格。人与建筑一起，组成了北京的腔调。

而在当时，这一切，却要被抛在法律之外，被毁灭。

与此同时，不少公房户应该是充满期待的。公房户的居住面积，多为十几、二十多平方米，狭小逼仄，私搭乱建也是由此而生。公房户希望借这次拆迁的机会，获得经济补偿或是房屋补偿，从而变成私房户（其中的不少人已经拥有个人房产）。此时，他们心中最大的担心就是补偿款的多少。

无论是私房户和公房户，他们的心态我都非常理解，居民需要改善居住环境。

但是，他们的救世主不应该是开发商。

不被"待见"

在我多方联系开发商的时候，开发商也找到了我。

我记得那是一个下午，在向部门主编汇报后，我和同事王殿学一起，来到东四八条附近的开发商的办公室。为了避免日后不必要的麻烦，我悄悄打开背包里的录音笔。

说实话，我当时还是有些紧张，因为此前极少面临如此局面，我不知道他们会说什么，会不会有过激反应。经过调查，我非常明白，如果报道取得最后的胜利，那么开发商将面临数亿元的烂摊子。

四年后的今天，我已经完全记不起当时的对话，可见这场对话没有语出惊人的细节。回到报社，编辑同我开玩笑："有没有拿钱贿赂你？"我莞尔："有也不能要。"

这起事件中的另外一个重要群体——政府部门和官员，比开发商难采访多了。

东城区的规委、建委、文委，根本见不到这些部门中的任何一个人。电话采访中，也只能从他们不太友善的语气中捕捉只言片语的有用信息。

北京市文物局曾经为此发函，要求保护四合院。不过，这份函件还是我从当地居民手中拿到的复印件。他们说，这是市文物局的一位工作人员拿给他们看的。后来，市文物局也向我证实了这一消息。

"我们为保护旧城保护文物说话，为什么这些主管部门这么不'待见'

我们，不肯出来说句公道话呢？"当时的我和同事们，常常发出这样的感慨。

四年多来，这样的局面基本没有好转，然而我们极少再有这样的感慨，只是埋头继续做好记者的工作——追问真相。

可爱的人

"东四八条"系列报道，引起了国内外上百家媒体的竞相追踪，拆迁令最终被撤销。

对我来说，"东四八条"系列报道的收获，不仅仅是个人在业界获得的认可，而是在这起事件中，我结识了一群可爱的人。

"东四八条"报道彰显了新京报在文化报道领域的能力和影响，不少文保志愿者和专家将新京报视为可信任的朋友，这其中就包括徐苹芳、谢辰生两位先生。

徐、谢二位都是北京历史文化名城保护委员会专家顾问，是著名的"保派"。在东四八条的报道中，我已经记不清给徐苹芳先生打过多少次电话。只记得每次徐老都是欣然接受采访，直抒胸臆，言语间不畏权贵，全为了保护北京旧城。

后来，遇到相关事情我总是第一个想到徐老，向他讨教。徐老知无不言，极为善待我这名小记者。

遗憾的是，徐老因癌症于2011年5月去世。

谢辰生先生是徐老的好友和战友，两人常常在论证会上投反对票。在徐老眼中，谢老是个"极严谨的人，一直鲜明地保护北京旧城，不允许有一点破坏旧城的行为"。

谢老住在一栋破旧的单元房，没有电梯，客厅非常小，书房里到处堆着书。我给谢老打电话或是约见面采访，谢老从不拒绝。

因为身在一个有担当的媒体，所以才能写出负责任的报道，并由此能够有机会向两位治学严谨、人格高尚的大家学习，何其幸运！

新华社高级记者、《城记》作者王军老师，中国文物学会会员、同为记者的曾一智老师，虽然不是直接因为"东四八条"报道认识，却也是间接由此结识。他们的人格魅力和执著精神，督促我不敢停下脚步。

推动了相关立法

做文物领域的报道是个煎熬的事情。看着文物、旧城被不断破坏，残垣断壁间竖起毫无美感的高楼大厦，看着美丽的北京城越来越扭曲，法律被无情践踏，旧城没有有力的保障。一天一天，一年一年，总是这样。小小的我，深感无力。

徐苹芳先生去世后，王军曾经跟我说，徐老太累了，每天看到的都是这些不开心的事情，对他来说，太难受了。

2009 年 7 月 10 日中午，曹保印在王军的博客上看到位于东城区北总布胡同 24 号院的梁思成林徽因故居正在被破坏的消息，急电我去采访。接完曹保印的电话，我的心似乎揪成了一团。在去往现场的出租车上，我闷闷看着窗外，想叫想哭，却又越想越无力。我不知道这一次会是怎样。

事实比想象的更残酷，这座梁林夫妇曾经居住七年的四合院，从上个世纪八十年代之后就陆续遭到破坏，保存下来的房屋不及一半。

当时，王军正在院内到处查看，这位梁思成的研究者请了北京市规划委的一位主要官员到现场，正在进行的拆迁被暂时叫停。我想上前去采访这位官员，亮明身份后，被拒绝。

那年7月，我常常去梁林故居，并没有什么实质性的事情，有时候晚上下楼散步，还会突然打车去一趟。内心里特别害怕，生怕一个没看住，那几间可怜的老房子又被推平。后来，北京市文物局局长孔繁峙亲口对我说："你们放心吧，那里一定不会拆了。"

梁林故居后来被正式认定为文物，新京报关于梁林故居的报道也被《南方周末》评选为当年的"传媒致敬之年度文化报道"。

对于名人故居保护工作中的问题也许即将有解决的办法。2009年底，北京市文物局宣布，《名人故居保护管理办法》开始立法调研。文物局的一位处长对我说："新京报的报道起了很大的作用，直接推动了这项法规的立法进程。"

对城市的热爱

新京报的管理团队中，根儿上就在北京的北京人几乎没有，但这并不妨碍这个团队对老北京城的无限热爱。

在两次报道的过程中，报社顶住了来自广告商和某些政府部门的压力，全力支持采编部门进行报道。当不少媒体迫于某种压力削减报道版面的时候，新京报的记者依然活跃在新闻现场。

从媒体同行的眼神中，我看到惊讶，还有羡慕。我想，这就是一个有良知的媒体所能提供给记者的无与伦比的施展空间吧。

今天，我们再回过头来看当时的报道，不难看出其中的遗憾。我们过多地将注意力集中在旧城保护上，而忽视了居民生活条件改善的迫切性，或者说，忽视了二者的辩证关系。无论在当时还是现在，不少人都认为，居住在胡同里的人们生活环境太差，要改善，只能通过拆迁实现。并且，这一观念被一些人放大和利用。而事实上，居民生活环境差与旧城建筑没有关系。

徐苹芳曾表示，老百姓住的差和所谓的旧城改造完全是两码事，根本没有因果关系可言。对于老朋友的观点，谢辰生非常赞成："居住环境困难是几十年来历届政府遗留下来的老问题，一下子全都解决也不现实，（这个问题）要逐步解决。"

只能寄希望于未来，现有旧城不被破坏，居民环境得到改善。

■ 回访

"私房户"夏洁：四年梦想终达成

居住在东四八条胡同的北京女孩夏洁终于完成了自己四年前的梦想——把自家的四合院重新装修，让朋友尤其是外国朋友真正见识见识北京胡同里的四合院。

夏洁和她架在四合院中的"空中连廊"。

认识夏洁是在 2007 年 5 月，作为东四八条里的私房户，生在北京、长在北京、有留学背景的夏洁吸引了我们的目光。

夏洁具有北京女孩的大方和机灵，同时也勇敢并且善于运用智慧。从 2007 年 5 月开始，我和她时有联系。在这四年多的时间里，她对胡同四合院的看法和情感从未改变。在我的采访本上，夏洁一直强调要捍卫自己的权利，"给我一千万，我都不会卖这个院子。这样的四合院，北京拆一座少一座"。

在某种程度上，夏洁成为四户私房户的新闻发言人，她给我讲述自己小时候在这座院子里的故事，讲述自己正打算重新装修院子并且与妈妈和舅舅一起定居在此。

原本正要开始的装修工程因为拆迁令而暂缓，直到 2008 年夏天，夏洁得到确切的消息，东四八条一定不会拆了，她才"厉兵秣马"，准备装修。

夏洁找来当年的房屋蓝图，严格按照蓝图进行装修。当时，夏洁的想法就是简单装修，把曾经出租的前院里的私搭乱建拆除。

"装着装着就搂不住了。"夏洁爽朗地笑起来。2010 年 9 月，夏洁萌发了在屋顶安装"空中连廊"的想法。铁质的栏杆、木质的平台和楼梯，从前院上来，连接到后院的屋顶。"在这里晒太阳、看书、听音乐，招待朋友。"夏洁站在屋顶，看看蓝天，充满惬意。

虽然明知道塑钢门窗防寒保暖，夏洁还是坚持使用了木质门窗。前院漆成妈妈喜欢的发亮的红色，后院是舅舅钟爱的暗红色。夏洁的希腊老公尼克也热心地帮她在窗户上贴上防风条。

夏洁的"小女孩梦想"这次也终于实现，一架铁艺的秋千放置在院子当中。"我特喜欢秋千，小时候总去景山公园玩秋千，一直到初一实在塞不进去才不再玩了。"

为了生活方便，院子里多了五个厕所和几个二十四小时运转的热水器。

不过，周围的环境还是不能够让夏洁满意，后门出去就是一大堆垃圾，长期没有人清理，"安全问题也不太让人放心。"

尽管如此，夏洁家已经远近闻名，夏洁国外的朋友们开始排期预订，希望来北京旅游时亲身感受四合院生活。

"这是个漫长的等待和彻底的胜利，我终于有了自己幸福的家。"夏洁说，今年的主要计划是"要个孩子"。

新京报

品质源于责任

二零零七·十一

至

二零零八·十一

◎ 日志中国：一日看尽改革三十年

◎ 阜阳「白宫」：「白宫书记」的唯一专访

◎ 汶川地震：为灾难报道树一座丰碑

日志中国：一日看尽改革三十年

吴　伟

作　　者：新京报全体采编
刊发日期：2008 年 2 月 19 日至 2009 年 2 月 18 日

　　这个长达一年的系列报道，展示了新京报超乎寻常的勇气和胆识，它用"一日三十年"日志的方式，每天两个版、连续三百六十五天，回溯了改革开放三十年进程。报道规模之大为全国媒体之首。

　　2008 年 8 月的一天，身材瘦削的新京报中国新闻部编辑全昌连走进了北京的王府井书店。

　　在热销书区，目光所及，他捡起一本白色封面的厚书，右上角印着红色的软笔书名《日志中国》。翻到封底，他从一串长长的编著者中找到了自己的名字。

　　2008 年 2 月 19 日至 2009 年 2 月 18 日，新京报以超乎寻常的勇气和胆识，用"一日三十年"日志的方式，梳理了改革开放三十年来的进程，用每天两个版、连续三百六十五天的方式回溯三十年的时光，其报道规模之大为全国媒体之首。

　　"日志中国"，在北京奥运年、汶川地震激烈的新闻竞争中以深度和广度胜出，成为新京报社的年度报道。

社长戴自更评价：一份报纸拿出如此多的篇幅、持续这么长的时间做一个专题，在现今中国报业中也算凤毛麟角，更为难得的是，以我们的才疏学浅末学后进，操作这样一个敏感、复杂而重大的题材，竟还能赢得上下左右的一致首肯，殊为不易。

三百六十五天　一天一件大事

在为《日志中国》出书所作的序言中，戴自更的思绪飘回了三十年前。

那是一个"渴望有事发生但又茫然混沌的年龄"，但摆在眼前的考中专、挣工分、搞海带养殖的选择，都和他无缘。他意外地被县城中学的录取通知书带到了高中课堂，从此改变了命运。

改革开放这三十年是提供无限可能、无数机会的时代，经历、成长于这三十年的人们，无疑具有最深切的感悟。

2008 年初，春节放假前的策划会上，戴自更想起《南方都市报》做过的"一日看百年"专题，当时颇有印象，于是提出能否以"一日三十年"的形式来记录这段思想解放史和整个国家的变革，再现波澜壮阔的改革开放历程和思想解放史，这个想法"求诸执行总编辑王跃春和副总编辑孙献涛等，竟获得一致的响应。"

大家情绪激昂，形成共识，要当作报社年度重头报道策划，全部题目都要重新采访，绝不以资料拼凑编纂。

策划会，新京报人称之为"头脑风暴"，自总编辑、副总编辑，到部门主编，到记者编辑，大家坐在圆桌上聊，出主意。在讨论过程中，就会发生碰撞，某一个人或某些人的意见会迅速得到采纳。

据参与策划的全昌连和评论员李耀军回忆，会议现场"七嘴八舌"，大家的热情都被调得很高，或说重采访，或说重编辑，或说重思想，或说重趣味。

当时决定，做一个跨年度策划，记录这三十年的历程：从 1978 年到

2008 年这三十年，每一天选取这三十年中间的一件重大事情，全部原创采访。

深度报道部主编刘炳路主动向执行总编辑王跃春请缨，这一策划最终由刘炳路牵头。

这一年度项目配备了报社时事、经济、文娱、视觉四大新闻中心和评论部的精锐力量。

在一大堆给这个项目命名的候选名称中，李耀军给项目起的名字"日志中国"中选。"那时流行××中国之类的书名，我也受其影响，何况这个专题配得上厚重的名字。"李耀军说。

版面要素　件件求新

那怎样做才能有所不同呢？答案是，三十年时间给中国社会带来了沟壑纵横的广度，以及未曾料到的深度。三十年是历史，也是观照今天的一面镜子。

中央党校副校长李君如说："这几年，围绕着改革开放过程中需要解决的一些深层次矛盾和当前遇到的一些新问题，在改革方向和道路问题上出现了一些不同看法，发生了一些争论。"

在《日志中国》的书页里面，我们可以读出策划人员的良巧构思。

时任深度报道部资深编辑的李素丽介绍，经过几番讨论修补，新京报拟定版面框架为：每天两个连版，主体部分由一篇主文和一个"新观察"组成。主文或故事或人物或揭秘或对话，体裁不限，无论白描综述，浑然天成皆可，"鼓励一切可能的写作创新"。

"新观察"，邀请名家、大家、专家撰写，这应该是一篇睿智和有思想的美文，起到点题作用。它不拘泥于新闻事件回顾，而是通过事件发展和重新解读，告诉大家一个新观念、新思想，可以启迪，亦可反思。

所选事件可以是小切口反映的大事件，可以是权威人士解读历史关键点，要求有足够揭秘性，讲大家不知道的故事。希望通过报道勾起人们心底某个记忆，更能启发现在，引人思考。

版面还辅以"那时流行"、"温故知新"、"民间记忆"等精巧的小栏目。

"那时流行"，选择当时趋之若鹜的话语、物件、现象等，发读者思古之幽情，怀过往峥嵘之岁月。比如，"时间就是金钱"、BP 机、倒爷等等。另有一幅漫画相配，既为活跃版面，也增视觉元素，或幽默，或寓意。

"温故知新"，即旧报新读，通过摘录人民日报等报章"历史上的今天"之那时新闻，比较当年和当下社会之巨变、观念之迥异。

李耀军说，当时选取这个报道方式，是希望此时此刻，与三十年前的彼时彼刻能产生共振，以历史潜藏信息去映射当代中国社会，能够清晰地读出一些潜台词。

"民间记忆"，刊发征集来的鲜为人知的改革开放中的历史细节，以日记、文献、手稿、图片为主，重现读者的亲身经历。

全昌连说，"那时流行"的三百六十五幅漫画让新京报的编辑、美编煞费苦心。漫画绝不是为画而画，漫画不是衬托，而是主动成为有思想的一块内容，既有寓意，又很幽默，还有灵魂。

版面制作也力求精益求精。编辑部调集高手，从版面设计到图片选择都再三斟酌。版面和 Logo，由时任视觉中心副主编的书红带领几名美编和统筹编辑李素丽等人连续通宵三天，制作了几十个模版，挑选出十几个，最后征询执行总编辑王跃春意见，再度进行修改得以确定。

最现实的问题是保证不开天窗

方案出来后面临一个最大的问题：三百六十五天中每一天里，究竟要选取三十年中的哪一件事情？

执行总编辑王跃春回忆，这中间涉及非常复杂的流程。在具体的报道展开前，要把这三十年的事情全部梳理一遍，而且要梳理到具体日子。"实际上，类似于写编年史。"王跃春说。

早在 2007 年底，相关的准备活动就早已在进行中。新京报在报纸上面向读者刊载征集广告，征集三十年来的改革记忆。老照片、民间日记、档案、文献、手稿、文件、民间感言、史实口述、史料线索等。

编辑全昌连和深度报道记者、老成持重的钱昊平被挑中，在一个月的时间内天天泡国家图书馆、上网，把三十年每一年的大事记筛选出来。

这是个苦活，但也挑战十足。全昌连和钱昊平没日没夜地泡在了图书馆的书山中。

一个月后，留在全昌连和钱昊平手中的是四百多份配着时间节点的选题，摞起来有半尺多厚。

戴自更在《日志中国》序言中写道："难为这些八零后的编辑记者，竟也很有大局观念、责任意识，知道轻重缓急、孰深孰浅，几度出入图书馆搜集资料拾遗寻宝后，初步排定了一个月的版面选题，涉及时政经济文化生活，倒也五颜六色，蔚为大观。"

深度报道部主编刘炳路谈及当年对选题的把握时说，发生在这三十年间的有些重大的新闻事件，只是一件孤立的事件，同时也没有对改革开放产生积极或者消极的影响，也就和改革开放没有联系，这样的题目不在择取范围内。

其次，所选的事情最好是带有标杆性的，节点意义的，比如诸多的第一个。所选的事情可以小，但却反映出当时民众的一种思想观念（这种思想观念可以表现为人文思想，也可以是体制制度的设立）转变，甚至是整个国家的观念转变；这些转变又促进了体制上的革新。

最大困惑是，因为按照"日志"形式，必须对号日期，这样就会给题目选择带来限制，某一天可能有四五件值得做的事情，而另一天可能难以找到一件。另外对于一些没有明确时间节点的改革开放中出现的现象，诸如民工潮，需挖空心思找出对应时间，而不能让一个该做的题目被落下。

王跃春也曾担心，做到后面又发现前面还有更重要的选题没有做。为防止这种情况出现，每个题目，都要提前一个月在报社层面开会讨论其采访方向和新观察的评论方向，这在新京报的历史上，前所未有。

后来，在刘炳路的办公室门口竖起了一块大的黑板，按月列出选题，比如三月把四月要做的东西梳理出来，梳理出每一天要表达的主题、思想、观点是什么，再由编辑分配给记者。做掉一个，就擦掉一个。

"这绝对堪称是一个伟大的构想，但如何完成却是摆在我们面前的现实难题"，刘炳路说，当《南方周末》、《南方都市报》、央视的同行知道我们的报道规模后，均抱有怀疑的态度，"不可能完成"。

旧历史　新解读

2008 年 2 月 19 日为"日志中国"的开栏日，历史上的这天是小平逝世的日子，也是他"二次南巡"的日子。

主稿《小平南巡改变了中国》，从深圳一个渔村如今的富足生活为切入点，从一个侧面反应这位伟人古稀之年再次"南巡"，疾呼思想解放，开创一个新时代的丰功伟绩。

"新观察"的标题是"思想解放 永无穷期"，作者周瑞金即大名鼎鼎的"皇甫平"，文章既是点题，也概括了整个"日志中国"栏目的核心主题。

对于现任《名汇 FAMOUS》杂志副主编的张寒来说，当年她作为新京报深度报道部记者采写"日志中国"稿件的记忆是甜蜜的，"这是一种重新挖掘事件真相和细节的快感。"

"我选的都是故事性强的选题，例如克拉玛依大火、赖宁、追捕二王等。就按照一般的采访方式进行，没感觉什么特别的不同之处。"

在克拉玛依大火的回访过程中，张寒再次找到了当年喊出"领导先走"

的当事人，她不承认曾喊过那句话，她经常做梦躺在一片火海中。

"在做这些选题时，有些真相虽然可能永远无法得知，但是我看到了时光在这个事情上的痕迹。"张寒说。

刘炳路及深度报道部编辑阎宏曾理出一系列采写细则。

其中包括，多用发展的思路、思想、价值观去看待当年的变化、进步、倒退、矛盾、挫折和思潮，同时也要反过来审视现在。"我们想表现的正是在那样一种由禁锢到开放的时代，人们思想和行为对社会进步做出的推动价值，同时也以此观照昔日推动对今日之影响。"

要有新闻价值，角度要新，观点要新，采访要深，写作要新颖、要活，可读性要强；切忌枯燥、呆板、难读。

最重要的，由于三十年间的故事多半是旧闻新作，要有足够揭秘性，要讲大家不知道的故事。

执行总编辑王跃春说："我们采访了很多人，比如海盐衬衫厂的步鑫生，在整个改革开放三十年报道中，新京报是唯一采访到他的媒体，他谈了很多东西，这就是新闻。这让我们感觉到历史也可以以新闻的方式来操作，实际上拓宽了新闻报道的领域。"

在评论写作上，参与"日志中国"数篇评论写作的李耀军列举了"路遥写作《平凡的世界》"那一期。主稿写了路遥的身世经历，而短短的一段评论，是通过这一个人看整个一代人的命运，观察得以突出中国城市化的政策转变。"评论文字必须是从一个标本到范围的升华，展现中国社会的一个切面。"

出书卖到脱销

全昌连回忆，"日志中国"系列报道仅刊出了一个多月，报社就收到数十家出版机构的约书函。

当时，中国民主法制出版社、中央文献出版社、新华出版社、人民日报出版社等三十多家出版机构主动约稿本报出书。中国民主法制出版社的社长杨瑞雪甚至带着编辑部主任追到新京报来，表达想出版此书的强烈愿望。

许多普通读者、官员、知识分子、老领导，以不同的方式关注此专题报道，并予以收藏。

最终，新京报决定该系列报道仍以"日志中国"的名字，交由中国民主法制出版社出版发行，书籍尽量按照新京报刊载稿件的原版式编排。

自此，全昌连又多了份任务：每当报纸出够六十期"日志中国"系列报道，便由他把电子文档、图片交给出版社方面。中国民主法制出版社随即也以最快的速度陆续推出《新京报·日志中国》丛书。

2009年初，"日志中国"系列报道全部刊发完毕。不久，全套六卷的《日志中国》图书也全部出齐。

为此，全昌连陆续去王府井书店、商务印书馆的涵芬楼书店等处实地考察书籍销售情况。

除了摆在热销区等位置外，店员介绍，好几次《日志中国》都卖脱销了。

中国民主法制出版社在该书的简介中写道："以当今视角对当时思潮的一种全新解读，既真实还原当年的事件与人物，又突出对今日中国之影响，信息量丰富，观点独特，角度新颖，恢宏大气，珍贵图片，再现史实，具有极高的阅读价值和收藏价值。"

戴自更在序言中感悟这是个"奇迹"："这么一个年轻的队伍和并不完备的人员设置，克服种种困难，完成此专题报道，本身就是一个奇迹。"

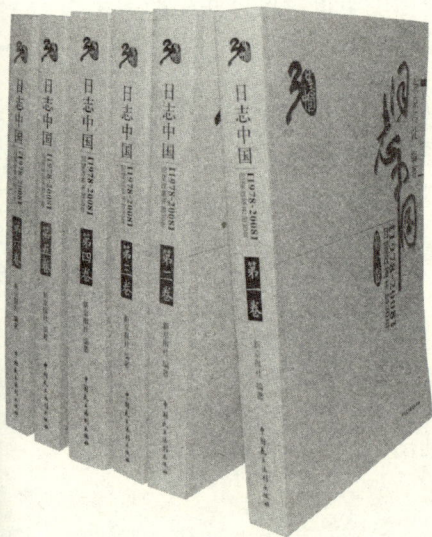

阜阳"白宫":"白宫书记"的唯一专访

孟祥超

刊发日期: 2008 年 6 月 23 日
记　　者: 黄玉浩
编　　辑: 间　宏　宋喜燕　李素丽

耗巨资建成美国白宫似的办公大楼,举报人看守所内死亡——人称"白宫书记"的阜阳颍泉区区委书记张治安,在 2006 年被媒体聚焦。新京报在同一天推出三篇深度报道,披露举报人死亡前后,同时调查了五大违规项目,并独家对话漩涡中的张治安。报道引发巨大社会反响。2010 年,张治安被判死缓。

2008 年 4 月,又一个平静的星期一下午,深度报道部每周例会。

例会是新京报各个部门一直以来的惯例,选题、策划、业务讨论,碰撞思想的火花。

每一次热火朝天的讨论,往往会是又一篇深度报道的前奏。这一次也不例外。

两月之后,新京报以五个版的篇幅,报道了震惊全国的"阜阳白宫"举报人非正常死亡、五大工程大宗违法占地事件,也成为唯一对话"白宫书记张治安"的媒体。

阜阳"白宫书记"一审被判死缓

被认定受贿390万元、报复陷害举报人致死，颍泉区原书记张治安当庭表示上诉；颍泉区原检察长被判6年

等候入李国福的老伴看着遗像时泪水不断。昨日下午5时许，本刊"白宫书记"原该得提取资料判果。 吴海 摄

**张治安当庭大喊
"我和你们拼了"**

上图："白宫书记"原颍泉区委书记张治安被告席受审资料图片

"张治安态度恶劣当判死刑"

芜湖中院新闻发言人称，考虑到受贿数额及亲属退缴赃款，故判处其死缓

1 "以报复陷害罪顶格判处"

3 "李国福案件终止不影响报复陷害认定"

3 "对翻供理由不予采信"

2010年2月8日，安徽阜阳市颍泉区原区委书记张治安以受贿罪、报复陷害罪两罪并罚被判死缓。

瞄准背后

4月22日，《中国青年报》独家发表《"白宫"举报者狱中蹊跷死亡》。稿件讲述的是关于举报者李国福非正常死亡。

这则报道，触动了深度报道部记者们的神经。

近一年时间内，原伍明镇书记李国福多次进京举报，颍泉区那些为人褒扬的工程中存在诸多问题，违规将耕地改为建设用地，耗三千万巨资建造白宫式的政府大楼，挪用水利、教育资金兴建生态园等。

政府大楼的缔造者、在此主政的颍泉区书记张治安，被称为"白宫书记"。李国福原是张治安事业上得力的助手。此前，白宫式的政府大楼曾被多家媒体曝光，但张的仕途并未受到影响。

李国福在举报信《数千农民在流泪，万亩良田被糟蹋》中描述：无审批手续，数千亩耕地被占，强拆强迁，打击报复上访者。

2007年8月26日，李国福在返回阜阳市当天被颍泉区检察院带走，随后被拘留、逮捕。他的女婿张俊豪也因"经济问题"身陷牢狱。

2008年3月13日，李国福在安徽省第一监狱医院死亡。

4月下旬，安徽省委、省人民检察院调查组先后赴阜阳市调查李国福死亡事件。

李国福究竟是怎么死的？与张治安是否有关系？他的举报材料是否属实……

一连串的问题，还需要进一步寻找答案。一个问题是，处在舆论焦点的张治安始终未露面也无回应。

现实中，对于周旋于多重压力下的媒体而言，能发出这样重大题材稿件，在力求平衡的前提下发出声音，已实属不易。

中青报记者在采访手记中写到，因一个意料之外的小细节很快被对方识破，阜阳宣传部门很快找到了报社领导，发稿压力可想而知。

但这些也给了调查记者一个信号。职业敏感告诉参加例会的记者们，这个选题背后应该还有很多文章。

这个选题交在了记者黄玉浩手上。这一年，黄玉浩二十五岁，毕业不到一年。这个刚转正几个月的新记者对反腐败这样的选题表现出极大的兴奋。他称之为"绝世好题"。

新京报编委刘炳路曾将深度记者的素质总结为：第一，有敏锐的洞察力、新闻敏感性和准确的判断力；第二，必须有很强的分析能力和逻辑思维能力；第三，要有很强的突破力。

刘炳路认为，黄玉浩选题能力很出色，做稿子非常执著，有很强的突破能力。黄也是一个能给他带来惊喜的人。"不论是单独采访，还是合作采访，不管采访难度多大，他总能采到核心人物，拿到料。"

明与暗相辅

4 月 27 日，黄玉浩踏上了南下的列车。

第一站，南京。他要找的人是身在南京的中青报同行，也是采写那篇稿件的记者。在全国的媒体同行中，挖掘独家新闻的同时，可以获得同行的帮助与支持。在全国性的大事件面前，正义感和使命感，使得他们有着共同的心理认同。

奢华的"白宫"一度让记者震撼。这两张隐蔽拍摄的图片，为这篇报道做了最好的图证。

"去阜阳一定要小心，调查'白宫'更要小心。"中青报南京站的媒体同仁善意提醒黄玉浩。对方毫无保留的相告，使得黄玉浩对"阜阳白宫"有了进一步的印象。

带着"阜阳白宫的水极深"的忠告，当晚，黄玉浩由南京乘车前往风暴眼——阜阳。临行前，黄给李国福的家人拨通电话，虽身受多重压力和威胁，但对方最终答应见面。

调查方向是：一、举报人究竟是怎么死的？二、李国福举报的内容是否属实？火车上，黄玉浩反复思考着。

接下来，是二十二天的采访。

就在黄玉浩刚刚到达阜阳时，发生在当地的另一件事，让这个城市成为全国焦点。

据官方通报，此时的安徽阜阳暴发手足口病，患病儿童的传染病例不断刷新。一千多名儿童患手足口病，至少造成二十多名儿童死亡。

按照部门安排，黄玉浩被追加了另一项报道任务，报道手足口病的动态消息。此时，他第一次进入了"白宫"。

张治安耗资三千万修建的区政府办公楼，外表酷似美国总统官邸白宫，张治安也因此被称"白宫书记"。

纯白的大理石，巍峨的罗马柱，华丽的吊灯下，"莫做太平官"几个金色大字熠熠生辉。三十八级台阶据说象征着"白宫主人"在其三十八岁主政。第一次目睹"白宫"真面目，回忆起其宏大、奢华的情景，黄玉浩以"震撼"描述。

黄玉浩看来，手足口病的报道不会影响他对"白宫书记"的采访，反而给他增加了一道采访的屏障。

"明着采访手足口病，暗地里调查李国福之死，不会引起别人的怀疑。"

"敏感"中积累

时间很快到了第八天。他每天都去当地宣传部参加调查手足口病的新闻发布会，这给了他低调调查的条件，让他有机会接触本地线人、退休官员、甚至张治安官场上的"敌人"，积累了大量的素材。

抱着同样目的并非黄玉浩一人。在中青报的报道出来以后，许多媒体开始聚焦"白宫"。

张治安这个名字，在阜阳是个禁忌的话题。当地百姓、被访官员在提及张治安时都显得局促不安，当地媒体同行也"拒谈此类话题"。

当地宣传部门的官员称，张治安是个"实干"的官员，从无到有建起的"阜阳科技生态园"、"皖西北商贸城"、"阜阳工业园"、"循环经济园"，规模少则近千亩，多则数千亩，均是大手笔。

黄玉浩还记得，他听说一个老百姓因为拆迁的事一直上访，辗转取得联系后，他知道老百姓手里有举报材料。"我说我过来拿，他说不行，村子里有眼线，让我将车停在村外的路边。举报者四处张望了一阵，确定没人跟踪，让我打开车窗，将一摞举报材料扔了进来，匆匆离去。"

黄玉浩开始四处寻找那些当地上访的群众，说服他们，获得尽量多的线索。他也慢慢赢得当地百姓的信任。包括后来的关键人物，一位司法系统的退休干部，帮了他很大的忙。

跟踪之下

这期间的 2008 年 5 月 12 日，汶川地震。新京报先后派出四五十人的采访团队。身在阜阳各地的记者也撤走了大半。黄玉浩感到困惑和不安，他想去汶川。

这个想法被刘炳路否定："这个题目要做下去。"

在中青报之后，关于阜阳白宫和张治安的消息不断被媒体曝出，留下的空间不多了。

黄玉浩问刘炳路，怎么做，这个稿子才算成功？"采访到张治安就算你牛。"刘炳路说。

采访完手足口病，黄玉浩"潜伏"了下来。采访很快进入到了第二十天。关于张的举报材料，已经积累了二十米斤。

为了调查皖西北商贸城的占地情况，黄玉浩找了当地的一位朋友指引。没过几分钟，一个干部模样的人走过。接下来，两个留长发、衣着鲜艳的青年便始终跟着，距离保持在二十米。他们被跟踪了。

甩掉他们，喊了辆出租车，两人开始在商贸城兜圈子，两个青年也上了辆出租车始终尾随，直到黄玉浩和朋友离开颍泉地界，中途换了三辆出租，在城区转了二十分钟，才得以脱身。

5 月 19 日，采访第二十一天。

在掌握了张大量违规占地、强制拆迁的事实后，黄玉浩决定当面采访张治安，"必须要找他当面求证。"

采访张治安并非易事，多家媒体都曾被拒之门外，黄玉浩心里并没有底。

"对举报人先抓后查账?这是妖魔化我"

阜阳颍泉区委书记张治安谈"白宫事件"，称区政府大楼也是政府形象，自己和举报者无多少接触

他决定高调一次，随后给阜阳市委书记和市长分别打去电话，"没接，发短信，摆明身份后称我在本地已一个月了，正在采访，有些情况需要核实。"

很快，市委宣传部长的电话打了进来。

"我要采访张治安。"黄玉浩告诉宣传部长。因为做手足口病的报道，黄给这个部长留下了很好的印象。

宣传部长说，晚上一起吃饭。

饭局中，来了一个人，那是跟随了张治安十二年的秘书。"当时就明白，这是他们设的一个局，秘书是替张治安探风来了。"黄玉浩说。

摆在酒桌上的是安徽本地白酒——46度的金种子酒。照这位秘书摆出的规矩，一人一瓶，三口干了。"我说，换大杯吧，不用三口，两口干！"按照黄玉浩的想法，这既表明了他的诚意，也打乱了对方的方寸。

果然，两口白酒喝下去，秘书立即出去吐了。

此时，黄玉浩知道，见张治安的时间不远了。当然，他自己也为此付出了代价，在酒店地板上浑浑噩噩睡了一夜。

酒店大堂里，也有几个人一夜守在那里。

这是黄事后听说的。酒店前台说，这些守在酒店的陌生男子，几次试图强行闯上楼梯，都被酒店服务员拦了下来。

"唯一一个"

黄玉浩说，或许是那一瓶白酒促成了他对白宫书记的专访。

5月20日上午，张治安接受新京报专访。"你是我近一年来接受采访的唯一一个记者。"张治安毫不掩饰。黄玉浩随后将所有的疑问推向了张治安。

此时，黄玉浩身边的"保镖"增加到五六个，吃饭、买水果，所到之处，如影随形。

遭遇跟踪的还有《南方都市报》深度记者鲍小东。在采访张治安家族二十余天内，他的采访都潜伏在地下，先后换了十次宾馆，先后多次拒绝了标明"土特产"的手提袋。

两人在各自采访中均遇到一个问题，当地政府人员或是张家人，已将记者的个人资料查得一清二楚。

采访张治安的当天下午，一位自称来自北京的光头男子走进黄玉浩的宾馆房间，手里拎着一个黑色袋子。对方说，里面是六万块钱，他发誓"这事不会有第三个人知道"，拿了就是朋友，不拿就是敌人。黄拒之，当晚乘车返回北京。

2008年6月5日，张治安被警方带走协助调查。

2008年6月23日，新京报推出五个版的核心报道，从李国福之死、五大工程，到张治安的专访。黄玉浩也成为唯一一名采访到张治安的记者。

次日，记者从安徽省纪委获悉，张治安已被停职，其停职与颍泉区"白宫"事件举报人死亡事件有关。

"白宫书记"终于落马。

2007年8月，"世界第一农民公园"——八里河公园的景点"北海白塔"附近，村民在此地放牧了一头牛。　　本版摄影/黄瑶

颍泉"五大工程"成长史

张治安任颍泉区委书记后建有五大项目，因占地等问题引争议，其任职期被认为经济快速增长

"对举报人先抓后查账？这是妖魔化我"

阜阳颍泉区委书记张治安谈"白宫事件"，称区政府大楼也是政府形象，

自己和举报者无多少接触

刊发日期: 2008 年 6 月 23 日

记　　者: 黄玉浩

对话人物

张治安

四十六岁，阜阳市颍泉区委书记，因"白宫事件"备受关注。

5 月 20 日，阜阳市颍泉区委书记张治安，在阜阳科技生态园接受了本报记者的专访。半个月后的 6 月 5 日，他被进驻阜阳的安徽省纪检部门调查组带走"配合调查"。

关于"白宫"　"发达地区能搞，我们为何不能搞？"

新京报: 网上叫你"白宫"书记，你怎么看待"白宫事件"？

张治安（以下简称"张"）: 一个区域经济发展了，配套的服务设施都要跟上去。我当书记这十年来，全区财政年收入由六千万到现在一亿多，区政府大楼是政府的形象，也是一个城市的招牌。我们去上海考察，发现他们有个法院就建成这样，他们是产权置换来的，发达地区能搞，我们为什么不能搞？

新京报: 对李国福等人的上访行为，你怎么看？坊间传闻他被抓跟你打击报复有关。

张：如果群众上访，说明他们的利益被触动了，作为基层领导肯定要重视的，要去了解，尽量解决。但有些人为了小部分利益而触犯大多数人的利益，我们也没办法。

我和李国福只是认识，只是工作关系，并无多少接触。

新京报：李国福在举报你的信中称，你对待举报人采取的措施是经常先抓人后查账？

张：这是在妖魔化我，我没有这个观点。关键是你有没有问题，我没有问题，就不害怕调查。我们市委书记曾说，误解比疫情更让人委屈。遭到了全国网友的指责，我现在还敢说什么呢？

新京报：自"白宫"事件被曝光以来，你有什么样的感受？

张：我在铺天盖地的报道面前，真的感觉很弱势，我什么都不想说，说什么都会遭到骂声。没什么压力，什么事情都会水落石出的，媒体现在那么发达，能有什么瞒得住呢。

关于生态园　　"我有问题的话，组织可以查我"

新京报：你好像很注重大规模建设，如皖西北商贸城占地七百八十亩，循环工业园占地数千亩，科技生态园也有一千多亩。

张：做官就是多做一些实事，这是我应该做的。

新京报：你说的实事是指什么呢？

张：不唯官不唯上只唯实，想老百姓所想，急他们所急。

新京报：可是很多工程都占了农民大量耕地。

张：我认为，不是种了麦苗的地，就一定是耕地，国家、省、市都是有规划的，哪些地将来要做基本农田，哪些属于建设用地，都是有规定的，我是按制度办事。

新京报：据了解，来生态园游览的人并不多，相对于颍泉区经济发展水平来看，生态园林是否超前了呢？

张：生态园主要是用来做皖西北商贸城的配套设施，商贸城建好以后要招商引资，那软件环境必须要跟上去。以前外地人来阜阳都没有地方游玩，现在河南、江苏甚至山西都知道安徽有个生态园，已经成为阜阳的招牌了。

本地老百姓一时消费不起，这是个长远的投资，最后受益的还是老百姓。因为招来商留住商了，经济就发达了，老百姓的收入才高。

新京报：不过，区国土分局提供的材料显示，这个生态园的土地没有经过任何审批。

张：没有经过审批，是因为土地的基本用途还没有改变，即使是旅游，我们也是开发农业旅游嘛，国家授予生态园"全国生态农业示范基地"就是认可，我有问题的话，组织可以查我。

新京报：生态园土地全是租来的，租金一年六百五十元钱，加上一些米面，一租就是十年，有老百姓不满意这种租赁政策。

张：这片地原来就是洼涝、沼泽地，每年种粮食都亏本的，一年一亩地也就收入个四百多元。还没现在好呢，可以来生态园打工，又能领租金。建设这个公园，就是老百姓主动申请的。十年后，我们可以继续租啊。

关于工作作风 "特殊环境下，必须要有特殊的举措"

新京报：有群众反映你工作作风粗暴，曾提出过先拆迁后安置，是这样吗？

张：做基层的领导很难，特殊环境下必须要有特殊的举措，否则没法开展工作。我没有说过先拆迁后安置，但我对下属要求很严，工作要求很高，达不到标准就不要干了，这过程中可能有些干部执行政策会走样。

新京报：据说每次拆迁，你都亲自到现场？

张：我做了十年的颍泉区委书记，几乎每天都在办公室里待十个小时以上。对于我来说，没有星期天，没有娱乐休闲，就是希望每天都在工作。

新京报：颍泉区有官员反映他们很怕你。

张：可能我对工作要求严格，心里没有鬼的话，干吗怕我？

新京报：你是怎么看自己的？

张：我就想做自己，走自己的路让别人说去。我作为一个基层的官员，只想为官一任能留下属于我自己的痕迹。我对得起自己，对得起工作，对得起党。

汶川地震：为灾难报道树一座丰碑

辛　未

作　　者：新京报全体采编
刊发日期：2008 年 5 月 13 日至 6 月

这是新京报创刊八年以来，最能体现报社理念和整个新京报人气质的一次报道。最早进入映秀；冒死拍下惊魂一刻；率先刊发"建议为死难者降半旗"评论；在三十个小时内采编《逝者》特刊……整个采编团队密切合作，推出特别报道四百多个版，连续八天刊发号外，制作《逝者》、《活着》两期特刊。

2011 年 6 月 21 日，北京，十四岁女孩李月的第二本新书《舞月豆蔻》出版。封面上，李月戴上了眼镜，目光平静坚毅。她装上了假肢，微微胖了一点，但幸存的右腿依旧保持着舞者的修长和挺拔。

三年前的 5 月 18 日，这个小姑娘瞪着一双漆黑的大眼睛，怀里紧抱一只芭比娃娃，躺在绵阳市 404 医院的病床上。淡蓝色的床单裹住了她大半个身子，上面布满了各种输液管线，还有断腿处渗出的血迹。一条细长的右腿从床单中伸出来，匀称，纤细，脚尖紧绷……

2008 年 5 月 19 日，新京报目击版以《腿没了，芭蕾在》，首次刊登

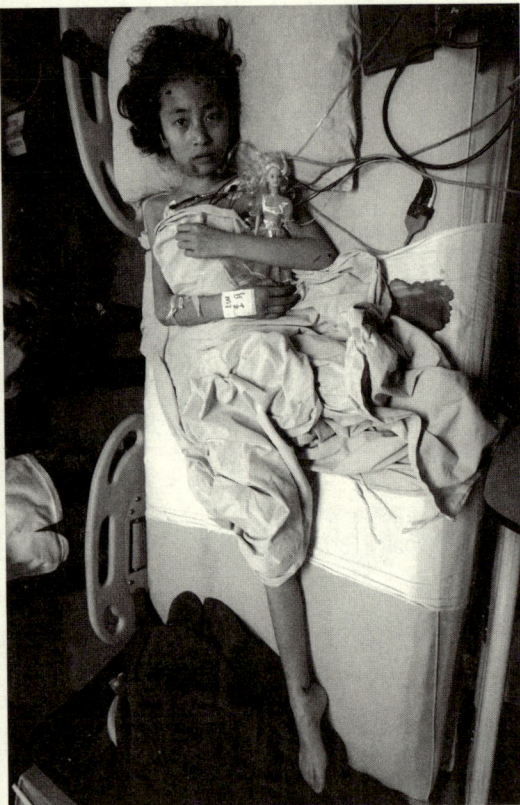

北川芭蕾女孩李月。

了北川芭蕾女孩李月的大幅照片。

残奥会总导演张继刚看到了这张照片，被李月的坚强深深感动。

四个月后，9 月 6 日，李月出现在了残奥会开幕式上。表演了张继刚为她在开幕式中量身设计的舞蹈《永不停跳的舞步》。

她的芭蕾梦，因为地震折翅，又因为新京报的一篇报道以另一种方式得到延续。现在，当初的芭蕾女孩，已被人们称为"芭蕾公主"，她的梦想在更广的天空伸展。

当李月在坚强延续自己的芭蕾梦时，绵阳，四十九岁的龚天秀化着淡妆，已经在银行上班了。她不惜卖掉房子，借债四十万装了进口的假肢，努力练习走路平稳。她要坚强地美丽地活下去。

同样是 2008 年 5 月 19 日，新京报首次报道了北川农行职工龚天秀在废墟下砸腿喝血求生、自己锯掉右腿爬出废墟的故事。

龚天秀的故事震惊了国人，她成了 2008 年"感动中国"候选人。袁泉等明星陪着她去了三亚旅游散心。

也是在这一天，北川，狱警唐首才和妻子肖月霞过着平静而甜蜜的生活。和这片饱受震恸的土地上千万幸存的人们一样，他们珍惜每一个刮风、下雨、烈日、暖阳的日子。

2008 年 5 月 28 日，新京报地震特刊《活着》报道了唐首才"救囚犯，舍妻女"的故事。北京女老板肖月霞看到报道，哭了。肖月霞给唐首才写了信，表达对他的安慰和敬意。后来，他们有了爱。

2009 年，他们在绵阳结婚了。新京报的那篇报道版面被放大成一人多高，立在婚礼现场。

……

故事还有很多，三年过去了，被改变的命运还有很多。

"汶川地震报道是新京报创刊八年来，最能体现新京报办报理念，最能凝聚新京报人团队精神，最能展现新京报人气质的一场报道"，2011 年 9 月 7 日，新京报执行总编辑王跃春如此总结。

现场！现场！

和许多远离震中的人反应一样，新京报深度报道部主编刘炳路在 2008 年 5 月 12 日 14:28，最初的反应是"头晕"。

北京震感轻微，当天下午两点半左右，刘炳路在办公室突然说了一句："我是不是生病了，怎么觉得头晕。"接着，办公室其他几个人也都纷纷表示头晕。

很快，他们得到地震的消息。那时尚没有微博，媒体人获知突发事件最快的途径是订阅门户网站的短信快讯。十八分钟后，新华网发布消息确认：四川汶川发生 7.8 级强烈地震。

新京报四楼的整个时事新闻中心顿时忙碌起来。记者编辑们纷纷开始查阅信息，核实震情。北京新闻部主编胡杰当时和记者崔木杨在楼梯口的吸烟室吸烟，两人掐灭烟头跑回办公室开始在地图上找"汶川"。地震局线口记者林文龙很快从地震局核实到消息：地震很严重，可能有 8 级。

深度报道部记者是"飞虎队"，十多号人日常分布在全国各地。主编刘炳路的脑子里立即蹦出了正在西南的两名深度记者：在成都采访彭州石化事件的吕宗恕和在重庆采访监狱改革的杨万国。

孙献涛，时任新京报分管时事新闻的副总编辑。当时，他正在办公室看版。刘炳路跑来给他汇报：四川发生地震，很大，死亡可能上千人。

并告诉孙献涛，有两名深度记者在成都和重庆。

孙献涛指示，派这两路记者立即赶赴现场，同时加派摄影记者。

"抵达现场永远是新闻人的第一使命。"刘炳路一边查询最新情况，一边试图联系前方记者。但最初的半小时，整个通讯被阻塞。

此时，吕宗恕也在焦急地联系后方。

当天 14:30，他在成都约有采访。刚走出出租车，就看到街上突然跑出很多人。惊慌失措，一些人甚至穿着睡衣。

他一把抓住一个从身边跑过的妇女，问："怎么了？"那女士边跑边喊："地震了！"

这时，另一阵震波袭来，他顿觉天旋地动，电线杆摇晃剧烈。

吕宗恕马上掏出手机准备给主编刘炳路汇报，但发现手机已无法拨出。

街边公用电话亭上已经排了长队，人们都在给亲人打电话问平安。吕宗恕排队，半小时后，他打通了刘炳路的电话。刘炳路指示，取消原有采访，立即转做地震报道。

吕宗恕从业前开过影楼，被誉为新京报"摄影最好的文字记者"。他自备了上万元的相机。得到指令后，他扭身从背包掏出相机，逆人流冲上一座楼梯已有裂缝的楼房，拍下街道上人们慌乱的全景。然后，打车奔向汶川。

深度记者杨万国当日中午正在重庆市司法局采访，突然觉得沙发在晃，随即房子在晃。意识到地震，他跟随司法局人员一口气从十楼冲到一楼，惊魂未定，第一反应是，就地开始采访。

重庆地震局离司法局只有几十米。他随即赶到地震局。紧急会议已经召开。很快，从这里他获知发生了 7.8 级地震，在汶川。他意识到情况有点严重，知道同事吕宗恕在成都，当时很担心，就给吕宗恕打电话，不通。接着马上给刘炳路打，还是不通。

然后他到街上采访。约一个小时后，他终于接到刘炳路的电话，简单沟通后决定赶赴汶川。

现场！现场！此时，汶川对许多记者还是第一次听闻，赶赴现场成为媒体人的第一使命。

重庆的街道已经一片混乱，出租车纷纷拒载要赶回家。杨万国强行拦停了一辆出租车，好说歹说，让司机送去车站。在飞机、火车还是汽车的短暂权衡后，他选择了长途汽车。

事后证明，这是正确的选择。不久，入川火车停开，双流机场关闭。

在颠簸的汽车上，杨万国开始写重庆的当日地震稿，当日重庆一所小学几十个孩子伤亡。

邻座旅客的一位朋友在成都跑"野的"（当地黑车俗称）。杨万国通过他联系到"野的"司机，请他在长途汽车站等候，晚上九点半许，汽车抵达成都，下车后，杨万国马上坐上黑车，赶往汶川。

通常情况下，新京报两位深度记者已能应付一般灾难报道。而那天，在震后一个小时内，胡杰和刘炳路先后请缨赴汶川。

13:55，新华社发布消息，总理温家宝已率多位部长登上专机，赶赴灾区。

此时尚没有伤亡数据，但孙献涛意识到事情重大。他同意胡杰和摄影记者赵亢作为第三批特派记者，立即出发。

赵亢已经提前预订了晚间七时许飞赴重庆的机票，那是最后三张。胡杰冲回家往包里塞进几件衣服，赶赴机场。

晚八点，数千人的死亡数据已经出来。"我们意识到死亡可能要超万人"，孙献涛说。他决定，再派第四批记者，北京新闻记者崔木杨和摄影记者王申出发。

崔木杨立即订了13日早上七时许最早一趟飞重庆的机票。然后和王申各自做采访准备，一直忙到凌晨三点多。担心误事，两人决定不睡了。在办公室坐到凌晨六点，赶赴首都机场，搭上了经西安转机抵重庆的飞机。

执行总编辑王跃春当晚十一点多从深圳赶回北京。下了飞机，立即赶到报社，参与值班。次日一大早，又赶到报社。

此时，新京报已先后派出四批记者，但灾情还在加剧。报社更多的记者想奔赴一线。"李天宇、耿小勇、吴江等记者就赖在我办公室不走。"王跃春回忆。

当天，新京报又派出了文字记者李天宇和耿小勇，摄影记者韩萌和吴江。司机王成良驱动了报社一辆久经风霜的越野吉普，众人采购了食品、药品，驱车从北京赶赴四川。

深度记者李增勇是重庆人，和驻渝部队熟悉。他联系到解放军后勤工程学院，得知该院救援队14日一早将赴灾区。13日晚十一点半，李增勇飞赴重庆，和部队会合。次日一早，搭乘军车赶赴都江堰。

至5月13日，新京报已先后派出六批记者共十一人。此时，正在缅甸采访的摄影部主编陈杰和文字记者徐春柳也折转头，向汶川灾区进发。

"对于这样重大的历史性灾难，体现媒体的作为首先是抵达现场。我想新京报当时决策是及时的，我们判断比较准确，反应迅速，报社高层也承受了压力。当天就先后派了四组记者，这在全国媒体里面也应该是很少见的。"9月13日，现为光明日报出版社副社长、总编辑的孙献涛回忆起三年前那些不眠的日夜，依旧显得激动。

挺进北川

在成都与地震遭遇，让吕宗恕成为四川之外抵达地震重灾区的最早的媒体记者。12日下午，在都江堰，他拍了几张照片后，就租了一辆摩托车接着向汶川进发。但是在出城的高速路口，交警拦住了他们：大桥断了，映秀已经失去了联系。

吕宗恕折转身回到都江堰采访。在倒塌最严重的中医院，他拍下了很多照片。晚上八点，他采访完毕，赶回成都，找到一家网吧，把当天最新拍摄的灾区照片传回报社。

晚上十点多，吕宗恕还不死心。此时，震中情况未知。他想抵达震中，于是又在成都租了一辆车，再次驶向映秀。司机绕过了被交警封锁的路口，但是在坍塌的大桥口，车不得不停了下来。

此时，杨万国刚从重庆赶到都江堰。他最初的目标也是赶到震中映秀。在都江堰，他和吕宗恕通上了电话，吕告诉他，映秀路断，无法进去。两人约定，先分头在都江堰最严重的几个地方采访，次日再分工。

此时的都江堰下起了阴冷的细雨，整个城市变成一座黑城，杨万国两年前曾来过都江堰，但当初的繁华整洁已完全消失。

在一个漆黑的街角，那位敬业的黑车司机一直等着杨万国。他下车，直接奔向了死伤最严重的新建小学。这座小学的大门是一座楼房的门洞，此时，已经被民兵志愿者封锁。门口，数百名哭喊着的家长在焦急地等待。此时，不知道是哪位决策者让一辆殡葬车开进门洞，去拉小学里孩子的遗体。

这一举动激怒了家长，他们愤怒地咆哮着，拿起砖头石块砸向殡葬车。一些人冲向殡葬车，要掀翻它。他们愤怒的是，倒塌的教学楼里还不时有孩子被救出来，此时需要争分夺秒地把孩子送到医院，而殡葬车会挤占救护车通道，堵塞狭窄的门洞。

杨万国趁这场混乱冲进了门洞。

杨万国担心被里面看守的武警揪出去。他藏在一座已经被震掉楼顶的平房角落，然后给编辑部打电话，做现场口述报道。但机器轰鸣，信号太差，他需要不断地切换联通或移动的信号，吼着嗓子说话。

他的声音让一位武警发现了。这位武警过来，没有赶他走，而是提醒他，随时有余震，小心墙壁倒塌。

展现在他眼前的那座小学的主教学楼已经成为一座巨大的废墟。几台挖掘机在吊开破碎的水泥块，有孩子完好无损地从里面被掏出来，更多孩子被掏出来时已经死去。

废墟边，操场上，鲜红的标语横幅下，是一排排孩子的遗体。

巨大的情感刺激下，杨万国在口述电话稿时哭了。后方编辑汪庆红一边安慰，一边敲下这些来之不易的文字。

凌晨一点，后方截稿。杨万国继续采访到凌晨三点，雨越下越大。他已经一天没有吃饭，于是决定返回成都找个地方吃点东西，安置下来，再做打算。

回到成都，余震不断，找了几家酒店，房子都裂了，拒绝接客。他劝说那个黑车司机也不要回家了，两人在那辆狭小的奥拓车上坐了三小时，迷迷糊糊睡到13日凌晨。

13日，北川死亡万人的消息已经传出来。吕宗恕留守都江堰，想法挺进汶川。杨万国决定赶赴北川。但黑车司机这次不敢去了，随便怎么加价也不去。杨万国只好哄他，先去绵阳。他们没有吃饭，准备到绵阳吃。两个多小时后，赶到绵阳才发现，整个城市没有一家开门的餐馆，他们在路边买了几袋饼干充饥。

再哄司机，去北川，不肯。加价。司机犹犹豫豫地向前开。靠近辕门坝时，开始看到大量的塌方，巨石下面是变形的汽车，残缺的尸体。司机再也不肯前进了。

杨万国就地开始采访从北川逃难出来的灾民。晚上十二点传稿完毕，领导要求次日出"核心报道"，这是新京报的深度报道品牌，要求很高。他的压力很大。从灾民那里分到一个盒饭，他已经累得摇摇晃晃了。但想到次日要完成一篇北川震后"特稿"，他不敢休息，继续在满是灾民的绵阳九洲体育馆采访。凌晨三点多，他在体育馆找了一个角落，枕着采访包睡了一会儿。

14日一早，通过抗震救灾指挥部，他联系到绵阳市野战俱乐部的志愿者——两个退役武警，用他们的越野车载上杨万国和两位本地记者，挺进北川。

在任家坪，谷底就是成为废墟的北川县城。但是成百上千的救灾官兵坐在军车底下，一脸茫然。

原来，谣传北川上游的唐家山有一个巨大的堰塞湖要垮，这些官兵刚从县城跑上来。

两位退役的武警战士肩负保证记者安全的职责，他们建议现在不能下到县城去。但杨万国坚持：好不容易赶到现场，应该第一时间进去看看。

两位志愿者被打动了。没有路，五人循着巨石间的空隙翻进县城。眼前所见，便是无尽的死难和苦痛。死者，尚未被救出来的呼救者，深山里的逃难者，充斥这个已经被埋掉百分之七十以上的县城。在废墟中攀行，你不知道何时何地会突然冒出来一具残缺的尸体矗在面前。

他们遇到江苏和陕西的两支消防官兵队伍，他们是唯一不怕上游洪水谣传，坚持救援的部队。还有一个瘦弱的年轻女孩，从乐山赶来，带着五个一样年轻的志愿者，也在县城到处寻找呼救者。

整个被埋的学校、成四十度角摇摇欲坠的房屋、大石头下被压着两

震后的北川一中。

天还在呼救的幸存者梅晓波、在废墟下只能露出一只手但是还在劝爸爸不要哭的小女孩范泉燕……在这座县城，生命的苦难和生命的顽强交织在一起，杨万国和他的志愿者同行在一次次落泪后又一次次擦干泪水，他们只有一个信念：完成职责。

进入映秀的最早记者

14日上午，杨万国在北川的废墟中穿行时，吕宗恕决定不惜一切代价走进映秀。

他租了一辆车抵达紫平铺水库岸边，发现已经有冲锋舟在摆渡从映秀里面逃难出来的灾民。这是交通部海事局的救灾队伍。吕宗恕搭乘冲锋舟穿过水库，抵达阿坝铝厂，下船。

人们告诉他，里面道路全毁了，还在不断塌方，走进去很危险。一

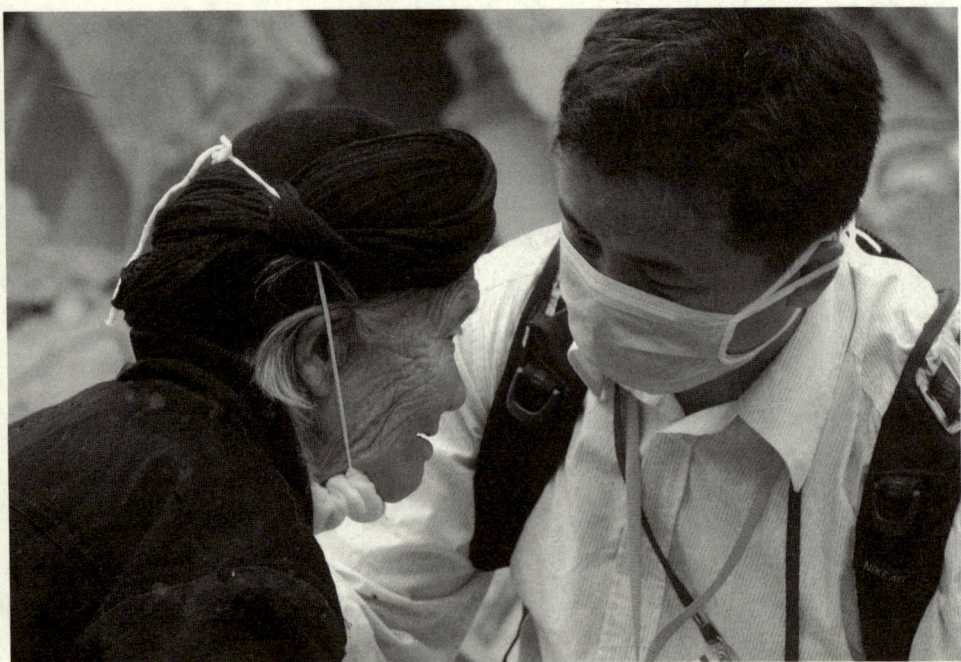

吕宗恕在映秀小学采访。

个中建的建筑工人把他的安全帽摘下来给了吕宗恕，还有一根树枝做的拐杖。工人告诉他，万一遇到没有脚印的稀泥处，用拐杖探探路。最后说了声："兄弟，保重！"

"我一路走进去，迎面而来的都是身上糊着血和泥的灾民。只有我一个人在逆人流而进。有种前途未卜的感觉，心中有恐惧，但对新闻的信念支撑我。"三年后，吕宗恕回忆起来，还是很激动。

右边有塌方飞石，左边几十米下就是波涛汹涌的岷江。许多地方需要手脚并用地爬。一位牵驴的灾民告诉他："踩着脚印走，不能走没有人走过的路。"吕宗恕担心的是："万一跌进岷江，自己不会游泳怎么办？"

他走了四个多小时，当日中午，抵达映秀，成为全国最早进入孤岛映秀的记者之一。

灾民遍地，一片空地上，躺满了老人和小孩。废墟，流血，哭泣。吕宗恕不断地拍照、采访，忘记了饥饿。

到了晚上，问题来了。这里与世隔绝，他拍摄的大量鲜活照片和采写的文字怎么发出去？

在一个土坡边，他遇到了武警四川森林总队的副政委。他们也是最早徒步挺进映秀的部队之一。副政委提供了部队的海事卫星，吕宗恕打通了刘炳路的电话。

三年后，刘炳路还清晰地记得，当晚十一时许，他突然接到这个陌生的号码，是吕宗恕！失去一天联系后，他突然在外界尚不知情的震中映秀出现。刘炳路激动得当场向周围的同事宣布，吕宗恕进入了映秀！

在无法设想的遥远深山里，他听到这个三十岁的男人，在卫星电话另一头一边口述前方情况，一边开始抽泣。

刘炳路安慰："宗恕，别激动，慢慢说。"这一劝，吕宗恕的哭声更大了，他说："我的旁边都是尸体，还有互相搀扶着的群众，身上满是泥，还流着血，我的巧克力都分完了，他们还在不停地围过来。"

听完这一席话，刘炳路也说不出话来了。

"吕宗恕是除新华社和中央电视台之外，第一个进入映秀的记者，我想，新京报所有的前方记者都和宗恕一样，有着共同的经历，他们在透支着最大的体能，千方百计进入一个个不可能进入的现场，也直面最残酷的灾难带给他们的伤痛。"

"好样的，兄弟们！你们是最牛的记者！"当晚，刘炳路在他的电脑上写下了这段文字。

在映秀，吕宗恕在车里睡了五天，没有洗澡，也没有换衣服。他最早采访了映秀小学谭校长，看着这位老校长的头发变得更加花白，络腮胡一点点地盖满全脸。

在采访时，遇上求助的灾民，吕宗恕无法坐视不管。他经常放下手中的相机，对灾民伸出援手。他记得一位杨姓大婶自己受伤了，儿子双腿断了，只能躺在地上。家里其他人都遇难了，没有人能帮她把儿子送

昔日的家园，废墟一片。

到直升机停机坪。她遇到采访的吕宗恕，乞求他帮忙。吕宗恕放下相机，跑到路口截住一位逃难的灾民，两人合伙把年轻人抬上直升机。"伤员实在太多，最初每个人都只能顾自己。"

此后，吕宗恕四进映秀，其他报社多次轮换记者后，他还在灾区坚守了一个多月。他和杨万国是从地震灾区发回文字报道最多的记者。

"将军夸我像个兵"

胡杰和赵亢 12 日晚十一点飞抵重庆，次日中午抵达都江堰，也成为外地赶赴灾区最早的记者。此后，赵亢也进入映秀，拍下了大量独家照片。胡杰则作为新京报前线采访总指挥，多数时间坐镇成都，准备物资，调派记者。

15 日上午，李增勇和重庆后勤工程学院的专家组从重庆出发赶赴成都，当时灾区的饮用水已经告急。专家组此行的目的就是架设野战紧急供水站，保障部队和灾民的饮水安全。

15 日当晚，他们在离成都不远的郫县扎营。当时已经有几万大军驻扎在都江堰至成都一线，由于交通中断，救援大军和大量的物资无法向前推进。

16 日，他们上午去了都江堰，解放军后勤工程学院在此架设了灾区首台野战供水站，当时都江堰已经中断供水五天了，还有传言称化工厂泄露污染水源。

下午，李增勇随部队开赴德阳市绵竹汉旺镇，这里的东方汽轮机厂子弟学校垮塌，初中和高中千余人被埋，操场上摆满了尸体，挖掘现场已经有了臭味。

在现场，李增勇不忍心打扰那些沉痛中的家长。一个家长坐在那里发呆，李增勇刚和她说了一句话，她就开始大哭。她的儿子被埋，挖出来已经一天了，由于严重变形一直没认出来，她是通过裤子上的小洞辨认的。

后方，刘炳路在一张四川地图上标上了各地记者分布情况。"像指挥打仗一样。"刘炳路说。

汶川、北川、绵竹……新京报记者已经先后挺进这几大地震极重灾区。但茂县尚与世隔绝。

李增勇决定挺进茂县。16日晚，他联系上了成都军区驻渝某集团军的宣传干事高效文。17日一早，就随高效文赶到军用机场。直升机起飞前两分钟，登上了飞机。

茂县的道路已经全部中断，进出只能靠直升机。李增勇也成为最早进入茂县的记者。

此后，李增勇在茂县坚守四十多天。期间，他随部队深入茂县的南新、东兴、富顺、沟口、黑虎等十余个乡镇采访。沿途塌方一直在持续，几次都险些被滚下的石头砸到。

解放军后勤工程学院给他配备了一套野战军背囊。深入乡镇采访时，因为担心塌方后被隔离，他和士兵一样，需要背上五天的给养。野战背囊里面装有被子、褥子、雨衣等，再加上自己带的电脑、相机、水和食物衣服等，有三十公斤，超过一般士兵的背负。此后，李增勇先后随武警、装甲师等三支部队采访，为了增加采访机动性，也尽量不给部队添麻烦，他都随身背着这只行囊。

在成都军区驻渝某集团军时，部队的被子极其缺乏，帐篷也很缺乏，他和十几个官兵挤在一个帐篷里，有些人晚上只能裹着大衣躺在地上。川北高原，灾区的昼夜温差特别大。白天穿单衣还热得冒汗，晚上穿着大衣也冷得打哆嗦。幸运的是他带了背囊，晚上还有保障可以坚持写稿。

李增勇靠着背囊自己解决了后勤问题，驻渝某集团军政委崔昌军少将和政治部主任张贡献少将看到后感叹，还没看到记者带背囊的。将军夸他："真像个当兵的。"

吃饭，最初困难得难以想象。刚进入茂县的时候，茂县全城面临断粮的危险，最多只能坚持三天。部队吃饭无法保障，每天吃稀饭和咸菜，全部都是当地老百姓送来，如果百姓不送只有饿着。

李增勇把自己完全变成了一个兵。从成都出发前，解放军后勤工程学院给每人都准备了干粮，要求每个人都把自己的背囊装满，尽可能的多带干粮和饮水，担心万一被困，好保命。李增勇在自己的背囊里装了五天的干粮，还有六瓶矿泉水。这些干粮和饮水不止一次救了急。

灾区的水源受到污染，军队的防疫人员不让大家接触生水，灾区的供水是完全中断的，饮水极其困难。茂县交通中断，所有物资均靠直升机运进，直升机每次只能运 1.6 吨。

尽可能地多储存饮水，成为李增勇和战士们必须学会的常识。矿泉水只敢一小口一小口地喝。

洗脸、刷牙、洗脚、洗澡，这些事在最初的十天里根本不敢想。每天冒着太阳采访完，晚上和衣而睡。

写稿、传稿只能用"抢"来形容。灾区部队指挥所每天都是固定时间发电，大家都抢着给手机电脑充电。整个指挥所只有一部卫星电话，用于和外界联系和指挥救灾。李增勇最初只能通过卫星电话口述，每次发稿要占用很长时间，总是不好意思。

后来架设了一条卫星宽带，全县所有的外传都指望着它。记者也多了，每天发稿都像打仗。

他还随集团军的干部去东兴镇接应徒步进来的军队，中途百姓夹道欢迎。他们的粮食也很少了，把鸡蛋凑起来煮熟了等着部队，路过时硬往你手里塞，不吃他还急，有的都急哭了。李增勇说，那一路，他看到了真正的"爱戴"，也沾光跟着吃了五个鸡蛋，"边吃边哭，好久没这么感动了。"

惊魂一瞥

王申和崔木杨赶赴灾区后，最初两天在一起采访。16 日，分工变化，崔木杨留在绵竹，王申决定挺进另一个被隔绝的重灾区理县。

17 日，绵竹抗震救灾指挥部发布消息，因为道路损毁，堰塞湖阻挡，金华镇三江村一千多名村民生死不明。

崔木杨和新京报摄影部主编陈杰决定进入金华镇采访，他们随同被派往搜救的二十二名空降兵官兵徒步挺进三江村。

当晚十一时，空降兵某部指挥官戴志强率队寻找到五十七名村民，此前因山断路绝，这些村民被困在绵竹市金华镇三江村整整五天。

2008 年 5 月 18 日，零时，正当部队计划率村民外撤时，突降暴雨，三江村周边山体出现滑坡，山上泻下的泥石流阻断了通往村庄的所有道路。到凌晨三时，原本小规模塌方的李家山发生山崩。凌晨六时，再次大规模山崩，沙尘中一米内不可辨物。巨石形成的石河向三江村灾民和部队驻扎的高地蔓延。

此时，戴志强开始求援，希望部队能够早点把飞机派来，但没有任何回音。依照计划，救援直升机 19 日才会赶来，提前爆发的山崩无人预料到。此时，部队的海事卫星电池耗尽，两部北斗卫星接收器也因为余震产生的地磁变化影响，全部失效。向直升机求救的信号弹也全部打光，整个部队和灾民与外界隔绝。随行侦察兵原来勘探出来的逃生路线也被山崩完全损毁。

18 日上午十时，三江村对面的李家山第六次出现大面积山崩，客车大小的石头从山体内横向喷射而出，情况危急，求生高地随时可能被全

新京报记者陈杰在灾区献血。

新京报记者崔木杨在山间行进。

部掩埋。部队开始选派敢死队，每位官兵留下遗书，准备突出绝境，向外求援。

崔木杨和陈杰两位记者在绝境中和部队及灾民坚守在一起，目睹了这生死一线的场面。

幸运的是，此前陈杰利用自己所携海事卫星仅剩的一点电对外发出了求救信。18日上午十一时，救援直升机抵达，滞留在三江村的八十七人乘坐直升机安全撤离。

八十七人的安全撤离，让汶川地震中最后一个与外界失去联系的孤岛消失。

和崔木杨分别后，王申联合了几个媒体同行，租了一辆车，开始不断翻越雪山。

他们需要从西线经夹金山，马尔康绕行数百公里，挺进理县。

17日下午，他们抵达离理县只有五公里的一个叫高家庄的小山村。此时，刚刚抢修通的公路狭窄，布满石头。小村庄右边就是震后灰白松软的山体，仿佛被巨兽的爪子抓过，不时有飞石砸下。他们一行准备快速通过时，突然遭遇余震，山上飞石倾泻而下。

一伙人赶忙跑出车子，逃向左边平缓地带。五分钟后，看似平静了，王申走向车子，大家准备继续前行。突然，一波更大的余震袭来。

"声音非常大，是一种吼叫的轰鸣声，随着声音传来，那面山变黑了，整个山体被烟尘笼罩。"王申回忆。

刚刚回到车边的人们本能地拔腿逃命。王申也一样，只顾得上拿着相机，扭身就跑。在奔跑的过程中，他本能地扭头把相机对准崩塌的山体，按下了四次快门。

次日，这幅冒死拍下的照片《生命线"惊魂"》刊登在新京报头版。

这幅照片也因其惊险和鲜活，获得了2008年度新京报突发新闻摄影金奖，以及该年度的中国新闻摄影金镜头铜奖。

"'如果你拍得不够好，那是因为你靠得不够近！'战地摄影师卡帕的

新京报记者王申在奔跑过程中舍命抓拍下的山体崩塌瞬间。

名言，是对这张照片最有力的注解。照片背后，是摄影者生死一线间的恪尽职守。"2008 年 11 月，在新京报年度新闻奖颁奖典礼上，现为新京报副总编辑的何龙盛这样评价。

抢制特刊 致哀逝者

此时的新京报也仿佛进入了战争状态。社长、总编辑戴自更亲自参与到采编一线指挥。此后连续八天，每天上午，由戴自更组织召开新京报社委及采编联席会议，商讨当天的报道重点，确定后方统筹分工，决定下一阶段的报道方向。

13 日，震后第一天，新京报做了十个版的地震报道。从灾情、现场、释疑，到北京本地震情等，成为国内报道规模最大的、最详实的平面媒体之一。

在地震灾区一线采访的新京报记者何龙盛、韩萌、郭铁流。年轻的面孔、风尘仆仆的装束、认真的眼神。他们以及更多不知名的他们，为灾难报道树起了一座丰碑。

　　14日，这场数十年不遇的大地震已经确认无疑。也从这一天开始，新京报最高采编会议决定开始以号外的形式出版地震特刊，14日、15日两天号外均为二十四个版。到16日，达到三十六个版，并以每天二十四到三十六个版的规模持续到22日。

"对新京报所有人来说，我们几乎都是第一次遇到这么重大的事件。作为一个新闻人，这场灾难让我们为万千死伤者痛哭，更是我们的历史机遇和责任。"王跃春说。

被员工称为"春总"的她，私下里温婉可亲。三年后，她形容自己当时"几乎每天都会哭"。她的办公室位于报社五楼一角，墙上有一台看不了几个频道的小电视。电视里的苦难画面，自己的记者传回的悲情文字，每每让她泪流满面。

但她又是一个雷厉风行的女人。这个当年《南方都市报》深圳记者站的站长，以擅长领导制作重大报道著称。2003年，她带领深圳记者站完成的《深圳，你被谁抛弃》系列调查报道，闻名中国。此时此刻，更多的时间，她要让自己的办公室成为新京报地震报道的一个指挥中心。

此刻的新京报汶川地震报道规模已经在全国排在前面，动态报道、专题号外报道均在全国取得领先优势。但"对追求卓越的新京报人，他们还是觉得没有拿出足以担当得起记录这场重大灾难的历史性报道"。

15日晚，社长戴自更在内部BQQ上留下这些文字："分版的时候，要加强现场和故事，包括用新华社的故事；感人的、惊奇的、震撼的，能给人留下记忆的就是这些故事。"

深度报道部主编刘炳路分析，对于汶川地震这样的重大突发事件，当时经过连续三天的震情报道，媒体在第一阶段的拼现场新闻、拼谁跑得最快、谁最拼命已经完成使命。第一阶段对许多媒体也许难分胜负，但作为一份有思想、有情怀的媒体，此时报道应该进入第二阶段，拼报道策划和独特的视角。

刘炳路负责前线记者协调指挥。他介绍，从16日开始，新京报的地震报道进入第二阶段。报道结构进行调整，从报道最初的现场和震情，逐渐转变为关注灾区水患、学校复课、防疫、次生灾害等，开始挖掘故事，并在新京报擅长的深度报道上发力。

王悦，新京报另一个"姐姐型"女人，当时是新京报编委，协助孙献涛分管时事新闻。她形容自己当时的状态是，时常哭泣，但哭过之后，又是亢奋，"达到了职业感和人性的交融"。

汪庆红，一个剪着小平头，说话中气十足，激动起来手舞足蹈、满脸通红的老编辑。这名毕业于上海外国语大学的资深编辑，每天阅读《纽约时报》、《华盛顿邮报》是他的家常便饭。

汪庆红拿着一大叠《纽约时报》在"9·11"之后做的讣闻报道，来找王悦。"9·11"之后，《纽约时报》派出一百多名记者深入采访，为"9·11"的两千多名遇难者撰写了讣闻报道。汪庆红向王悦提出，可以借鉴《纽约时报》的做法，新京报也为汶川地震遇难者制作系列讣闻报道。

王悦觉得这个建议不错，当即在BQQ上向戴自更汇报了这一想法。戴自更也认为是个"好主意"。

王悦当即找到刘炳路，征求他的想法，两人"一拍即合"。最初两人设想，可以制作一个《怀念》特刊，对逝者表达怀念和哀悼。具体方案是选择五十名最有代表性的遇难者，报道他们的故事，由派赴灾区的记者早日做准备，在平时采访中注意攒故事，等抗震救灾完成，灾民心理创伤基本修复，再刊发报道。

方案汇报到王跃春处，王跃春认为，方案不错，但应该尽快完成，越早刊发越好。

王悦认为，此时，遇难者家属还没有走出伤恸，去打扰他们，于心不忍。但王跃春认为，新京报作为一张新闻纸，应该在新闻刚发生，地震最受关注，公众最需要故事的时候刊发报道。

两人争论的结果是，王跃春拍板，定于23日刊发这期特刊。

此前，新京报从2004年就在全国媒体中率先设置了"逝者"版面，这个版面用新闻报道的形式，纪念那些普通的逝者，多年坚持下来，已经成为新京报最具特色版面之一。

简洁往往是最能力量的，这期特刊就被命名为《逝者》。

当晚十点，刘炳路给前方所有记者群发短信，确定23日推出《逝者》

特刊，分别记录三十个逝去的人物、一个逝去的学校、一个逝去的村庄、还有整个逝去的北川县城。定于 21 日截稿。

这个时间虽然紧张，但留给前方记者还有四天采访时间。新京报深度报道部的精兵强将已经倾巢出动，赶赴灾区。

一场变化始料未及。

震后三天的 5 月 15 日，新京报刊发评论，表达"全国降半旗为死难者致哀"的建议。

新京报编委、评论部主编王爱军介绍，新京报评论版多年来在全国各类重大事件中，都会积极地代表新京报的立场和理念发声，那就是弘扬法治和人文精神，关怀生命。

14 日，汶川地震数万人伤亡的悲痛现实已现。而在全世界，举国降半旗哀悼重大灾难中的死难者已经成为国际惯例。比如，俄罗斯前总统普京曾分别下令全俄为别斯兰市劫持人质事件和车臣飞机失事中的遇难者降半旗致哀；2004 年东南亚海啸灾难中，东南亚各国无不为死难者降半旗。因此，评论部编前会议商议后，做了一个大胆的决定：发文倡议为此次遇难者降半旗默哀。

"我们也担心被指责添乱。"王爱军说，在 15 日正式刊发此评论前，评论编辑还专门查阅了《国旗法》，找到了相关法律条款。"我们认为，国旗往往成为联系民众和国家的情感纽带。国家通过采取一种庄重的仪式来纪念遇难者，既体现了国家对生命的尊重，也更能激发生者面对巨灾坚强生活的勇气。"

王爱军介绍，新京报在全国第一家刊发了评论，建议："汶川情况查实之后，政府能通令全国降半旗为死难者致哀，电视媒体最好减少或取消娱乐节目，慈善机构和民间组织应充分发挥自己的作用，组织民众为灾区哀悼祈福。"

新京报这篇评论刊发三天后，18 日，中央宣布 19 日到 21 日设立"国家哀悼日"，国旗首次为平民而降。

设立"国家哀悼日"的消息传来，让新京报评论部的编辑们觉得很有成就感。但却让王悦和刘炳路"有些傻了眼"，他们没有想到哀悼日确定得如此之快。

"原定的《逝者》出版日期要不要提前？如果提前到哀悼日出，时间太短，能否做出来？"两人心中没底。

王跃春再次展现了她雷厉风行的风格。她提出，立即调整原定特刊计划，赶在21日，全国哀悼日最后一天出版。对于一份日报，没有比抓住时机和热点更重要的了。

5月19日中午十二点，刘炳路给前方近三十位记者群发了短信："紧急通知：原定周五出版的《逝者》特刊，改为周三（21日）全国哀悼日的最后一天出版，从现在算起距离签片还有三十个小时的时间，这是一场看起来完不成的任务，但是相信大家都能出色完成任务！"

地震数日来，不能到地震前线的刘炳路就在不断地给前线记者群发他的"煽情小短信"，以鼓舞士气。这次，新京报自己的一场大战来临！

多年后，刘炳路还保存着这些"煽情小短信"。

"请大家扎实采访、认真体味，按照戴社长、王总、孙总的要求，这个特刊一定做成精品，所有的文章都是牛逼的、震撼的、冷静的、圣洁的、绝版的、悲壮的。"

当天，新京报报道了北川龚天秀砸腿喝血的故事。当晚十一点，离特刊截稿只有不到二十小时，刘炳路又给前方记者发送短信，"各位兄弟：看了龚天秀砸腿喝血挥刀断腿，难以想象她哪里来的勇气，或许是到了生死之间，人的勇气会无限迸发出来。那么现在我们就面临这样的时刻，《逝者》特刊也是一场关乎生死的较量，只要信念在心，定能完成任务！大家早些休息，明天一搏，相信胜利终究属于我们！"

"死也要死出来。"王跃春下达了命令。

传媒圈，新京报记者以执行力著称。

18日，副总编辑孙献涛携物资赶赴灾区，代表报社对前方记者表达慰问。同时还带了文字记者左林、相丽丽、吴鹏三人，增加特刊采写力量。

除了地震前两天派出的六组记者，截至 18 日，新京报又向前方派出了王谨、汪诚、魏铭言、贾鹏、陈俊杰、刘泽宁、张伟峰、张媛、甘浩，深度记者也几乎倾巢出动，杨继斌、张寒、褚朝新、孙旭阳、涂重航等先后赶赴灾区。摄影记者由视觉总监何龙盛带队，此时又增加了韩萌、吴江、郭铁流、浦峰等。此时，新京报派往灾区一线的记者达到三十人，成为全国派赴地震灾区记者最多的市场化媒体。汶川、都江堰、理县、茂县、北川、绵竹、什邡、青川……所有地震极重灾区都有了新京报记者奔忙采访的身影。

19 日当晚，很多记者彻夜不眠地采访，写稿。不巧的是，当晚绵阳电视台罕见地公开预报，说有 6 到 7 级强震，让大家及时疏散。张寒、相丽丽等多位新京报记者当晚都住在墙体已经裂了一个大缝的宾馆六楼。"如果有余震，跑出去很难。但我至今不能忘记，在广播反复播出强余震通知的时候，同事们仍然坚守在宾馆，争分夺秒地赶稿。"张寒回忆。

20 日早上六点多，许多人只睡了两三个小时，就纷纷爬起来，分头去采访"逝者"。

20 日下午截稿，前方稿件陆陆续续传回编辑部。

这一晚，整个新京报四楼和五楼灯火通明，许多人匆匆扒了几口盒饭接着投入做版，"跑版"的身影穿梭编辑大厅。社长戴自更亲自参与签版。除了 A 叠采编力量全员发动外，经济、文娱等其他新闻中心的编辑也主动请缨，几乎所有的采编中层均参与了特刊编辑。

每个人都在战斗！

王跃春形容："当晚，新京报的采编力量发挥到了极致。"

这一天，新京报不仅要保证日常新闻报道，还有三十二个版的地震号外，再增加三十二个版《逝者》特刊，比常规整整多出六十四个版的报道。而往常这些特别报道需要提前两周甚至一个月准备，现在只有不到三十小时！

面对巨灾，能否完成一场高品质的报道？对整个新京报的采编力量带来了巨大考验，王跃春说，当时有过一丝担心，但她"相信新京报人的能力，相信新京报的团队精神"。

文娱新闻部副主编金秋担纲了《逝者》特刊封面的设计和编辑。

金秋毕业于湖北美术学院美术史专业，在新京报以才思敏捷、创意丰富著称。

他为《逝者》特刊设计了墓碑式的封面，整个封面以黑色大理石底纹做基底，简洁、庄重，上面排列了两百多个经前方记者一一核实的逝者名字。

美编林军明一一把这些名字设计成镌刻的形式镶嵌于版面。

21日凌晨2:51，特刊签版完毕。刘炳路激动之余，又发出了他的"煽情小短信"："三十个小时，不可能完成的任务，在大家的努力下，我们胜利完成了！超乎想象！！感谢大家！！谢谢大家！！！"

"这个特刊，聚集了报社各部门的精英和中层骨干的力量，最后出来的效果证明了我们的能力，据事后前方记者反馈，这三十个小时他们都接近崩溃。但通过这次实战，证明新京报的采编超强合作观念和战斗力。"刘炳路说。

王跃春回忆《逝者》是"叹为观止"。她认为，《逝者》虽然是新京报人在很短时间内制作完成的，但是达到了很高的质量。她认为整个特刊从封面设计到内容编辑都很精致。记者前方采写的故事，文本都是一流的。"这个特刊也证明了，在大灾难中，对于新闻人而言，没有什么比真实记录事实更重要、更崇高、更符合使命。"

《逝者》中，李增勇写了《川A05860》的故事。

在茂县，李增勇在采访成都军区驻渝某集团军红军师步兵团三营营长严奎时，偶然听到他讲述在挺进茂县松潘镇与叠溪镇途中，发现一辆被巨石砸碎的旅游大巴。李增勇用第一人称的写作手法，讲述了川A05860旅游大巴逝去的故事。文章文笔优美，情绪控制自然，细节独到。

王跃春至今记得文章中的一个细节：大巴被官兵发现，三十七人，幸存一人。雨中，一只手机在一个女孩的遗体下响起，士兵找出手机，上面全是血，已经有二十多个未接电话。接通，里面传来一个小伙子急切的声音："你在干吗呢，怎么不接电话？"

"人已经遇难了。"士兵说。

电话里一阵沉默。

"不可能吧。"

"我就在出事现场。"这时，电话那头传来一阵慌乱的哭声，好像有很多人，应该都跑到了客厅里，哭成了一团。

"签版时读到这里，泪流满面。"王跃春说。

此后，新京报迅速把这期特刊结集，以《伤恸》为书名出版并进行了慈善义卖，所有书款二十多万全部捐献给了灾区。

再制特刊　祈福生者

《逝者》出版后一天，王跃春在电视上偶然看到一个故事。

一个骑摩托车的男子，在地震发生以后，不停地骑着摩托车要回家见他妻子，路不好走，不断地摔跤，很惨，爬起来再骑。一天一夜后，他赶回了家，见到妻子，妻子的身孕已经很明显了。妻子看到胡子拉碴满面污垢的丈夫，几乎认不出来。妻子说，你变丑了。丈夫说，你变胖了。妻子说，那你还要我吗？两人说完抱在了一起。

王跃春说，当时看到这个故事就哭了。"我在 BQQ 上告诉大家，我们应该再做一个特刊，就叫《活着》，在这场灾难中生存下来的人们，他们身上所展现的力量值得记录于历史。"

巧合的是，刘炳路当晚回家，妻子也给她讲述了这个故事。于是，再制作一个《逝者》的姊妹刊的计划被确定下来。

《活着》特刊也是三十二个版，5 月 28 日出版，准备时间稍微充裕。

这个特刊讲述了二十二个地震幸存者坚强活着的故事。杨万国采写的狱警唐首才的故事出现在特刊中，并感动了北京女老板肖月霞，一年后，这篇文章促成了两人的姻缘。

"《逝者》表达了我们对生命的尊重和祭奠，《活着》则给生者以希望和鼓舞，《活着》的稿子，比我想象的好，文本都很细腻、真切，每篇稿子都给人以力量。"刘炳路说。

《活着》出版还有一段插曲。

金秋再次领衔设计封面。他坚持要选择一位满脸皱纹，目光安定、凝重的老太太做封面。但王跃春认为用这样一个老人的大照片不能体现"希望"的意境，要求撤换。金秋坚持不肯换封面。两人争吵起来。最终，《活着》封面被设计成数十张来自灾区的面孔。

当晚，创意被否定的金秋难解郁闷，他坚持认为这种封面设计"平庸"，签版后他和几个同事去吃夜宵，遇到邻桌几个文身男子砸酒瓶吵闹，金秋出言抗议，和这伙男子打了架，还被带到派出所做笔录。"过了很久很久，我才知道这个插曲，心里很感动也很惭愧。新京报人为报道付出的那种纯粹的感情，你是无法想象的。"王跃春说。

"我觉得这次报道是整个新京报创刊八年以来，最能体现新京报办报理念和整个新京报人的气质的一次报道。新京报的气质，就是责任、人文情怀和专业品质。这些东西在这次报道中体现得非常充分。整个采编团队的密切合作，配合默契，也达到了一个高度，它是一个里程碑。"王跃春说。

新京报的地震专题报道一直持续到当年7月，除了连续八天的号外，《逝者》、《活着》两期特刊外，地震报道专题达四百多个版。

吕宗恕、李增勇、杨万国……在别的媒体已经多次轮换记者后，他们还坚守在灾区采访，超过四十天，不肯回京休息，最后被报社强制轮休。

中国人民大学新闻学院博士生导师、《国际新闻界》月刊主编陈力丹在此后的一篇文章中写到：我保留了新京报的两个专叠：5月21日《逝者》、5月28日《活着》。这些报道，留下了人们对灾难的记忆，也是我国一代新闻工作者成长的记录。大地震正在渐渐离我们远去，但汶川地震媒体报道中所显示出的新特点、新趋向并不会随之消失。报道中所沉淀下的

新传统、新理念和新机制，都将成为中国媒体未来职业化发展的宝贵财富。汶川地震或许将成为中国媒体的一个集体记忆，成为中国媒体职业化发展中的一个标志性事件。

1. 2008 年 5 月 19 日，14:28，北川，一名参加救援的战士在废墟前默哀。　　　　郭铁流 摄

2. 天安门广场上的哀悼。　　　　郭延冰 摄

3. 2008 年 5 月 21 日，五十七岁的李明生离开绵竹市灾民安置点，背起地震后找回的全部家产，衣物锅盘与一只兔子，走向十里外的家乡群里村。　　　　何龙盛 摄

4. 2008 年 5 月 23 日，老何的嫂子拿着何全寿一家三口的照片走出北川县曲山镇任家坪村。

　　　　赵 亢 摄

5. 2008 年 5 月 16 日下午，映秀镇小学十岁女孩尚婷在经历了八十八个小时的废墟生活后，于当日十九时被营救出来。她的母亲当即激动地对着营救官兵跪地双手合十感谢。

　　　　赵 亢 摄

1	2
3	
4	5

2008年5月19日，14:28，当防空警报鸣响时，在地震中的死难者家属终于忍不住哭泣起来。她们紧握对方的手，互相鼓励着。 赵亢 摄

2008年5月15日，四川省北川县城，一名妇女在废墟中呼喊亲人的名字，已经两天两夜没有亲人消息了。 郭铁流 摄

2008年5月15日，二十六岁的陈坚在废墟下被压了七十多个钟头，被搜救人员发现后，因救援困难，在长达七个小时的救援过程中，反复给营救他的人和媒体说自己"大难不死必有后福"，自己有正怀孕的新婚妻子，不能让孩子一出生就没有父亲。陈坚在被救出半个小时后，撒手人寰。郭铁流 摄

新 京 报

品质源于责任

二零零八·十一

至

二零零九·十一

◎ 黄光裕案：理性记录商业文明演进

◎ 上访者的「精神病院」：相信事实的力量

◎ 山西绑架案：独闯迈扎央赌场

黄光裕案：理性记录商业文明演进

杨文瑾　　王海涛

刊发日期：2008 年 11 月 24 日
记　　者：张晓蕊　田 丛
编　　辑：张 慧　杨振华

　　新京报率先披露国美老总黄光裕被警方调查一事，并持续关注黄光裕案及其后的国美股权之争。新京报在展示报道独立性的同时，还告诉社会，报道并非刻意针对一家公司，而是在用自己的方式，记录商业文明的演进。

　　"可能很多记者从业一辈子也遇不到这么具有爆炸性的经济新闻。"当新京报经济新闻部记者张晓蕊和田丛回忆起三年前采写"中国首富黄光裕被调查"事件的前前后后时，都这样感叹。

　　确实，对于做经济新闻的记者来说，遇到这种猛料的机会非常罕见。但是调查这个事件的两周时间，也让这两位记者倍感纠结和折磨。

黄光裕真的出事了

　　2008 年 11 月中旬，关于国美电器老板黄光裕出事的传闻，在家电江湖中不胫而走。

当时，鲸吞永乐和大中两大家电卖场不久的国美，已稳坐国内家电零售业第一把交椅，时任国美董事长的黄光裕不仅是中国家电行业呼风唤雨的重量级人物，同时还是坐拥四百三十亿身家的中国首富，风光无限。

"黄光裕真的出事了吗？"各媒体跑线记者闻风而动，到处打听，但都只能从国美的供应商处得到只言片语，无法正面求证。

张晓蕊此时也接到部门的要求：密切关注，多方了解，随时出击。

那时，张晓蕊是刚来新京报一年的新记者，大家对她的印象是乖巧聪慧，工作勤奋努力、积极主动，很快就成为了部门的主力记者。

张晓蕊负责家电领域新闻的报道，在新工作岗位上没有多久时间，便在 2007 年底遇到了国美电器收购大中电器的重大产业新闻。

这也使得有"中国首富"之称的国美电器老板黄光裕更受关注。黄光裕的个人知名度和事业达到了人生的顶峰。

在这之后，国美收购三联商社一事，因漫长股权之争频频见诸报端。

也正因采写围绕"首富"以及这家明星公司的新闻较多，使得我们在黄光裕案爆发后，在报道上有较多的积累。这也是此后做好一系列有关国美电器重大报道的前提。

2008 年 11 月 21 日，星期五，《财经》杂志网络版报道了国美集团主席黄光裕涉嫌违规资本操作而被公安机关调查的传闻。

"必须有权威消息来源"

这样的传闻，最为关注的，莫过于与国美电器有业务合作关系的家电生产厂商。

新京报迅速安排张晓蕊再次联系了与国美有业务往来的供货商。

网上的报道已经震动家电厂商。包括许多外资企业，很多厂家都已致电国美求证，有关黄光裕的消息到底是真是假，这直接影响到他们与这个家电连锁巨头的合作。

得知企业的这些动向后，张晓蕊马上和经济新闻部副主编贺军进行沟通。

贺军，毕业后即进入《南方都市报》担任记者，2003 年从《南方都市报》北京记者站直接转到当时正在筹办的新京报，是新京报经济新闻部的创业老员工。他心思缜密，工作细致。

贺军要求张晓蕊先把了解到的情况写出初稿。但他自己还是有些拿不定主意：这毕竟是一个没有被确认的消息，国美是一家牵涉面极广、涉及人数众多的连锁企业，更是一家在香港上市的公司。

贺军打电话请示领导。执行总编辑王跃春认为，必须有权威消息源证实才可以发稿。

果然，国美方面并不承认黄光裕被调查。当晚十一点多，贺军的手机突然响了。对方是国美一副总裁，他直入主题，要求慎重发稿。他严肃地说：这将影响到国美十几万员工的稳定。

贺军也表明了他的观点："我们会按照新闻规律来进行报道，会为自己的报道负责。十几万员工是国美的员工，黄光裕出事是老板个人的事情。我们不会刻意夸大这个事情，也不会刻意做国美的负面新闻。"

戴自更社长回忆说："那天，国美这位副总裁给我电话，说外面是谣传。我说，给你们一天时间，如果还接不到黄光裕本人的电话，我们就见报。"

已经写好的稿子暂时搁置起来。

发布会拖延四小时

第二天，11 月 22 日，星期六。这个周末，有关黄光裕的传闻，继续在网络上发酵。

平面媒体与网络媒体最大的不同就是，每一个消息，都要有明确的出处。网络随时可以发布传闻，我们对传闻，必须去求证，向官方机关求证，向当事方求证，向利益相关方求证。

11 月 23 日，周日，综合各方消息，编辑部认为，事情已渐明朗。执行总编辑王跃春说，这是一个我们不应该失声的新闻，"今天可以发稿了，客观平衡反映各方声音。"

张晓蕊又振奋起来。她立刻按照编辑的要求补充采访，补写其他背景内容。

11 月 24 日，周一，《传"中国首富"黄光裕被调查》的消息见报。同日，《南方都市报》也报道了传黄光裕被调查的消息。新京报和《南方都市报》成为率先报道黄光裕被调查的纸媒。

报纸上摊前的数小时，也就是 11 月 24 日凌晨一点，睡梦中的张晓蕊接到了国美的短信通知：上午十时，国美将就其与海尔的合作谈判召开一个小型媒体通气会。

"本来今天就准备到国美总部，看看报道出来后他们有什么动静，这下正好。"张晓蕊一早就赶到了国美集团总部鹏润大厦。她还特地留意了一下门前是否还有黄光裕的座驾迈巴赫，没看到。

进入大厦，办公室墙壁上贴满了"国美电器二十二周年庆"红色海报，已经有几个记者在休息室等候通气会，公司气氛看起来一切正常。但是陆续有多家媒体的记者前来求证"黄光裕被调查"一事。

本来原定十点的媒体通气会，直至下午两点，以"谈判涉及商业机密"为由被取消。随后，国美集团副总裁兼新闻发言人何阳青出来，向已经等候多时的各路记者回应了黄光裕被调查的传闻。

张晓蕊后来才知道，当时的国美一直想拖延公众知晓黄光裕出事的时间，以赢得更多时间稳住供应商和投资者。11 月 24 日本来还是国美 2008 年第三季度财报的公告日。但是新京报的报道夯实了传闻，使他们不得不在 24 日当天匆忙面对众多媒体记者的追问。黄光裕关联上市公司中关村也紧急停牌。

当天晚上十点，一个版的报道《国美首次回应"黄光裕被调查"》已经签片。当时主管经济新闻的副总编辑孙献涛的办公室依旧亮着灯。贺军在和孙献涛讨论明天如何跟进报道。两人都觉得应该抓住机会，动用经济新闻部所有力量深入调查，推专题报道。两人商定后，贺军连夜通知相关记者第二天早上来开会。

第一个证实黄光裕被调查的媒体

周二（11月25日）一早，家电记者张晓蕊、田丛，上市公司记者冯一萌，深度报道记者高泽阳、丁蕊等，以及编辑张慧、杨振华都来到报社。

贺军组织开了小组会，定下了三个版的报道规模，给每位记者分派了采访任务。有去查看黄光裕在北京创办的第一家国美门店的，有问证监会态度的，有调查黄光裕旗下几家上市公司情况及股价的。

记者们都已撒出去到各个层面了解情况，但往哪个方向努力才有可能拿到更硬更猛的料，谁也不得而知。

经济新闻部副主编杨文瑾认为可以请时事新闻的记者帮忙。国美一直没有正面证实黄光裕被调查，甚至还有媒体报道称，黄光裕已经回到北京家中。

"能不能请跑警法的记者去问一下呢？"当杨文瑾向时事新闻主编提出这个支援请求后，立刻得到了爽快的答复。

傍晚，警法记者田北北终于给大家带来消息：北京警方内部权威消息人向他证实，黄光裕确实接受了调查。

冯一萌也从证监会内部人士

因为这个版面，在纸媒中，新京报抢占了对黄光裕被调查事件报道的先机。

国美首次回应"黄光裕被调查"

● 称管理层正在核实情况，尚未接到法律文件；多家厂商发来供货声援函
● 黄光裕旗下国美电器，中关村停牌，三联商社盘中跌停

处获悉，黄光裕事件是由公安部门主导的刑事案件，证监会只是协助调查。

当晚八点，黄光裕专题的三个版的样已经交到了贺军手里。忙碌的编辑们也兴奋异常。

但在当晚，戴自更社长决定，把三个版合成一个版。被压缩的两个版分别做了国美与金融部门的关系，国美各个分部的情况以及供货商的反应。"我觉得这样涉及面过大，包括国美还有二十多万的员工，引起动荡不好。"戴自更要求，只报道黄光裕被调查的事实部分，关注国美接下来的权力分配情况，以及国美对此事的应对措施。

张慧是个性格直率开朗的编辑。那个晚上的情形她一直记忆犹新。她说，当时戴社长把她叫到办公室，很严肃地问田北北了解到的黄光裕被调查的消息"靠谱吗"，张慧想都没想就脱口而出："您得相信我们的记者啊！"

在戴社长的不断"拷问"下，这个版的内容几经修改，细节反复求证。11月26日，《北京警方证实黄光裕被调查》的报道出炉，引发业界震动。

在此之前，围绕黄光裕的报道，都还停留在传闻的层面。还没有任何一家媒体正面证实到这一消息。新京报是第一个以权威消息源确认黄光裕被调查的媒体。报道同时还梳理了黄光裕被调查的可能原因，列出了"贿赂商务部官员"、"操纵市场"、"内幕交易"三个版本。

此后的事态发展也证实，戴自更当晚的慎重把握是一个正确的决定。

对于新京报而言，责任是我们的使命，既要对新闻事实负责，也要对新闻当事方负责任。

不用新闻做道德评判

11月26日，北京市公安局正式对外发布黄光裕被调查的新闻。此后，"黄光裕仍在接受调查"、"北京警方证实黄光裕涉嫌经济犯罪"，新京报每天都有一个版的报道关注黄光裕案。经济新闻部的主力记者几乎都参与过相关报道的采写。

这次报道，也给经济新闻部的编辑记者，提供了很好的训练。记者田丛回忆说，就在那时候大家都养成了一个习惯，凡是去国美总部，都会去他们的车库看看老总的座驾在不在。

这些报道，也直接影响到了国美电器作为一个广告投放客户，与新京报的关系。

张晓蕊后来才知道，周一（11月24日）她的报道一出街，国美就以新京报是首发黄光裕案的媒体为由，暂停了和新京报的所有广告合作，并长期停止在新京报投放广告。

戴自更坦言，此后反反复复很多次，在这个过程中，报社也做过妥协，但更多的是坚持。

经济新闻部并没有因为这些报

小心求证，三版合一版，新京报成为第一家确认黄光裕被调查消息的媒体。

道给报社造成"损失"而受到批评，相反，报社一再以此为案例，向广告客户表明新京报的价值观。

黄光裕被捕之后，带给国美电器的最大动荡是接下来的内部股权之争。以职业经理人陈晓为首的部分高管，与国美电器的第一大股东黄光裕家族之间，在经营策略和理念上，出现分歧。

首先，陈晓放慢了国美的发展速度，关了一些赢利不佳的店面，并引入机构投资者。在黄光裕家族看来，这违背了国美原有的快速圈地的发展模式，而引入新的机构投资者，显然会摊薄第一大股东的股权，并威胁第一大股东的地位。

在黄光裕案公审前，陈晓与黄的矛盾公开化，围绕公司治理，新京报做了大量报道。

国美新闻，由此进入了"第二季"。在这个时候，舆论清晰地分为两个阵营，一方面是支持陈晓，一方面是支持黄光裕家族。

新京报在面对这一复杂而高关注度的经济事件时，首先确立了原则：在舆论上不站在争执双方的任何一方。我们关注的是，双方的争夺是否在法律法规所允许的范围之内，我们不用新闻做道德评判。

同时，新京报通过评论版面，表达这样一种立场：这是商业战场的争权夺利，而且是一种在公开市场上，以一种透明的方式进行的争夺。争夺者，必须采用合法、公开、透明的方式。

新京报以这样一种姿态报道黄光裕事件的后续，在一定程度上超越了某些媒体的视角，同时也表达了我们的理性。自始至终，我们的报道，绝非刻意针对哪一家公司或哪一个人。我们用独立、公正的方式，记录商业文明的演进。

上访者的"精神病院"：相信事实的力量

刘　刚

刊发日期：2008 年 12 月 8 日
记　　者：黄玉浩
编　　辑：宋喜燕

　　山东新泰农民孙法武两次赴京上访途中，被当地信访部门强行送精神病院，关押"治疗"数十天。孙法武事件并非孤案，以强送精神病院方式对百姓截访已成为当地经验并予以交流推广。新京报独家报道后，引起高层关注，非法截访的现象得到更多的舆论监督。

　　2008 年，几名山东新泰上访者的遭遇，引发前所未有的关注，他们因为上访被强行送进精神病院。

　　作为独家刊发上述调查报道的媒体，新京报遭遇了前所未有的压力。

　　最终，这篇报道经受住了考验。

　　"那不仅仅是靠勇气，更是靠事实的力量。"三年后，执行总编辑王跃春感慨，"如果当时的报道有事实上的任何瑕疵，那结果就完全不同了。"

山东来信　整页红手印

　　线索是从一堆读者来信中挑出来的。深度报道部资深编辑宋喜燕发现了它。

自 2003 年 11 月 11 日创刊开始，新京报便高度重视编读互动，读者可以通过电话、写信、邮件、QQ 等方式提供线索。涉及北京地区以外的事，都会转给深度报道部。

"网络发达后，报料的方式多元化，来信数量有所减少，以前高峰时段，光信件一周就近百封。"深度报道部主编刘炳路说。

宋喜燕曾做过一个统计，报社收到的读者来信里，百分之九十是老上访户寄来的，其中百分之九十又与土地问题有关，"这跟中国社会的发展现状有直接关联，比如拆迁、城市圈地，大量的农民失去土地。"

2008 年 11 月初，一份来自山东新泰泉沟镇村民的书面材料寄到了新京报。材料反映在当地有多名上访者被强行送进精神病院。

"材料很详细，提到了十多个人，还列举了这些人的姓名和地址。"宋喜燕回忆，材料中写到，这些上访者并没有精神病，也没有做过精神病鉴定，却被关进精神病院，医生强行给他们打针，他们想了多种办法试图逃跑均未成功。材料邮寄了部分名单和他们在精神病院写下的纸条复印件。

宋喜燕回忆，印象最深刻的是，最后一页，整页的红手印，很刺眼，"我当时特别激动，直接冲进了深度报道主编刘炳路的办公室。"

刘炳路至今还记得宋喜燕抱着一大摞材料跑进办公室的一幕，"她就一句话，说，这个可以做。"

这个选题很快交给了记者黄玉浩。

黄玉浩做的第一件事，是电话核实。这是深度部操作选题的第一个步骤，初步判断读者来信内容真假。

"看完材料，我除了震惊，就是不太相信这是真的，从心里不愿意相信会有这样的事情发生。"黄玉浩回忆，2008 年 11 月中旬，通过材料中留下的电话，他辗转与上访农民孙法武等取得联系。"电话中他非常拘谨，反复叨念：'我没有精神病，我是上访的。'"

孙法武对黄玉浩说，自己并无精神病，但因多次上访，被镇政府截住，强行送往精神病院，关押长达数月。孙法武还提供了其他被关押者的联系方式。黄玉浩一一电话联系。

"逻辑清晰，言谈切题"，是黄玉浩对孙法武的第一印象。黄玉浩的初步判断是，举报材料反映属实。

黄玉浩把情况报告主编，经批准，11月下旬，他被派往山东实地调查。同行的，还有摄影记者张涛。

三年后，刘炳路解释当初的考虑，采访可能要进到精神病院，有一定难度。而黄玉浩突破能力强，是决定将选题派给他的一个重要原因。

刘炳路还认为，评论是告诉别人所不知道的观点，而深度则是告诉别人所不知道的事实。"事实来自哪里？不是靠写出来，而是靠采访突破，必须采访全面，采访权威，采访核心当事人。"

冒充家属　混入精神病院

新泰的采访，整个过程，并没有太大的波折。

11月19日，在新泰市谷里镇农民吴保正（孙法武的朋友）家，黄玉浩见到了此前通过电话的孙法武。孙妻张学芳也在场。

孙法武夫妇详细讲述了事情经过：2001年起，因房屋塌陷未获补偿，孙法武开始上访，2007年7月12日和2008年10月20日，两次赴京上访途中，孙被泉沟镇信访办强行送往精神病院治疗达数十天。

送治之前家人均不知情，也没有签过任何字。为了给母亲送丧，2008年11月12日，孙法武签下"不上访"保证书后，才获准离开精神病院。

孙法武的妻子称，她当天也被迫按镇信访办主任的要求签下"孙法武如果再犯病就送精神病院"的保证书。

后来，黄玉浩在泉沟镇信访办，见到诊断孙法武为"癔症性精神病"的精神病司法鉴定，诊断为"癔症"，日期是2006年1月13日。

孙法武家人则坚称他没有精神病，而且家族也无精神病史。

铁笼？病房？

同村邻居的徐学玲、与孙一起上访的张成用、邻镇的吴保正等人，此后均接受了黄玉浩的采访，证实孙法武并无精神病史。

采访过程中，身在后方的深度报道部主编刘炳路曾与黄玉浩有过多次沟通，主要提出了几点要求：第一，要确保进入精神病院，见到关在精神病院的上访者；第二，注意人身安全；第三，同去还有摄影记者，无论如何要拍到现场图片；最后，要做好录音。

"我当时只是叮嘱了，但他是否能做到，比如，能不能把录音笔带进去，带进去能不能录下来，这个当时我是不知道的。"刘炳路说。

新泰市精神病医院的精神病房戒备森严。三道厚重的铁门，指头粗的钢筋焊死了所有的窗户。稿子见报后，曾有人形容这是"笼子"或"牢房"。

11月21日，黄玉浩冒充病人的家属，混进病房。在新泰市精神卫生中心，黄玉浩采访了"病人"时亨生，时向黄玉浩提供了日记和一直秘密搜集的上访"精神病人"的名单。

"老时的日记，是稿子非常出彩的一个细节。他记下了很多人如何进精神病院。"编辑宋喜燕补充，此外，摄影记者张涛拍到一张很有冲击力的照片，精神病院的老人背后，全是拇指粗的钢筋，"看到这样的照片很难过，有被禁锢的感受。"

除了采访上述被说成是精神病患者的上访者，黄玉浩也采访了当地精神病院、镇政府、信访办等单位的有关负责人和医生，对"医院的无奈"、"镇政府的压力"进行了客观报道。

11月25日下午，黄玉浩采访了新泰市精神卫生中心的法人代表吴玉柱。吴证实了时亨生提供该医院收治上访"精神病人"的名单上记录的部分人名，吴称这些人都是上访的"精神病人"，曾被医院收治。

吴还说，那些"病人"都是当地镇政府送去，而且有鉴定书，医生只能按精神病治。

11月下旬，黄玉浩结束新泰的采访回京，他的QQ个性签名改为"那个执著的农民，像我的父亲，想哭"。

县干部持六条"中华"灭稿

黄玉浩回忆，2008年11月下旬他回到北京后，新泰宣传部相关负责人与泉沟镇一干部紧跟赴京，并找到新京报。在报社四楼，新泰县官员请求黄玉浩不要发稿，并拿出一个装有约一万元钱的大信封，说"这点钱你用来请领导吃饭"，被黄玉浩拒绝。

为表示对来访者的尊重，黄玉浩和来人一起吃了午饭。饭后，该镇干部拿出六条中华烟，要送给黄玉浩，遭强烈拒绝。但对方表示，如不收下就不离开北京。

"我请示了领导，决定暂时先把烟收下。"黄玉浩说，收下的烟于当天全部上缴报社办公室，"若是坚持拒收，会担心对方产生顾虑，再去公关。"

刘炳路回忆，在发稿前一天，六条中华烟由新京报社分三次（邮寄香烟每次限邮两条）邮寄，还回新泰市委宣传部，报社留有邮寄证明。

"新泰方面找上门来，也是促使迅速发稿的一个原因，担心山东方面继续往上找关系。"执行总编辑王跃春坦陈。

黄玉浩交出了一篇长达万字的初稿。"各要素俱全，证据扎实，材料丰富。"编辑宋喜燕说，"但它是一个太特别的事情，如何讲成一个客观冷静又能打动人的故事，还需要再打磨。"

"一篇稿子，首先要悦读，才能达到你想要的传播价值。"编辑过程，宋喜燕花了较长时间，前后差不多一个星期。

"我记得这个稿子改了好多天，有时候我会落入稿子带来的情绪中。"宋喜燕回忆，有个午后，天色阴沉，她坐在电脑前进入故事。"粗的钢筋、无助的老人……怎么成了精神病？他们在追问。哭泣，是他们对于愤怒和恐惧的唯一表达。这些画面，填满我的脑袋。其中的沉重也在积聚，我突然就泪流满面……"

编辑会纠结于一些细节。她把记者拉到办公室，一边改稿，一边询问。于是，出现了这样的场景：编辑采访记者。"你当时几点见到的他？在哪里见到的他？脸上什么表情？当时哭了吗？流泪吗？蹲着吗？站着吗？"

她甚至为这个新闻故事设计了多个版本。"我觉得它其实可以拍成一部电影。"宋喜燕回忆，最终，她这样架构了这部"电影"——第一个镜头：农民孙法武先出场，他站在车站，四处张望。此后的情节是：政府工作人员对上访农民围追堵截，政府与公安部门与医院紧密配合，农民被关进精神病院，他们以各种方法往外传递信息，尝试逃离，病友们互相帮助……当然，这不是电影，所有的文字都是以事实为依据的。

"实际签发前已考虑到，因为题材敏感，稿子发出来后可能会受批评。"王跃春回忆，2008年12月7日，签版前的晚上，反复对事实、细节再核实，反复对表述再打磨，"那天搞得特别晚。"

中央调查报道是否属实

2008年12月8日，《上访者的"精神病院"》刊发。

宋喜燕记得，见报后，反响特别大，新浪挂在首页特别显眼的位置。标题由"上访者的'精神病院'"改为更直观通俗的"上访者被强送精神病院"。"几乎每个门户网站均有转载，网上留言特别多。"

当天，央视"今日观察"栏目专题报道评论了此事。

在北京，国家信访总局相关负责人约谈深度报道部主编和记者。"主要是了解事实情况，教育我们慎重对待信访工作的报道。"刘炳路回忆。

而在山东，泰安官方成立调查组，次日当地官方发布消息称：被报道的"孙法武、时亨生、徐学玲、李平荣、李元亮五人，经过逐一核实，

核心报道　　新京报　新京报　　核心报道　

上访者的"精神病院"

山东新泰多名上访者被政府强制收治精神病院，家人称事先均不知情，当地政府表示信访压力大

均为由省级精神疾病司法鉴定机构鉴定的精神病患者"。

国外媒体也对此事进行了大量报道。"一些不负责任的外媒甚至解读，在世界人权日前发表相关稿件，新京报是故意为之，'有意制造政治事端'。其实这两者之间没有任何的关系。"新京报社长戴自更回忆。

相关报道引起中央领导高度关注，先后批示要求彻查。当地调查后认为，"新京报刊发的报道，严重失实，是虚假报道"。调查结论甚至在当地媒体刊发。

随后，当地政府向中央有关部门投诉新京报，内容集中于两点：黄玉浩没有记者证，非法采访；报道内容失实。中央领导做了批示，要求严肃核查，如果记者有违背事实的报道，要对记者进行严肃的处理，消除负面影响。

"这对于新京报是很大的一件事情。"戴自更说，包括中宣部、公安

部在内的多个部门主要负责人均有批示，要求对报道内容进行认真调查。

2008 年 12 月 31 日，相关批示转至新京报社。"气氛非常紧张，当晚就着手准备材料，以至于忘了元旦的来临。"王跃春回忆。

同时，黄玉浩也从孙法武处了解到，新泰有关部门涉嫌采用不正当手段，逼迫上访人作伪证。孙法武称，煤矿矿长跟他说，只要孙法武与家人承认，从没接受过新京报记者的采访，没见过记者，并承认患有精神病，可以在煤矿上给孙的子女安排工作，并承诺给张学芳发放养老保险金。

不过，孙法武回复了这样一句话："我不可能做没有良心的事。"

每一个人都有采访录音

"当时的情况是怎么样的呢？我负责写编辑是如何发现线索的，为什么做这个题目，记者写采访过程，写完后，要对报道的内容与录音做核对。记者需要长时间整理录音。记者整理录音，编辑再听，看是否一样。"宋喜燕回忆，之后再给执行总编辑王跃春听一遍。

录音资料长达十八个小时。

王跃春回忆，元旦假期，她坐在黄玉浩的电脑前，按照记者写的材料，逐字逐句听录音。

"证据保全很充分，心里有底气了。"王跃春说，黄玉浩采访到的每一个人，全留有证据，要么是偷拍到的小破纸条，要么是录音，稿子提到的每一个人都有。

根据采编部门提交的调查材料，社长戴自更初步向光明日报编委会和中宣部分管领导作了初步汇报，表示"我相信我们的记者，报道事实没有问题"。

这个元旦假期，新京报将自查报告和所有证据材料刻录成光盘，装进一个牛皮纸袋由戴自更社长送到国家新闻出版总署。此前，新闻出版总署已根据中央领导批示成立专门的调查组，对新京报这一报道的采编过程进行调查。

调查组最终拟定的调查结论是：经过调查，稿件内容基本上是准确的；记者采访过程没有非法行为，采访合法；稿件刊发的时机确不合适，给境外反动势力造成一些口实。

总署相关负责人在调查报告上批示三点意见：第一，记者的采访是合法的；第二，新闻报道的主体事实是准确的，不存在虚假或者捏造的问题；第三，对新京报批评不良现象的勇气应给予鼓励和肯定，有关部门要自觉接受记者的依法监督。

这篇调查最终获评新京报年度深度报道金奖，因接受调查等原因，这个金奖在半年后才正式颁发。王跃春透露，当时评委总共十三人，《上访者的"精神病院"》获全票通过。

颁奖词，是王跃春亲自写的——

好的报道需要时间的检验。它能否载入中国新闻史，它能否推动社会的进步，我们只能等待时间。今天，我们把金奖颁发给"事实"，因为我们相信事实的力量，因为成就这篇报道的不仅仅是勇气，还有背后深入、扎实、艰难的调查与突破。这篇报道让我们更加懂得：对事实真相的无限逼近是我们赖以生存的底线，也是我们这个行业最高的要求和标准。

■ 报道链接

上访者的"精神病院"

刊发日期：2008 年 12 月 8 日
记　　者：黄玉浩

今年 10 月，山东新泰农民孙法武赴京上访时，被镇政府抓回送进精神病院二十余日，签下不再上访的保证书后被放出。记者调查发现，在新泰，因上访而被送进精神病院者不是个别。

部分上访者及家属称不曾被通知精神鉴定，不过政府手里握有他们的鉴定书。家属反映，政府不经家属同意甚至未通知家人，便送上访者入院，而当事者坚称自己没病，并因此质疑政府限制人身自由。

相应医院承认许多"病人"是上访者。而当地政府表示信访压力巨大，若出现越级上访，会受上级处分。

10 月 19 日早晨 8 时 30 分，泰安汽车站。

五十七岁的农民孙法武一下车，就四处张望寻找。约好的同伴还没到。

突然，一辆面包车"嗖"地停在老孙面前。车上下来三人，将他半包围了。

老孙认得其中一人，新泰市泉沟镇信访办主任安士智。

"干什么去？"

"北京打工去。"

"打什么工！你是去上访。不能让你走！"

两男子一左一右上来，老孙掏出手机报警，被劈手夺下。随后被塞进面包车。

两小时后，泉沟镇大沟桥村村民孙法武，被带进了镇派出所，关在一间屋里。

次日上午十一点，老孙又被推进面包车。发觉车往新泰市区方向开去，老孙嚷嚷着，这是要去哪里？

没人搭理。

车最终停在一个院子里。老孙抬头：新泰市精神卫生中心（下称新泰精神病院）。

基本不识字的老孙，隐约识得这几个字。

两人架着他往前走，一个穿白大褂的人迎上来。

强制"治疗"

老孙央求说，我没病，让我回家；院长说让你家人找你们镇政府吧。

那天的事，老孙想起来就说头痛，"脑袋要炸"。

10 月 20 日那天，当抬头看见"精神卫生中心"字样，2007 年的记忆在脑子里复苏。

老孙冲着那医生大喊："我没病！我是上访的！"

那天很多"病人"听到了这喊声，包括后来跟老孙关系密切的老时。

"医生说，我管你有没有病，你们镇政府送来的，我就按精神病来治。"

被押着经过了三道铁门，进入病房区。

老孙听到医生喊了声：来几个人帮忙，把他绑起来！

然后几个"格子服"冲过来，将老孙按倒在床上。

"手脚全绑在床腿上，外套蒙在了脑袋上。"老孙听到有人说快灌药，接着脸部被捏住，嘴被动地张开了。

医生捏了他下颌，几粒药"自己下去了"。

被绑在床上，老孙仍不时喊着我没病，让我回家。

当晚七点左右，主治医生朱凤信来给老孙打了一针，之后老孙"没了意识"。

朱医生后来在接受采访时说，镇政府带来鉴定书，只能按精神病治。

老孙醒来时，发现松绑了，脑袋"沉得像个铁锤"，腿发软。想去小便，一下床，一头栽在地上。

次日清晨，老孙观察病房。窗户被一根根钢筋细密地焊住。又想了想，要出去必经三道铁门。

老孙后来说，从没想过要逃，逃不出去。

上午，院长吴玉柱来查房，老孙央求，我没病啊，让我回家吧。

院长说，谁送来的谁签了字，才能让你走，让你家人去找你们镇政府吧。

手机被没收了，怎么通知家人？老孙没想出什么办法。

老孙的"冤屈"

上访几年，事情没结果，儿子被人砍了，老孙开始上访。

老孙入院的第二天下午，"病人"老时靠近了他。

那是"放风"时间，大家都在院子里活动。不"放风"时，大家都要待在病房区。

老时后来说，一般新来了人，他都去偷偷问问情况，而他听到了老孙喊"是上访的"。

老孙跟老时说，我的事冤着呢……

老孙是新汶矿务局小港煤矿职工，去年底正式退休。

而因镇煤矿长期采煤，老孙所在的大沟桥村地面大面积塌陷，地没法耕种了，村里大量房屋也斑裂毁坏。1988 年起，泉沟煤矿向大沟桥村多次补偿。

按补偿标准，老孙家可获四万多元。但据老孙及村民徐学玲等人讲，全村三百多户都没领到补偿款。

而村干部称已发放，具体到老孙，说老孙盖了印章了。老孙坚称造假。

2001 年起村民选出数名代表去上访，老孙是代表之一。

2003 年 11 月，新泰市纪委调查组调查后，认为孙法武等村民的补偿款已发放。调查报告显示，村里"尚欠孙法武一块四毛钱的房屋斑裂补偿"。

老孙等人不服，2004 年 9 月 28 日他们向新泰市纪委递交了审计该调查报告的申请。

三天后，当年 10 月 1 日晚，十多人闯入老孙家打砸。当时老孙没在，老孙的儿子、新婚第五天的孙贵强被砍成重伤。

据孙妻张学芳回忆，那些人喊着，"再上访弄死你们全家"。

自此，家里白天黑夜关着家门。而案发后，警方一直未能破案。

孙法武再次踏上信访之路，"市、省、中央不停地跑，不停地递材料"。

村民补偿费的事和儿子的事至今无果，而老孙"不停地跑"，不停"被拘"。

2004年12月26日，老孙从国家信访局门前被"接回"新泰，因"扰乱社会秩序"被拘留十四天。

2005年1月14日，泰安市劳动教养管理委员会对老孙作出一年零九个月的劳教决定，理由是"到国家信访局上访，大声吵闹滋事，扰乱国家机关正常的工作秩序"。老孙被送进了山东省少年劳动教养管理所劳教。

2007年7月12日，再次赴京的老孙，再次被"接回"。

这一次，时任泉沟镇信访办主任的陈建法说，你不能再上访了，你有精神病。老孙称，当时一民警让他签字。

"我怎么成了精神病？"老孙拒绝签字，随后被塞进一辆车送到泰安市肥城仪阳乡精神卫生中心。

"开始天天吃药，打针"。老孙对药物敏感，"头一直晕，站不起来"。老孙说，后来主治医生孟庆顺给停了药。

孟庆顺11月24日接受采访时说，当时是陈建法替老孙办的手续，费用也是泉沟镇政府出的。

那次，老孙被"治疗"三个月零五天。在家人多方投诉，而老孙答应不再上访后，被放出。

这是老孙2007年对"精神卫生中心"的记忆。

秘密的记录

老时秘密进行着自己的"任务"，迄今，他记录了十八名被关进医院的上访者。

对于老孙的经历，老时说，他在偷偷记录这些事，准备向外举报。

八十四岁的老时是天宝镇的退休干部，因与邻居宅基地纠纷长期没得到解决，曾多次到北京上访反映镇政府不作为。

2006 年 6 月 14 日，老时被天宝镇信访办人员从北京"接回"，直接送进新泰精神病院。

后出于多种因素，天宝镇政府和医院后来多次通知老时出院，但老时不走了。

"你们强行把我送进来，又吃药又打针，必须申请权威机构对我进行鉴定，给我个说法，我才出去。"

没有讨到说法，老时就一直待着。至今已两年五个月。这期间，他利用"放风"时间搜集材料，发现"很多上访的人被关进来"。

老孙做了许多记录，记在纸片上，甚至旧药盒上。

老时说，一切都是"秘密进行"的，因为护士不让"上访病人"间交谈。

老孙能证实的是，他有次跟一个女上访者说话，护士说：你们上访的人再在一起说话，就绑起来多灌几次药。

两年多时间里，老时秘密记录了十八个因上访被关进精神病院的人。

老时还写日记，2006 年 6 月的一篇日记老时写道："一些精神病人老是打我，只要我和医生、护士顶了嘴，等他们走后，几个病人一定会打我，掐我脖子。肯定是这些医生指使的。"

日记和记录的纸片，老时藏在裤子底下。

老时告诉老孙，关进来没多久，他便让家属捎进来一部手机，他曾偷偷往外打电话举报，都没成功。

老孙发现，老时把中纪委的举报电话写在了内衣口袋上。

听说老时藏有手机，老孙要借来报信。但手机嘟嘟响，无法拨出，而老时也不知原因。

信息传不出去，老孙"只能待着"，但"悄悄抵抗"。

进来第二天开始，每次吃药，他都将药压在舌下，等护士走了再吐掉。

护士很快发现，后来吃药会检查舌头。老时和"上访病人"李元亮也这样说。

"病友"之间

"上访病人"李平荣说，一定帮我带个信出去，让他们来救我。

老孙试图传信息的时候，家里人正四处找他。

10月19日老孙离家后，家人发现老孙电话打不通了，后来孙妻张学芳找到了谷里镇的张成用等人，张曾跟老孙约好19日一早在泰安会合后进京上访。

张成用说，他打听到老孙被镇里带回去了。

10月22日，张学芳找到了镇信访办主任安士智。

安说，你丈夫有病还上访，扰乱社会秩序，我们把他送去精神病院了。

张学芳要求安拿出老孙有精神病的证明，被拒绝。

张学芳又去找代镇长陈建法，说大街上那么多有精神病的人你们不送，偏送他？

陈说，别人没上访，他上访了。

10月26日，张学芳带着五个亲戚到了新泰精神病院。

她被允许见老孙，但要隔着铁门。

当时，老孙正在院里"放风"，突然听到铁门另一侧有人喊他。

他蹲下来，通过铁门下面半尺高的缝隙，看到了妻子张学芳的脸。

老孙让把手机递给他，打了110，说自己去上访被镇政府强行关在精神病院了，需要解救，110说不管上访的事。

张学芳对老孙说，你放心，我要去北京告，我一定救你出去。

27日，张学芳再次来看老孙时，老孙把老时的名单和日记偷偷交给她，并说了老时的叮嘱：拿到北京去喊冤，还我们一个公道。

送走妻子，老孙也像老时一样注意"上访病人"。

10月31日下午，老孙看见三男两女架着一个四十多岁的妇女进来，那女子一直挣扎，大喊"我没精神病，我是上访的"。

三天后，"放风"时，老孙得知该女子叫李平荣，因丈夫工伤处理的事进京上访被关进来，家人尚不知情。她求老孙帮忙带个信出去，传给她在外地上学的孩子，"让他们来救我"。

老孙从老时那里借来烟盒纸和笔，又一次"放风"时，他给了李，李写下了她家地址和亲人的电话。

李写好后，先将烟盒纸扔到院里一个角落。之后，老孙假装瞎逛，去捡起。

11月3日，张学芳探望老孙时偷偷将烟盒纸带出。但迄今没能联系到李的家人。

鉴定与"癔症"

工作了三十四年，其中二十九年患精神病，单位还没让我病退？老孙耿耿于怀。

在等待被"营救"的日子里，老孙缠着医生要看自己的"鉴定书"，被拒绝。

根据老时的记录，"上访病人"有几个共同点，一是进来时家属不知情，二是不知何时被鉴定过，更没见过鉴定书。记者了解的情况大致如此，除了徐学玲。

四十六岁的徐学玲，是大沟桥村的致富能手，经营着一家店铺。2006年，她的妹妹徐加玲（聋哑人）在泉沟煤矿被保卫科长打伤，因对当地公安机关处置不满，徐学玲此后四处上访。

2008年5月14日，徐学玲被从北京"接回"，关进肥城仪阳乡精神卫生中心一周。

被送出后，徐坚持要说法，镇政府给了她一份"精神疾病鉴定意见书"。这份日期为2008年3月29日的意见书，委托人是新泰市公安局，鉴定地点是泉沟镇政府。

徐学玲说，她根本不知鉴定这回事。她回忆，3月29日，镇信访办副主任薛青刚跟她说，省里派了调查组来查你妹妹的事。她记得，当时见到了镇党委副书记高伟和三个陌生人。高伟跟她说，这三位是省里下来的，你把案子跟他们说一下。徐讲述了妹妹的事，并询问三人单位和姓名，对方说有事你找镇里就可以。

鉴定书称徐学玲"思路清晰、言谈切题，未见幻觉妄想等精神病性症状……讲到伤心处则痛哭流涕……"诊断结论"癔症"。

山东安康医院精神疾病司法鉴定所的张金响是鉴定人之一。他接受采访时称他们是受当地公安机关委托，他称"癔症基本不影响其民事行为能力，发病时可能产生社会危害"。

11月25日，记者在泉沟镇信访办见到了老孙的鉴定书："不满村干部侵吞群众房屋斑裂款，多次到省、中央上访……又哭又叫十年……其妻张学芳、子孙贵强等证明：孙法武1979年头部被砸伤患精神病语无伦次……""意识清，定向力正常……涉及心因时痛哭流涕、泪流满面……诊断：癔症性精神病。"鉴定机关为山东精神疾病司法鉴定所，时间为2006年3月。

张学芳说，家人均不知老孙被鉴定过，更不用说做证明。"家里大事小事都是他说了算，他有精神病？"

徐学玲称，几十年来，村里人从不知老孙犯过精神病。

从记者处得知2006年3月的"鉴定书"后，老孙回忆，2006年初，被劳教期间他与一名干警发生冲突，该干警打他并让他当众下跪……当晚他想自杀被发现，随后绝食抗议；后来两名干警带他去济南说去看病。

当年3月，老孙被提前释放，但他并不知是因"有精神病"。

对于被称有二十九年精神病史，老孙耿耿于怀：我工作三十四年，二十九年精神病？

不上访保证书

"我有精神病，不能再继续上访。"签字后，老孙得以回家葬母。

11 月 10 日，隔着铁门，老孙又听到妻子的喊声。

八十岁的母亲病危了。

这天早晨，孙母跟张学芳说，做了个梦，梦见银海（老孙的乳名）一直在叫娘。

五十二岁的张学芳慌了神，她去给信访办主任安士智跪下了，边哭边磕头，说，让他见他娘最后一面吧。

安说，老孙是上级安排送进去的，需要请示。他让张学芳回家等消息。

于是张又跑去找老孙。

老孙跑去找院领导，领导说找你们镇政府去。

当天下午五点，孙母逝世，老孙未能回家。

12 日上午，老人遗体要火化，按当地风俗，作为长子的老孙必须到场。

送丧的亲属一直等，老孙一直没出现。

张学芳穿着孝服去镇政府找安士智，被门卫拦住，她跪在了镇政府办公大楼前。

一小时后，安士智出现了，说要老孙回，张学芳须在一份保证书上签字：我丈夫孙法武有精神病，再犯了要向精神病医院送。

张学芳签了字。

随后，安士智带她到精神病院。老孙被要求在另一份保证书上签字。

老孙问保证书写了什么，安念了一遍，老孙又让医生念了一遍：我有精神病，不能再继续上访。

安后来跟记者说，签保证书是为了让老孙不再上访，不再"扰乱社会秩序"。

11 月 12 日中午 12 点，老孙签了字，离开精神病院，去给母亲送葬。

老孙四岁丧父，跟母亲生活了半个世纪，"没见上最后一面"。

医院的无奈

院长承认医院里有些人是上访户，他说很多现象"医院无能为力"。

11月25日，新泰精神病院院长吴玉柱承认，医院里有很多人是上访户，都是各镇政府付费的。

老时记录的那个上访者名单，能看清的名字，都得到了吴的证实。

吴玉柱说，在新泰，被政府强行送到精神病院"救助治疗"的上访人员很多。

他说，有许多人一看就不是精神病人，医院就拒绝收，但政府送人大部分时候带着鉴定书。"都是同行，我们也不好推翻那些鉴定。每次还有公安的人来送，我们更不好说什么。"

"医院也有苦衷。"吴玉柱称，医院经济压力很大，每个人吃住每月一千多元，而许多镇政府都拖欠，例如老时的费用，天宝镇两年多都没交。

根据2001年11月卫生部有关规定，"临床症状严重，可危及生命或危害社会治安等情况应属紧急收治范围。"

对于老时、老孙他们属哪种情形，吴玉柱说，我国还没有对精神病人管理的专门法规，很多现象，"医院无能为力"。

镇政府的"压力"

当地镇政府称，若处理不好越级上访的事，"上级就会找我们"。

泉沟镇镇长助理陈建法也表达了"无奈"："信访压力巨大"。

陈建法说，老孙和徐学玲的事，不是镇政府有能力解决的，而若处理不好他们越级上访的事，"上级就会找我们"。

他称，孙和徐都是"信访钉子户"，每年进京上访十多次。每次他们一到，市驻京办就打回电话，市里就责令镇里快去接人。

"每一次都得去三五个人，吃住花销，不是一笔小数目，全由镇里出。泉沟镇仅在这两个上访者身上，这些年花费在十万元以上。"

为了不让徐学玲再上访，今年8月9日，镇政府与徐的妹夫李天平签了协议，一次性支付"苦难救助金"四万元，并协调煤矿付了十六万元医疗费及抚慰金。

陈建法说，这可能是一个坏的例子，因为徐加玲的情况应不用赔那么多钱。

对于老孙被强行收治，泉沟镇信访办主任安士智出示了一份新泰市公安局的"建议书"："鉴于孙法武已经司法鉴定系精神病人，具有一定现实危害性，为减少社会危害，特建议泉沟镇人民政府给予救助治疗。"

而陈建法说，把人送进精神病院，不是镇一级政府能够完成的。

安士智称，新泰市实行信访属人属地管理，信访工作是对党政一把手的最重要的一项考核，"出现越级上访，党政一把手要受到处分"。

根据我国信访条例的规定，采用"走访"形式上访，"应当向依法有权处理的本级或者上一级机关提出"，不过条例没有对"越级上访"的禁止性规定，更无处罚建议。

来自新泰市信访局网站的消息，新泰今年狠抓信访工作。今年3月4日，新泰的信访工作会议上，市委书记辛显明提出，围绕全国"两会"召开和奥运会，切实做到"五个严禁"，其中"严禁发生赴省进京丢丑滋事事件"被列为第一条。

同样来自新泰信访局网站的一篇"经验交流"文章写道：针对个别信访人信"访"不信"法"、信"闹"不信"理"的心态，牢固树立依法打击的意识，做到"公安机关依法打击一批、精神司法鉴定治疗一批，集中办班培训'管'掉一批"，营造"依法上访受保护、违法上访遭打击"的导向和浓厚氛围……对精神偏执的信访人也进行人文关怀，协助其进行司法鉴定，经鉴定精神异常的送医院治疗。"

据当地媒体报道，新泰市因信访成绩突出，曾被山东省授予先进称号。

据该报道，新泰曾因"越级上访不断，被省里亮了'黄牌'"，后来"层层签订目标责任书，把各项信访目标任务分解量化到单位和人头，实行责任追究制、一票否决制和黄牌警告制，全市上下共同参与，齐抓共建"，新泰成为"首批'平安山东'建设先进市"。

山西绑架案：独闯迈扎央赌场

朱柳笛

刊发日期：2009 年 1 月
记　　者：崔木杨
编　　辑：宋喜燕

2008 年底，山西运城，越来越多的"失踪少年"揭开了缅甸赌场跨国绑架案的冰山一角。

新京报记者冒着生命危险，"潜伏"缅甸赌场，还原了"关熊牢、水牢、蚂蟥井、剁手脚"的"人间地狱"的真实面目。

《山西十余少年连遭跨国绑架》稿件见报后，引起了广泛关注。中央领导对报道也做了批示。在中缅双方的共同救援下，数百名遭绑架人质获救。

　　少年，跨国，绑架，赌场，解救……

　　"这是一篇过程与结局近乎完美的调查报道。富有刺激性的选题，一环扣一环的采访，以及对于被绑架少年落难背后原因的追问，都是这篇作品的亮点。"这是"新京报 2009 年度新闻报道奖"深度报道金奖授予《山西十余少年连遭跨国绑架》时所写的颁奖辞。

　　可是记者崔木杨仍心有不安。

　　"如果没有曝光，如果曝光后没有领导对这件事进行批示，被困的数百名人质，又是怎样一个结局？"事情结束后，他曾反问自己。

这种追问是新京报对于个体命运的思索：一篇新闻报道对人物命运的改变，力量究竟有多大？

尽管对新京报来说，这只是一个常规的调查报道题材；尽管在赴山西和缅甸之前，崔木杨所想的不过是履行职责……

值得庆幸的是，如同记者所期望的一样，人物命运真的因为报道发生了改变：在中缅双方的共同救援下，数百名人质获救。

来自云南省有关部门的消息称，山西少年频遭绑架一事经报道后引起了缅甸方面的重视。随后，缅方对绑架、勒索及博彩业展开整治，在中缅两方的协调下，当地宣布解散此前在迈扎央负责管理各赌场的经委会，其境内的赌场亦被勒令关闭，缅方在迈扎央境内对中国公民展开遣返。

儿子被绑　父亲卖血筹钱赎人

山西运城，崔木杨所站立的一条小街，几乎每一根电线杆上都贴满了寻人启事，照片上大多是未成年的孩子，面庞青涩。不断失踪的少年，和来自异国的勒索电话，让恐慌在小城内蔓延。

在此之前，崔木杨接到了王重阳的电话——这位来自山西运城的打工者，曾因为某次地铁修建坍塌事故接受过崔木杨的采访。

2008年冬天里的一天，寒风凛冽，电话中王重阳的声音有点颤抖。他说他的儿子被三个人绑架到缅甸迈扎央。

绑匪曾经打来勒索电话，声称要六万赎金，这让月收入仅有八百元的王重阳陷入绝境。

留着小平头、皮肤黝黑的崔木杨，是新京报的一名深度报道记者。根据以往的经验，崔木杨认为这可能只是一起普通的绑架个案，延展的空间不大。即便如此，他还是决定到山西运城去看一看。到了当地，事态的严重性让崔木杨震惊了。

他先是去了王重阳家所在的村子，数名失踪孩子的家长们纷纷涌来，讲述孩子丢失的经过，第一次的采访时间长达六个小时。

十六岁的周大伟，是席张乡第一个"失踪"的少年。

据周大伟的父亲周润生介绍，2007年9月末的时候，周大伟告诉家人，要跟同学张东一起去云南打工。走后几天，周大伟一直没有消息，家里人也无法联系上他。

后来，相邻村庄的村民知道有记者来采访绑架案，也纷纷赶来请求帮助。

来求助的村民络绎不绝，崔木杨干脆设了一个饭局，坐在一家小面馆里，只要有采访对象前来，就一边请他们吃面，一边请他们讲述。

崔木杨回忆说，最多的一天，连续请了七个人吃面。

"记者同志，在我们这里，卖一次血一百五十块，但一个月只能卖一次。我身体壮，你看能不能帮我联系一下别的地方，多卖几次？"王重阳曾经问过崔木杨。

当时，王重阳的儿子被绑架已经三个多月了，他一直想凑钱赎人，期间还被人骗过。

报料前两个月，王重阳听说肾能换钱。他找到了在北京打工时认识的"朋友"。对方说有路子，一个肾卖二十万，但要五千元保证金。王重阳交了钱，但那"朋友"此后没了音信。

这些故事让崔木杨感到心酸，他认为，这种跨国绑架对于落后的村庄来说是一种恶性循环，到处筹钱的生活，让贫穷者更加贫穷。

他极力记录着每一位失踪者的信息和经过，并找到交了赎金、孩子被释放的家庭，询问被绑架的具体经过和在缅甸的生活。

劫后余生的被绑架者张波和李斌说，等待被解救的日子里，挨打是家常便饭。云南陇川县警方也曾告诉过崔木杨，在迈扎央，人质受虐的程度，远超李斌、张波所见。

陇川警方一名负责人说，几个月前他们解救了一批在迈扎央被绑架的人质。警方发现绑匪虐待手段极为凶残，有些女人质的乳房、男人质的生殖器被割掉。绑匪甚至还用了类似凌迟的刑罚，每隔几天就从人质身上剜下一块肉。

一个更重要的信息是，警方向崔木杨透露，迈扎央针对中国人的绑架、伤害、杀人案件是由当地博彩业催生所致，因为中国对跨境赌博打击力度增大，赌博业萧条，滋生了其他犯罪形式，比如绑架。

"边境绑架、博彩业，当时就觉得兴奋，想去中缅边境探一探究竟。"崔木杨回忆说。

这种激情也感染了远在北京的新京报深度报道部编辑宋喜燕。面容姣好、爱穿裙子的她，干起活来不输给男编辑。她甚至想过让崔木杨到这个绑架团伙去"卧底"。

坐摩托车"偷渡"去迈扎央

崔木杨做出了一个大胆的决定："偷渡"去迈扎央。

2009年1月，从山西运城回到北京之后，崔木杨向编委、深度报道部主编刘炳路正式提出这个申请。

尽管2005年以后，中国警方制定了非边民不许出境的政策，但迈扎央与中国云南接壤的五十多公里边境线，两侧农田相连，以埂为界，对于稍微熟悉地形的人来说，过境属"举足之劳"。

这项提议与崔木杨十足的冒险精神相符。他酷爱旅行，钟情于驾驶着越野车去无人之境。

这种冒险的精神始终贯穿于他的采访生涯。2011年7月，他曾跟随渔民驾驶一艘没有牌照的快艇，在茫茫大海上行驶了将近四小时，只为寻找到渤海油田泄漏的地点。

2009年1月2日，崔木杨站在漫长的边境线上，看着成片的甘蔗林随风摇曳。进入林地后，各种蜿蜒纵横的小路呈现，路的尽头便是迈扎央。

因为帮助偷渡可以获利，很多边境农民参与其中，他们一边种田，一边放哨，见到武警来巡逻，就打电话通知摩托仔停工。摩托仔承载了大约百分之九十的偷渡任务。

崔木杨就是坐着摩托车，进入了迈扎央。

尽管偷渡成功，但崔木杨随即面临另外的难题。

卧底赌场，需要乔装打扮的技术性细节，尽管崔木杨已经除去了所有可能暴露身份的物件：身份证、记者证，以及两部手机。但进入赌场，就意味着与后方完全失去联系。稍有不慎，即有可能遭遇来自对方打手的伤害，甚至会面临生命危险。

进入迈扎央前，崔木杨曾经和刘炳路通过一次电话。

刘炳路回忆说，当时心里异常矛盾："表面上我不让他去，但心里还是希望他能安全地去。如果能及时去，不暴露身份，去看看可以，但是安全第一，采访第二。"

刘炳路一直希望记者拥有一种冒险精神，能够一头扎进事件中心进行采访。

在新京报的采访原则中，前方的记者便是独立的编辑部，可以根据现场情况决定下一步行动，并且要对安全保障有一个基本的预判。

深度报道部副主编李素丽认为，正是通过这些冒险的采访，慢慢积累了经验教训，特别是面对大灾大难时，后方考虑安全保障更多些。

"采访玉树地震时，报社第一时间给去前方的记者上了保险，准备了帐篷药品。"李素丽说。

装幼稚与看守打赌混进赌场

尽管有着冒险的冲劲和一定的保障，但随后的所见所闻仍然让崔木杨感到吃惊。

"熊牢、剥人皮、蚂蟥井，在去迈扎央之前，即使在电影里，我也没有看见过这些。现实总是比想象残酷。"崔木杨说。

他坦言，进入赌场前，他已经有些胆怯，一旦被抓，后果不堪设想。他还反复练习了用手机怎么偷拍最安全，确保到时候万无一失。

2009年1月，迈扎央某家赌场外，徘徊着一位青年。

这个走路半小时就能南北贯通的小城，赌厅过百，赌客住不下，晚上只能到中国境内住。"专营枪支"的广告随处可见：五四手枪六百元一支，AK47 的单价是两千五百元。

连续三天，崔木杨都在赌场门外反复晃悠，没事的时候跟打手们搭讪。

"我能用的手段就是装幼稚、装无知，尽量让他们轻视我，不防范。"崔木杨说。

他请看守赌场的小伙子泰措吃了两顿饭，熟络之后两人便交谈了起来。崔木杨说，自己是从中国东北过来的，听说迈扎央是赌博之城，想学习一些经验，回家乡开一个地下赌场。

谈到逼债方法时，泰措抽出了随身携带的匕首，一尺长。

泰措说，为了逼债，打人是常事。要是对方实在榨不出油水，就关熊牢、水牢、蚂蟥井，还不行"就要玩点狠的了，剁手、剁脚，但一般不会搞死，让山兵（克钦武装）看见了麻烦。"

"我不信，你吹牛，我们打赌，如果你让我亲眼看见，我就相信。"崔木杨挑衅说。

泰措接受了这个赌局。

某一个晚上，崔木杨如愿进入了关押赌徒的院子。

在他的稿件中是这样描述的：一栋六层小楼，铁皮房子，里头挤着众多的孩子和大人。院子里养着狼狗以及熊。

崔木杨曾目睹了一名男子被关进熊牢里，"一爪子下去，皮开肉绽。"

崔木杨回忆说，那一刻，他感受到了一种无边的恐惧。他开始觉得，在这里，杀死一个人实在是再简单不过的事情。

如果被抓，怎么办？

崔木杨曾经不止一次问过自己这个问题。"当时我就想，一旦被抓，就告诉报社，出钱赎我出来，但是绝不能透露记者身份，否则我就被灭口了。"

有惊无险地度过了五天的时间，崔木杨最终安全离开迈扎央，回到了中国的土地上。

公安部介入　让赌场断水断电

历时两个月，报道虽然完成，但从山西到缅甸经历的一些事情仍然让崔木杨百思不得其解。

就在准备偷渡到缅甸的前夜，崔木杨曾接到一名失踪孩子父亲的电话。电话里，这位山西农民扯着嗓子喊："我的儿子救回来了，让公安局救回来了。"

这让崔木杨感到意外："山西警方跨境救人，我在边境怎么一点都不知道？"

他立刻给运城刑警队的大队长打了电话，对方长叹一口气说，人是救了，因为他们队里干警凑钱给迈扎央的绑匪交了赎金。

崔木杨的采访给当地警方带来了极大的压力：局长命令下属，不管用什么办法，一定要把爆料人的儿子给救回来。

在云南，崔木杨遇到了一位拍着桌子骂人的公安局长。为了防止绑架，公安局向当地政府提议，对缅甸那边的赌场实施断水、断电、断粮、断通讯信号的措施。一旦如此，赌场将失去经营的基本条件，被迫关闭。但这个提议几年都没有实行，这些供水供电的企业永远利益当先，不愿失去来自赌场的收入。

事情的转机发生在稿件见报之后。

2009 年 1 月 19 日，全国各大门户网站纷纷转载了新京报《山西十余少年连遭跨国绑架》的稿件。

"跨国绑架的稿子，影响力比较大。有的时候，未必是报道本身有多深入，但关注度高影响力大，这跟时代特点、社会的关注度都密切相关。这是一个常态。"宋喜燕这样解释稿子为何备受关注。

谈及此事时，刘炳路也认为，并未料想到绑架背后存在边境赌博利益链条，以及报道推出后引发的巨大反响。

在他看来，崔木杨是尽了百分之两百的努力，让一个九分的选题拿到满分。

刘炳路果断做出决定，要求崔木杨与公安部某位官员取得联系，询问对方是否会针对这些跨国绑架案做出一些举措。

在获得该官员关于案件调查的承诺后，崔木杨于当天发了一条追踪消息：《山西跨国绑架案受害者超五十人 公安部调查》。

公安部的回应，带来了明显的效果。

不久后，一位接受过采访的云南当地公安局长给崔木杨打电话，说事情解决了，非常感谢他。

这位局长说，中央领导对报道做了批示，力度很大，那些提供水电粮的公司开始对缅甸的赌场实施禁运。

崔木杨记得，接到电话的那一天，大雪初霁，天很透亮，绑架案的阴霾，也一扫而光了。

山西十余少年连遭跨国绑架

刊发日期: 2009 年 1 月 19 日
记　者: 崔木杨

从去年 8 月开始，山西运城市盐湖区至少发生了十余起少年失踪案。紧随失踪的，是来自缅甸迈扎央的勒索电话。

随着赌博业的衰落，迈扎央新兴了一个"产业"——与赌博密切相关的高利贷公司到中国境内拉人头参赌，甚至绑架后直接勒索。

这种案件在全国范围内早有发生，从 2005 年起，国内不少城市早已有国人在迈扎央遭勒索的报道。目前，失踪与绑架在山西运城持续着，警方至今仍在统计受害人数字。

不断失踪的少年，和来自异国的勒索电话，让恐慌在小城内游走。

对于山西运城的农民来说，"失踪"这个词，原本只存在于电影里。

但 2008 年 8 月之后，这个词走进了他们的生活。

去年 12 月 23 日，气温零下 8 摄氏度，山西运城市席张乡的公交站台，三名家长陪着十五六岁的孩子等公交车。

"别看这些娃都挺大了，可大人还要接送上学。"席张乡的村民乔建国说，几个月来丢的娃娃太多，家长们担惊受怕。

"全乡上下人心惶惶，只要娃儿两三个小时没消息，就会看见女人们走街串巷地大声唤娃。"一位乡干部说。

山西运城少年"失踪"首发于去年 8 月，10 月开始"爆发"，至今仍在持续。

不断发生的失踪案

家长们开始禁止孩子外出，但失踪案仍继续发生。

十六岁的周大伟，是席张乡第一个"失踪"的少年。

据周大伟的父亲周润生讲，去年九月末的时候，周大伟跟家人说，要跟同学张东一起去云南打工。走后几天，周大伟一直没有消息。而家里人也无法跟他取得联系。

很快，乡上发生了类似状况。

10月初，村民乔建国十五岁的儿子跟家里说外出打工，之后音讯全无。

类似事件逐次发生，镇上失踪少年的人数不断增加，而每一次失踪案发生前，家长都没有发现征兆。

随着失踪少年的增加，原本信息闭塞的乡镇里，部分少年的家长开始相互认识，"大家碰了一下，发现娃失踪前都说要出去打工。"

一受害者家长说，之后，席张乡、解州镇等农村的家长们，开始禁止孩子外出打工。

但失踪仍在继续。

席张乡初中二年级学生张波失踪前，其父张耀武不但要求他不许外出打工，甚至禁止他与陌生人接触，但事情依旧发生了。

"娃失踪前，说和同学一起去参加生日宴会，结果走了就没回来。"张耀武说，十五岁的张波10月12日与同学李磊一起离家。

恐慌开始蔓延，家长们开始全程接送孩子上下学，但失踪继续发生。

12月2日，十三岁的少年赵刚在学校上课期间失踪。

惊慌失措的家长报案时发现，曾有人为孩子在派出所办理了身份证。

该少年所在学校的教员说，这名学生失踪后，校方当即开会决定加强管理，争取与家长接送实现无缝对接。

但就在会议后一天，一名十四岁男孩在校期间失踪。

来自异国的勒索电话

电话里传来吼叫声，"不交八万块，就扒皮。"

跟随失踪而至的，是陌生的电话。

由于信息不通，失踪少年的家长们是很久后，才发现他们都收到了来自相同区域的电话。

去年10月1日，周润生接到电话，儿子周大伟哭着要八万元。

"当时，娃在电话里说自己在边境贩了毒，被缅甸警察扣了，不交八万赎金就枪毙！"周润生说，他忙和大哥及邻居商量，大家都不太相信这是真事。

几日后，村民老乔也接到了陌生电话。

电话里，老乔听到失踪多日的儿子在惨叫。随后，电话里吼道："我这里是缅甸迈扎央，你儿子在这，不交八万块，就扒皮！"

"我当时一下就蒙了，怎么一下就在缅甸了，还被绑架了？"

10月8日，一名女村民接到失踪儿子的短信："我在迈扎央，快被打死了，今天再不交钱，可能就活不过去了。"

两日后，两位村民几乎同时接到来自迈扎央的电话："再不给钱，就把你们孩子的手指头邮回国内。"

10月17日中午，张耀武也接到了陌生电话，张波撕裂的哭喊电话里如此清晰。

张的妻子记得，张耀武挂断电话后，喃喃自语：给三天时间筹钱，不给就扒娃的皮。

惊慌失措的家长们慌忙去报案，这时他们发现，别人的孩子也发生了类似的情况，"解州、城区、西城街道，都有孩子在缅甸被绑"。

12月24日，运城盐湖区刑警队长张运保说，目前少年在迈扎央被绑架案，在盐湖区已呈激发之势，状况不容乐观。他称，仅二中队受理的迈扎央绑架案已有十余起，而其余中队和民间遭绑架没报案的尚未统计。

12 月 25 日，运城市盐湖公安局刑警二中队姚队长，拿着的案卷厚如砖头，成串的被绑架者姓名名列其中。

他说，目前到底有多少受害者，是谁在幕后操控，尚不可知。

被改变的生活

张猛算了一笔账，如果经济形势好，十年后，或许还能盖得起房。

去年 12 月 24 日 22 时，运城席张乡，吕萍家里的电话如期而至。

赵刚 12 月 2 日上课期间失踪后，12 日开始，每晚都会有从缅甸打来的电话，索要赎金。

这次，对方没讲话，听筒里传来的只是皮带抽打的啪啪声、赵刚的嚎叫。

晕倒——醒来，吕萍被扶起后，拽着身边的邻居说："他们要八万，我凑了五万多，求求你们，借点钱给我……"

一天后，吕变卖了丈夫赖以维持生计的面包车，凑齐了绑匪索要的赎金。等待他们的将是没有收入的生活。

据家长们讲，迈扎央绑匪索要的赎金一般在四万至八万之间，这对月收入八百元左右的大多数运城人来说，是一个天文数字，对于贫困的农民则更是。

解州镇村民王重阳因这天文数字而陷入了困境。

至今，他儿子被绑已三个多月了，他一直凑钱未果，过程中还被人骗了。

大概两个月前，王重阳听说肾能换钱，他找到了在北京打工时认识的朋友。对方说有路子，一个肾卖二十万，但要五千元保证金。王重阳交了，但那朋友此后没了音信。

12 月 24 日，王重阳在家给母亲和患病的父亲做午饭——前一日工友吃剩的羊血豆腐加泡馍。父母吃时，他说自己不饿。老人吃完后，他又呼呼带响吃光了桌上饭菜。

"记者同志,在我们这里,卖一次血一百五十块,但一个月只能卖一次。我身体壮,你看能不能帮我联系一下别的地方,多卖几次?"饭后,王重阳抹着嘴说道。

与王重阳同住解州镇的张猛,为赎回儿子,卖掉了房产。儿子张洋赎回后借宿在邻居家,他和妻子则住在打工的厂子里。

张猛算了一笔账,在农村盖一栋房子七万元左右。现在他四十五岁,月收入一千元,如果经济形势好,到五十五岁,或许还能盖得起房。

筹钱的过程,改变了这些父母的生活。

12月25日,张耀武站在运城火车站广场看着出租车发呆,之后,他扭身走向公交车站。自从被索要赎金后,张耀武出门不再乘出租车了。

公交车上,张耀武自言自语:"心疼、真心疼。五间瓦房没了。"

被熟人诱骗

两少年说,当时觉得天上掉馅饼了,"要发财了,就剩下高兴了。"

少年们被绑架后,多数家长选择了筹钱支付赎金。

去年12月5日,张耀武和另一名少年李斌的家长,依绑匪的要求,各往指定的账户里汇入八万元。

12月8日,张波与李斌回到了家里。

"没啥,就是想哭。"两人回到运城后,暂时没有去学校读书。

2008年12月23日,两人说,他们是被小学同学诱骗。

他们回忆,10月12日,他们到网吧上网,收到了小学同学杜丰的邀请。

李斌说,杜、张和他是小学同学,三人关系一直不错。杜学习不好,读完小学就到外面"混"了。

QQ上,杜丰邀请他们参加自己的生日宴会,在盐湖区的国安宾馆。

李、张二人说,当时他们一点都没犹豫。

让李斌印象深刻的是，"杜丰住的房间很豪华"，电视、洗浴设施，两张床，有各种他们在乡下没见过的奢侈品。

"抽二十多块钱一盒的好猫，兜里的钱一沓全是百元钞票，一看就知道这小子发达了。"张波说，见面后三人一直扯闲话，到了半夜，杜突然问他们想不想赚钱。

之后，杜丰讲述了自己的"发家"史——先是在云南流浪，食不果腹，险些饿死街头，就在这时，他遇到了自己现在的老大张瀛洲，他跟着张在云南打工，卖鞋给缅甸的军队，一个月能赚七八千。

杜说，现在张瀛洲正好在运城拜关公，且还要招工，如果有兴趣可以一起去。

随后，杜打电话请来了张瀛洲，一名二十多岁的男子。

张瀛洲进屋时，挽着一个漂亮女孩，身边簇拥三名"小弟"。

"气派得很，无论坐哪，小弟都站在身后。"李斌说，张瀛洲进屋后，不停发烟给他俩，还跟身边的女孩讲："你看我这两个兄弟帅不？有美女就给介绍两个。"

张瀛洲给李斌和张波印象最深的是，身上文了一条盘龙，让他们觉得见到了电影里的古惑仔。

大约聊了一个小时，在杜的引荐下，李斌他们认张瀛洲当了"哥"。张给他们的承诺是，十天能赚六千元。

谈妥后，张瀛洲显得很高兴，让身边的小弟表演了一段散打。

张波记得，当时张瀛洲掏出手机打了个电话，说事已搞定，汇些钱过来当路费。

"一想到要发财了，就剩下高兴了。"张、李两人说，当时的感觉是，天上掉馅饼了。

为"逼债"实施"严刑"

李斌给家里打电话时，哭得声音不够大，被打手"划皮"。

在张瀛洲与杜丰带领下，去年10月13日下午，李斌和张波踏上了南下的火车。

四人经昆明转芒市抵达与迈扎央毗邻的陇川县。随后，10月16日，在当地人的带领下，他们坐摩托车穿越了大片甘蔗林，进入迈扎央。

李斌记得，自己知道是到了缅甸，是在被张瀛洲要求在一张白纸上签名后，张当时拍着他们的肩膀说："兄弟们，现在我们在缅甸，今后要同甘共苦。"

"当时想，在缅甸又咋了，有老大在，不怕。"李斌说。

16日晚，两人被安排住在宾馆。

语文成绩常过九十分的李斌，对那一夜的描述是：云淡风轻、明月高悬。

夜里他们畅谈着赚钱后想买的东西。"给我爸买个手机，他那个键盘数字都按没了。"张波说。

17日一早，四名男子突然闯进他们的房间，将两人喊起。呵斥声中，李斌和张波逐渐听明白，对方是要钱。此时，两人签名的空白纸，都已被填写成八万元的欠条。

两人提出找张瀛洲、找杜丰，对方不理睬，"抡拳就打"，并将他们送进一间小屋。在那里他们发现，里面关着很多少年。

"10月初镇上丢了的王洋也在那，瘦得就剩皮和骨头了，看见我们就会痴愣愣笑。"张波说，自己当时头一晕，心里说："完了。"

张波记得，17日下午，他被绑匪第一次"过刑"。

"他们用烟头烫我脖子，钳子揪指甲，一边问疼不疼？我说快死了，他们就把电话递给我，让我向家里要钱。"

12月25日，张波说话时不与人对视。他说，在迈扎央直视绑匪会被用烧红的铁钳烫。

李斌的后背有十多条状如流星的伤疤。他说，这是绑匪用筷子戳进肉里，然后慢慢划开皮肤所致，打手管这个叫"划皮"。

张波记得，李斌被"划皮"是因为打手认为他给家里打电话时，哭的声音不够大。

"给我上这些刑还不是最重的。"李斌说，他曾看见一个人质被剁了半截手掌。

曾被绑架者保释

在缅甸期间，张波他们曾被当地警方带走调查，但最终，绑架他们的公司将他们保释了。

据云南陇川县警方介绍，在迈扎央，人质受虐的程度，远超李斌、张波所见。

陇川警方一名负责人说，几个月前他们解救了一批在迈扎央被绑架的人质。警方发现绑匪虐待手段极为凶残，有女人质的乳房、男人质的生殖器被割掉。绑匪甚至还用了类似凌迟的刑罚，每隔几天就在人质身上剜下一块肉。

张波和李斌说，等待被解救的日子里，挨打是家常便饭。

去年10月24日下午一点，一名打手把张波叫过去，说："小胖子，我今天非找你练练。"打手刚把拖鞋换成运动鞋，有人敲门。随后，十几名当地警察踹门而入。

警察把所有人质和打手都带到警察局关了起来。做笔录时，翻译说，迈扎央警察这次行动是接到有人举报虐打。

次日，打手被保了出去。七天过后，人质也被放了出来，而担保他们的是绑架他们的放水公司（高利贷公司）。

被保释后，李斌和张波被关进一个小院。两人说，在这里，人质每天都会被要求互殴，胜者会被奖励一顿饭，输了的继续挨打或关熊牢。

张波和李斌说，熊牢就是一个大铁笼子，中间有活动的铁栅栏，人熊各一边，每天晚上熊吼叫着摇动笼子，"里面的人吓得尿裤子。"

11月5日，张波、李斌被绑的第二十一天，没挨打。

这一天，他们的家长交了赎金。

三天后，在一名男子的带领下，李斌与张波坐摩托车离开了迈扎央。

警方的无奈

一直困扰警方的是管辖权问题。而为解救一个少年，山西警方甚至交了赎金。

对于绑架案的频繁发生，运城警方称，深感无奈。

运城市盐湖区公安局局长周鑫说，警方对一系列绑架案件一直高度重视。为了解救被困少年，他甚至向领导汇报过"聘请缅甸黑帮，对人质进行解救"的想法。

"是实在没法管，不知道该怎么管。"刑警队长张运保说，这些案件，首案发生于2008年8月3日，当时办案刑警很快就锁定了受害者的被困地点——缅甸迈扎央经济特区。张运保说，他当时心里咯噔一下：不好，绑匪在缅甸，咱们管不了呀。

无管辖权，是困扰民警的焦点问题。

周鑫说，干警们也曾想到，是否能联系国际刑警进行解救。不过这个想法很快被否定，因为缅甸境内的迈扎央由武装力量控制，不受缅甸政府管控。

根据公开的资料，自2005年之后，国内有黑龙江、吉林、浙江、四川、山西、山东等地的媒体先后报道过，其区域内的中国公民在迈扎央遭绑架勒索的事。高发的绑架案在与缅甸接壤的云南更被关注到，《法制日报》去年曾以《境外赌场"生财有道"诱骗国人出境实施绑架勒索》为题进行报道。

而对于发生在运城的系列绑架案，警方认为还是有诸多共性可寻，譬如均是被熟人以各种名义骗至缅甸；受害者多是农村少年。这部分少年容易上当，甚至会无意识发展下线。

例如在解州镇的诱骗者某次本来只骗到两名少年，两少年听说十天可赚六七千后，又找了另外两人一同前往云南。

1月2日，被困迈扎央两个月的运城少年王建获救了，是运城警方出面交赎金解救的。

对于这次解救，盐湖区刑警二中队姚队长不愿多谈。

被问及解救过程，电话里姚沉默片刻，说："王建获救是警方向绑匪缴纳了赎金。凑钱的人是公安局的干警。"

王建获救后，坊间对警方赞美之词不断，"真是大公无私，为了救孩子自己掏腰包。"

对于这种赞美，姚长叹，说，没办法啊，如果有一点别的办法，警方也不会交钱。赎回这个少年后，他希望，这样的案件不要再发生。

1月7日，王建被赎回第五天，解州镇再发劫案，这一天，四名失踪多日的少年的家长，接到了从缅甸打来的电话。

电话里，依旧传出孩子遭殴打发出的惨叫声。

（注：文中未成年人和受害者家属为化名）

赌城迈扎央背后的绑架之手

博彩业萎缩之下，一些高利贷公司到中国境内拉客，

绑架、伤害时有发生

刊发日期: 2009 年 1 月 19 日

记　　者: 崔木杨

迈扎央，位于缅甸克钦邦土地之上，与云南省陇川县接壤。克钦武装组织与缅甸政府军签署停火协议，之后此地成为军阀统治区。

2000 年克钦组织宣布，博彩业为合法行业。随后，这个小城成为中缅边境上的三大赌场之一。

近些年，随着中国对跨境赌博打击力度持续增大，迈扎央赌场有

萎缩之势，但由赌博业滋生的相关犯罪，有抬头之势。数据显示，仅在2002年至2005年，中国公民到境外参赌引发的刑事案件多达一百九十余起，数十人被非法拘禁、敲诈勒索、殴打、伤害、轮奸，其中八人被杀害。

野象皮、老虎牙当街叫卖，背着长枪的克钦士兵在人流中穿梭。街道两边，赌场林立。赌场门口，妓女、赌客大声地讨价还价。

这是2009年第一天的缅甸迈扎央。

迈扎央，位于缅甸克钦邦土地之上，靠着葱绿的大山，被浓密的甘蔗田所包围。从地图上看，与云南省陇川县接壤的迈扎央，状如荷叶。克钦武装组织与缅甸政府军签署停火协议，之后此地成为军阀统治区。

2000年克钦组织宣布，博彩业为合法行业。随后，这个原本刀耕火种的小城，在博彩业的支撑下，成为中缅边境上的第三大赌场。

而近些年，中国对跨境赌博打击力度持续增大，"持续打击已让境外赌场不断萎缩，但由赌博业滋生的相关犯罪，有抬头之势。"1月5日，云南陇川县公安局一负责人说，在迈扎央的博彩产业催生下，针对中国人的绑架、伤害、杀人案件仍时有发生。

事实是，自2005年以来，中国的边防警察就已禁止非边民的国人进入迈扎央。但在偷渡者的带领下，进入迈扎央并不困难。

小城"以赌为生"

这个走路半小时就能南北贯通的小城，赌厅过百，赌客住不下，晚上只能到中国境内住。

一条十五米宽的主干道横贯南北，两边，各种店铺都是中缅两种文字的招牌。

若非制服上绣着两把弯刀的克钦士兵在街上巡逻，此处与中国境内的小镇，看起来并无不同。

城区内，道路凹凸不平，除去林立在城内的十余家赌场，其余各处尽是低矮的平房。

位于城中的迈扎央禁毒展示中心，记录了这个城市的成长。由克钦组织驻军控制的迈扎央，最高长官为营长。目前，除赌博业之外，迈扎央的主要支柱产业为矿石开采。

当地人介绍，2000 年以前，地处缅北的迈扎央经济发展极为落后，原材料的开采没有为当地带来可发展的资金。2000 年后，迈扎央城的发展开始高速启动，彼时克钦组织宣布博彩在当地为合法产业。随后，投资者蜂拥而至。

2001 年，一名香港商人，投资修建了赌场。随后，迈扎央在中国国内淘金者的建设下，经历了高速发展。吊脚楼被推倒，取而代之的是霓虹灯闪烁的赌场。

赌场成立后，赌客滚滚而来，至 2005 年，小城的人口已由数千增至四万有余。此时，迈扎央已成为与勐拉、果敢并称的中缅边境的三大赌城之一。

"一个走路半小时就能南北贯通的小城，赌场有十二家，赌厅过百。赌客住不下，晚上只能搬到中国境内住，白天专车再送回来。"一位赌厅老板说，迈扎央顶峰时期，街上走几步就能看见奔驰、宝马和前来豪赌的中国"大佬"。

赌客的来来往往，为迈扎央带来滚滚财源。据云南警方此前向媒体披露，每年大陆因边境赌博输出的资金都数以亿计。

一个值得注意的事实是，2005 年迈扎央为了给在此从事博彩业的中国人提供方便，特意在网上发布了招商公告，希望有人来此投资修建一所含幼儿园在内的中等中文学校，优惠条件则是减免所有税收。

如今这所学校依旧停留在蓝图之上。2005 年后，中国警方对边境赌博的持续打击，让迈扎央开始没落。

赌博业开始没落

随着中国境内打击赌博力度的加强，迈扎央的赌博产业已严重萎缩。

2008 年的最后一天，迈达赌城——迈扎央最大的赌场，大理石铺就的弧形停车场上，车辆稀疏，保安们蹲在地上，懒散地吸着烟。

迈达赌城对面，一座钢结构四周环绕玻璃幕墙的建筑已经停工。当地人说，这儿原本要修建一座更大的赌场，不过因形势不好，已停工。

进入迈达赌城需先过安检，照相机被禁止携带，赌城内装修豪华。

各个赌厅里，浅绿色的赌台，少有赌客。一些没人的空台上，荷官（为赌客发牌的人）围着桌子打瞌睡，小寐。

"以前这里烟雾缭绕，人声鼎沸，现在不行喽。"赌厅老板王先生说起场子以往的辉煌，唏嘘不已。

赌厅内为数不多的赌客中，大半带着耳机，一边打电话一边投注。

荷官说，这些客人是在线赌博，由于赌客稀少，所有赌场都推出了这种可远程遥控的博彩项目。赌客可通过视频观察赌场里的情况，下注的人有赌场员工，也有大老板的马仔。

"这个不刺激，下大赌注的人少多了。你看那个大台子，已经半年没人开了。"荷官手指向一座盖着蓝色防尘布的台面说，这个台以往单注底线三万，上不封顶，只要一开，一天输赢几千万都很正常。

1 月 2 日中午，迈达赌城附近的米粉店老板张女士，坐在店门前打着瞌睡。店内少有顾客用餐，她说，这一两年生意十分不好，以前中午来吃饭的赌客排队，现在一天只能做十几单生意。

来自中国边防武警部队的消息是，2005 年以来伴随着境内打击赌博力度的加强，迈扎央的赌博产业已严重萎缩，其人口总数已由高峰时期的五万余人，降至现在的不足两万。

放水公司拉人参赌

一些高利贷公司在中国境内发展线人，拉人到赌场参赌以提取提成。

博彩业没落了，另一样新兴的"产业"在迈扎央发展起来。

1月2日，迈扎央一放水公司（高利贷公司）的泰措说，尽管赌场萧条了，但放水公司撒到国内的线人，却为公司带来不少收入。

泰措戴着拇指粗的金项链、镶着翡翠的金戒指。

他说，所谓线人就是，公司在中国境内各地发展的外联——也就是拉人到赌场参赌的人。参赌的人被拉来后，赌场会依照赌客的赌资给公司提取提成，通常是2%左右。

因中国边防打击力度大，有钱的大老板很少来，2008年以后，线人和公司开始寻求一种新的合作模式——找一些愿意赌又没钱赌的人来，借给他们钱赌，无论输赢利息都是每日10%。

说起这种模式，泰措称，该模式下迈扎央有两种放水公司在经营，一种就是他现在这样的公司，借给赌客真金白银。

另一种则是直接骗，骗过来不管赌不赌都要钱。至于索要金额多少，则根据线人此前对赌客经济实力的调查而定，"大老板"一般是二十万左右，普通人十万到几万不等。

"不给钱？那简单了，就来这个。"泰措抽出了随身携带的匕首，一尺长。

泰措说，为了逼债，打人是常事。要是对方实在榨不出油水，就关熊牢、水牢、蚂蟥井，还不行，"就要玩点狠的了，剁手、剁脚，但一般不会搞死，让山兵（克钦武装）看见了麻烦。"

"赌客没了，那些放水公司还要生存，近来频发的境外绑架肯定与赌场萎缩有关。"在陇川县，一位边防检查官说，近一年来检查站救助了数位从绑匪手中逃脱的中国公民。

依据云南警方此前公布的数据，同样可获悉来自境外赌博及其相关衍生产业带来的危害。仅在 2002 年至 2005 年，中国公民到境外参赌引发的刑事案件多达一百九十余起，数十人被非法拘禁、敲诈勒索、殴打、伤害、轮奸，其中八人被杀害。

中国严打境外赌博

目前尚未根除边境上的犯罪隐患。迈扎央所处的缅北各种武装势力犬牙交错。

自边境赌博出现后，中国警方与境外赌场的较量，从未停止。

1 月 1 日，陇川县武警边防大队朱警官收到了上级下发的文件。文件要求，边防武警从即日起，针对境外赌博、非法偷渡等现象展开持续打击。

"力度很大。"朱警官说，这样的打击已持续了三年，效果很明显，但是尚未根除边境上的犯罪隐患。

一位不愿透露姓名的警官说，迈扎央所处的缅北各种武装势力犬牙交错。目前，这些组织虽然与政府军签订了停火协议，但军备方面并不弱。此前，他们以毒品养军，现在国际压力大，纷纷放弃，取而代之的主要收入是赌场。

有赌场就会有放水公司，具有暴力及伤害性的两种"产业"，相辅相成。

依据迈扎央的规定，放水公司被严厉禁止。"不过，一般的赌场都有军方背景，因此尽管放水公司在迈扎央也被禁，但打击力度并不大。"一知情者说。

解决偷渡仍是难题

迈扎央与中国云南接壤的五十多公里边境线，两侧农田相连，以埂为界，过境不难。

此外，绵长边境线上络绎不绝的偷渡客，也是促成境外刑事案件高发的一个主要诱因。

陇川县公安局一负责人说，目前发生在迈扎央的绑架、伤害乃至杀人等恶性案件，均与偷渡密切相关。他说，针对近年来的中国公民在境外遭遇的绑架、轮奸、伤害等恶性案件，警方曾做过统计，发现 90% 以上的受害者都是通过偷渡进入的迈扎央。

2005 年后，警方制定了非边民不许出境的政策，但难以有效阻止偷渡的发生。迈扎央与中国云南接壤的五十多公里边境线，两侧农田相连，以埂为界，对于稍微熟悉地形的人来说，过境属"举足之劳"。

1 月 2 日，漫长的边境线上，成片的甘蔗林随风摇曳，进入林地，各种蜿蜒纵横的小路呈现，路的尽头便是迈扎央。

当地知情人讲，因帮助偷渡可获利，很多边境农民参与其中，他们一边种田一边放哨，见到武警来巡逻，就打电话通知摩托仔停工。摩托仔承载着大概 90% 的偷渡任务。

据介绍，偷渡进入迈扎央的方式一般有两种，一是村民引领走甘蔗地的小路，收费十元。二是坐摩托车，收费五十元至一百元不等。

1 月 4 日，中缅边境线，一辆摩托车箭一般冲出去，扬起的尘土尚未散尽，车上乘客已入迈扎央。百元的钞票装进口袋，又是一阵轰鸣，摩托车裹着尘土又返回了中国。

这一切，在五分钟之内就可完成。

新京报

品质源于责任

新拆迁条例：用报道推动废除"恶法"

全昌连

刊发日期：2009 年 12 月

记　　者：郭少峰　杨华云 等

编　　辑：全昌连 等

　　2009 年 11 月 3 日，成都拆迁户唐福珍拒绝强拆自焚，用一种极端的方式唤起了社会对拆迁法律的反思。

　　12 月 7 日，新京报率先报道了"五学者建言全国人大修改拆迁条例"。随后的一周，新京报以七个整版的规模持续跟踪报道，掀起了一场关于拆迁条例废止和修改问题的公共讨论。在舆论的推动下，2010 年 1 月 29 日，《国有土地上房屋征收和补偿条例》征求意见稿发布。2011 年 1 月 21 日，施行了十一年的《城市房屋拆迁管理条例》正式废止。

2009 年 11 月 3 日，本是初冬一个平淡无奇的星期二。

　　一段在网络迅速流传的画质模糊的手机视频，令所有人错愕不已：成都市金牛区居民唐福珍，为阻止自家房屋被当地政府强行拆迁，站在插有五星红旗的房顶，往自己身上浇满汽油，点燃自焚，伴着浓烟燃起熊熊火光。

　　十六天后，唐福珍经抢救无效死亡。一个鲜活的生命，用一种如此极端的、惨烈的方式消失了。但唐福珍的名字，连同那熊熊火光，让公众和社会的良知隐隐作痛。

一场与"恶法"交锋的"战斗"就此打响。

新京报人再次站在了第一线。

"从独家报道五位学者建言全国人大修改拆迁条例开始，连续不断的策划报道，二十多篇评论，加速了立法进程，让'拆迁条例'之废止顺理成章。"新京报 2009 年度新闻报道大奖的颁奖词是这样评价的：敏锐捕捉学者思想、政府决策和民间声音的每一点变化，积极而稳健，引领着全国舆论，彰显媒体关注和干预现实的力量，体现新京报的责任、品质和影响力。

学者建言审查拆迁条例

唐福珍自焚事件发生后，一批专家学者开始反思这一悲剧背后的制度根源——现行的拆迁条例已经过时了，与《物权法》严重冲突，应当立即废止。这其中就包括北京大学法学院的五位学者，姜明安、沈岿、王锡锌、钱明星和陈端洪。

12 月 7 日，五位学者决定以公民的身份，建言全国人大对《城市房屋拆迁管理条例》进行审查，撤销这一条例或由全国人大专门委员会向国务院提出书面审查意见，建议国务院对"条例"进行修改。

为了让这一行动获得社会和公众的广泛关注，五位学者决定举行一个简短的消息发布仪式，邀请媒体采访报道，以扩大影响。

12 月 7 日上午，王锡锌致电时任新京报评论部编辑的赵继成，说明了意图。赵继成当即把这一线索，转告给了中国新闻记者郭少峰。

11 日，戴着一副厚眼镜、说话慢条斯理的郭少峰赶到北京大学。在法学院五楼的会议室，他见到了姜明安、沈岿、王锡锌、钱明星和陈端洪五位学者。郭少峰说，当天到场的还有《南方都市报》驻北京站记者、《财经》杂志记者等。

五学者之一沈岿告诉记者："看到唐福珍自焚的视频时，我跟学生们在一起。我非常感伤，特别的郁闷：一个公民在机器面前，以及在机器背后的政府面前太柔弱了。我觉得应该有人站出来。"

谈及当日情景，郭少峰至今仍记忆犹新，沈岿在说这番话时，声音稍微有些颤抖，"我能感觉到他细腻的感情波动和内心的愤懑。"

2003 年，湖北籍大学生孙志刚在广东收容所遭殴打致死，经媒体报道后，举国震惊。当年，沈岿同其他学者一道，建议全国人大常委会审查《城市流浪乞讨人员收容遣送办法》。一个月后国务院宣布废除收容制度。

六年后，沈岿和同事们再次挺身而出，打算以同样的方式，推动法制的进步。

五学者向媒体表示，国务院 2001 年 6 月 6 日颁布、11 月 1 日开始施行并沿用至今的"拆迁条例"与《宪法》、《物权法》、《房地产管理法》中保护公民房屋及其他不动产的原则和具体规定存在抵触，导致城市发展与私有财产权保护两者间关系的扭曲，引发了大量的社会矛盾、冲突和群体性事件。

他们表示，已通过特快专递的方式，以公民的身份，向全国人大常委会递交了《关于对 < 城市房屋拆迁管理条例 > 进行审查的建议》，建议立法机关对《城市房屋拆迁管理条例》进行审查，撤销这一条例或由全国人大专门委员会向国务院提出书面审查意见，建议国务院对"拆迁条例"进行修改。建议书还列举了"拆迁条例"与《物权法》等现行法律存在的诸多方面的冲突。

签版前逮住"漏网之鱼"

回报社后，郭少峰难以抑制兴奋的心情，洋洋洒洒两千字，详尽地报道了五学者的"发布会"。

当时，新京报时事新闻中心下设北京新闻、中国新闻，下午报题时，对于这一发生在北京，内容却涉及全国的稿件，应该刊发在哪个板块出现了分歧，协商未果，最后决定晚上看稿件具体内容再定。但是，当晚

两个部门的编辑们都认为对方已经选用了，以至于稿件静静地躺在公共稿库里，一直无人问津。

晚上十一点半左右，离签版还有一小时，仍在报社赶写其他稿件的郭少峰，再次询问当天夜班付型主编胡杰这一稿件是否刊用。

胡杰在公共稿库找到了原稿，从玻璃隔间里走了出来，到编辑部工作平台区间，大声向大家说明了此事，希望有人能"鉴定"一下稿件，看看是否有刊发的价值。

已经编排好版面的时任中国新闻编辑全昌连，快速浏览了一遍后，确认这是一条很有价值的"漏网大鱼"，当即认领了这一稿件，并替换了版面上的头条。为了突显其重要性，跟美术编辑刘刚商量，制作了双行的大标题——《北大五学者上书人大 建议审查拆迁条例》，并向头版编辑推荐了这个稿件，在封面进行了突出导读。

次日，十余家新闻门户网站转发了"学者建言审查拆迁条例"的消息，仅网易一家的网友跟帖和评论，当天中午已超过十万条。

一个小插曲是，当天五位学者就标题中的"上书"一词向新京报提出了"抗议"，他们认为，"上书"是封建帝制时代的说法，而今天向全国人大的建言是现代社会公民权利的体现。新京报完全接受学者们的"抗议"，立即纠正了网上的标题，在此后连续报道中再未用过"上书"。

当日，记者还联络采访国务院法制办和全国人大方面对此事的回应，同时采访相关专家学者，希望进一步厘清其中的法律关系。但国务院法制办和全国人大均不接受采访，专家的访谈也未成稿。

编辑"打鸡血"一追到底

12月9日,同城的《京华时报》跟进报道了"北大五学者建言"事件,并采访了其中的一位学者,做了一篇对话稿,内容较前一天新京报见报的内容更加充分。

这让新京报执行总编辑王跃春很是不爽。"本来独家的报道,为何不及时跟进,一追到底?"

她直接向北京新闻主编何芳进行了详细的采访布置:立即组织系列报道推动学者建言取得实际成效。从细节入手,从现实发生的活生生例子入手,各地频发的暴力拆迁事件违反了哪些法定程序;二是从法律入手,依据《物权法》分析现行拆迁条例在哪些方面存在冲突;三是努力突破,拿到全国人大和国务院法制办的权威回应。

或许是不甘人后的自尊心受到了刺激,亦或是责任使然的"职业病"再次发作,一群新闻人铆足了劲,写方案、做策划,像打了鸡血一样,准备大干一场。

中国新闻派出三路记者,通过各种渠道和方式采访全国人大、国务院法制办,对话全国人大代表、专家学者,同时采访《〈物权法〉草案》起草者,并指定全昌连全程跟进统筹,对这一系列报道负责到底。

第二天,全国人大代表、全国人大法律委员会委员梁慧星接受新京报记者杨华云专访,他认为《物权法》2007年生效后,"拆迁条例"自然就失效了,国务院应该立即废除"拆迁条例",依据《物权法》,尽快出台"征收条例"。

当杨华云把一篇近五千字的专访摆在副总编辑王悦和编委刘炳路的案头时,两人惊喜不已,读完原稿后更是大呼过瘾,称赞专访权威、专业,切中问题的实质,通俗易懂。

翌日，权威专访见报后，再度引起强烈反响，废除现行拆迁条例已成共识。

新京报评论部也及时跟进，组织系列评论文章，呼吁"拆迁变法"。

紧接着，新京报追访建言审查拆迁条例的北大五学者沈岿、王锡锌、陈端洪、钱明星、姜明安，专访了全国人大法律委员会委员、《〈物权法〉草案》起草者之一王利明，对现行拆迁条例有悖于《物权法》的不合理性，进行法理上的剖析和梳理，并提出了建设性的建议。同时，还遴选了一些典型的拆迁案例，对照现行的拆迁制度进行分析，找出问题的症结所在，以便更好地探寻解决的路径。

议题设置：从公众到官方

在一周时间里，新京报以七个整版的规模，持续跟踪报道，掀起了一场关于拆迁条例废止和修改问题的公共讨论，媒体、学者、公众广泛参与。

期间，全国各路媒体也持续予以关注，形成了较强的舆论气场和助推合力。各界都期待与政府形成良性互动，促成新拆迁条例的出台。

终于，在北大五学者建言七天后的 12 月 14 日，一直未出面回应这一事件的国务院法制办，主动邀请学者就拆迁条例的修改问题座谈。

郭少峰至今仍清晰记得他当天获得这一消息的情形，"因为太兴奋了"。这天上午，由于住所手机信号不太好，郭少峰错过了沈岿的电话，沈岿随后向《南方都市报》北京站记者陈宝成透露，"国务院法制办已邀请五位学者 16 日就拆迁条例进行座谈"，并让陈宝成转告郭少峰。

接到消息后，郭少峰对五位学者进行了采访，得知国务院法制办以专人专递的方式，将座谈会上要讨论的拆迁条例修改征求意见稿，分别送到了五位学者手上，但是出于保密约定，学者们并未透露征求意见稿的具体内容。

第二天，新京报独家报道《国务院邀学者研讨拆迁条例》，让各界对拆迁条例的废止更加充满了期待。

A22 中国新闻·综合　　　　　　　　　　　　　　　新京报
2009年 12 月 29 日 星期二

建言审查拆迁条例学者获邀人大座谈

5位北大学者获邀明日参加全国人大常委会法工委座谈，期待人大回复公民建议"程序化"

本报讯 （记者郭少峰） 昨天下午，曾建议全国人大常委会审查《城市房屋拆迁管理条例》的五名北大学者获得全国人大常委会法工委参加座谈会。

北京大学法学院教授王锡锌表示，这在程序上是非常有建设性的举措，希望能够通过这一事件，促使公民的建议反复"程序化"。

昨天，北大法学院教授沈岿证实，他们在昨天上午接到全国人大常委会法工委派备案审查室电话，邀请他们参加座谈会。

本月 7 日，北大五名法学学者沈岿、王锡锌、姜明安、钱明星和陈端洪向全国人大常委会提交对《拆迁条例》进行审查，16 日，国务院常务会议工委组织的座谈会，邀请包括北大的这五名学者（采集咖啡时还有专家学者）在内的专家研讨《国有土地上房屋征收与拆迁补偿条例》草案。

学者称座谈与建言有关

王锡锌说，"法工委准备备案审查有关人员在电话里告诉他，建议书他已经经收到"，同时也邀请他们参加明天下午在全国人大常委会法工委组织的座谈会。沈岿认为，这一座谈会与他们通过建议有直接联系和因果关系。王锡锌表示，电话中并没有告诉他们座谈会要审查的内容，但应该是一个比较正式的积极反应。

与《拆迁条例》和法律备案审查制度有关，"应该同有关。"

王锡锌表示，他们 5 人接到邀请，"都特别高兴，这是我们所期待的。"这与法律规定交付审议相应的，这次交通过交付程序引起了相关部门的高度重视较为积极。"出现了过去一些难办的发生根据的变化，这说明一些难点在发生根据的变化，这是一个很好的开端。"

希望激活法律审查程序

《立法法》规定，公民认为行政法规和举行条例同宪法或法律相抵触的，可向全国人大常委会书面提出进行审查的建议，由常务委员会工作机构进行研究、必要时，送有关的专门委员会进行审查，提出意见。

王锡锌对《立法法》只规定了公民有提起违宪审查的建议权，并没有规定立案……

……法机关如何回应公民的建议，北大沈岿也表示，有关部门此前尚未予一个先例，对公民的建议要予以回应。

王锡锌和沈岿都希望这次座谈会能够激活法律审查程序，"希望能通过这一事件，能深度公民建议的回复程序。"王锡锌认为，如果能通过这次回复的程序，这就是让《宪法》和《立法法》中明确的公民建议权得到真正落实。

为了增强采访力量，中国新闻部决定派两名文字记者和一名摄影记者去会议现场。机智聪颖、人送外号"阿花"的女记者李静睿自告奋勇，主动请缨同郭少峰一同前往。

12 月 16 日，不到八点，郭少峰、李静睿同摄影记者杨杰一行三人，便赶到了召开座谈会的北京金台饭店。随后，《南方都市报》和《新世纪》杂志的记者也陆续赶到。

大家在会议室门口等待，从出席会议的名单上看，除了学者之外，国务院法制办还邀请了国土资源部、住房与城乡建设部等相关部委的官员。

　　然而，座谈研讨会开始后，国务院法制办工作人员，有礼貌地拒绝了记者进入会场旁听的请求。

　　大家只好在会场外等待合适的采访机会，中途也试图趴在门缝上偷听会议的内容，但什么也听不清楚。中午十一点会议结束时，《中国青年报》、《京华时报》、《中国日报》三家媒体的记者也闻讯赶到。

　　座谈会结束后，在场的记者团团围住了主持会议的国务院法制办公室副主任郜风涛。在记者们的一再要求和追问下，郜风涛开了一个简短

的说明会，简要讲解了此次座谈研讨会的背景，以及接下来的计划，并

表示现行拆迁条例将废除，拆迁制度将发生根本性变化，拟出台《国有土地上房屋征收与拆迁补偿条例》，近期将就草案公开征求意见。

离开会场后，记者郭少峰、杨华云、李静睿分头回访出席会议的专家学者，还原座谈研讨会的情形，以及会议的具体内容。

当天，新京报以两个整版的篇幅，图文并茂、详尽细致地报道了此次座谈研讨会，在全国媒体中一枝独秀。

随后，关于拆迁条例问题引起了举国上下更加热烈的讨论，郭少峰接着专访了著名学者周瑞金和吴敬琏。

12月26日，十一届全国人大常委会第十二次会议召开，全国人大首次回应拆迁条例修改。在新闻发布会上，全国人大常委会法工委副主任王胜明，回答新京报记者杨华云的提问时表示，在北大五位学者向全国人大常委会提出对《城市房屋拆迁管理条例》的审查建议前，全国人大有关部门就一直在积极推动拆迁条例的修改，在五位学者提议后，全国人大加紧了这方面的工作。

此次人大常委会期间，时任国务院法制办主任的曹康泰也列席了会议，细心的杨华云发现这是一绝好的采访机会。

个头不高、皮肤黝黑的杨华云耐心等待了三天，终于在一次会议间隙堵到了曹康泰。曹康泰坦言，"拆迁变法"遇到了"公共利益界定，征收程序以及补偿"三大难题，法制办正在就征收条例草案征求地方意见，并还将请被拆迁人表达意见，草案修改完善后，将会尽快公开征求公众意见。

29日，事情又出现新的进展——全国人大常委会法工委邀请建言审查拆迁条例的学者座谈。

为了详尽报道此次座谈会，杨华云与郭少峰进行了分工。杨华云跑到人民大会堂南门守株待兔，计划围堵参会专家和全国人大官员，但等候了两个多小时，结果未见踪影，事后才得知他们从东门出了会场。而郭少峰等会议一结束，就在报社电话回访了与会专家，获得了座谈会的详细内容。

在舆论持续的推动下，国务院法制办在 2010 年 1 月 29 日，发布了《国有土地上房屋征收和补偿条条例》征求意见稿。

一年后的 12 月 15 日，《国有土地上房屋征收与补偿条例 (第二次公开征求意见稿)》公布，再次公开征求民意。

又过了一个月，2011 年 1 月 21 日，《国有土地上房屋征收和补偿条例》正式实施，施行了十一年的"拆迁条例"废止。取消行政强拆改为司法强拆、征收房屋先补偿后搬、房产评估机构由被征收人协商选定、征收房屋按市价补偿等焦点问题，都在新的条例进行了明确规定。

"废旧立新，顺应民意和法治潮流，废除一部不合理的'恶法'，无疑是众望所归。"新条例公布后，当初建言审查拆迁条例的学者接受新京报采访时感慨："这是民意的胜利，也是有责任感和使命感的媒体，设置公众议题，引领舆论推动社会和法治进步的胜利。"

王亚丽：骗官书记的荒诞剧

朱柳笛

刊发日期：2010 年 2 月 10 日、3 月 3 日
　　　　　　4 月 23 日
记　　者：黄玉浩　吴　伟
编　　辑：闫　宏　宋喜燕

　　除了性别是真的，其他都是假的，王亚丽踩着一个个官员的肩膀，坐上了团市委副书记的位置。新京报记者历时半年调查，以三篇调查稿件，独家揭开这起骗官骗钱大案。事后，诸多官员被查处。2011 年 6 月，王亚丽一审被判十四年。

　　初中未毕业，跟随商人闯荡江湖，后官至石家庄团市委副书记，还欲冒充旁人女儿诈取上亿遗产。

　　这是王亚丽的现实人生。后来她被称"骗官书记"。如果不是太贪心，如果不是有人举报，王亚丽的人生可能还有上升的空间。

　　对于新京报来说，王亚丽案是官员腐败的报道样本之一。新京报关注官员腐败的个案，更关注案件背后昭示的普遍意义：官员选拔制度的漏洞。

除了性别，什么都是假的

听完来访者王翠棉的故事，记者吴伟最初的感觉是情绪昂扬：如果这些叙述是真的，显然可以与电视剧本媲美，其离奇曲折、匪夷所思的程度，几乎包含了连续剧的所有要素：真假女儿、争夺财产、修改年龄，升迁造假和由此可能引发的官员落马。

这是 2008 年 8 月的一天，突然下起了大雨，凉意袭来，如同吴伟当时的心境："一个官员，除了性别是真的，几乎所有的经历都是造假。"他看着手里的王翠棉留下的两份举报材料：《编造弥天大谎，侵夺亿万资产》和《关于王亚丽假干部身份、篡改年龄情况的举报》，决心认真跟深度报道部主编刘炳路说说这个选题。

吴伟是一个乐观的理想主义者。他会期望所做的工作能够给这个世界带来一些良性的变化，即使调查中需要经常面对逆境，他依然能保持招牌笑容。 而对于新京报的深度报道来说，践行的是同样的期望。监督公权力，关注官员腐败，是深度报道非常重要的议题。

在王亚丽事件之后，新京报推出的三门峡卖官窝案、楚雄官员落马、江西国土厅窝案、北京地税窝案等稿件，均获得广泛影响。媒体的舆论监督已成为反腐利器。"揭露官员的任何腐败问题，都能够带来样本和警示的作用。虽然调查费时、费力，风险大，但影响也大。"刘炳路说。

吴伟接到的两封举报信所披露的内容，正是舆论监督的重点。王翠棉称其父王破盘突然去世，未留遗嘱只留下价值 4.5 亿的金华综合停车服务中心公司。时任石家庄团市委副书记的王亚丽突然出现，自称是王破盘唯一的亲生女儿。王翠棉与王亚丽互称对方是"李鬼"时，金华公司控股的金宝公司法定代表人则悄然变更，不再是王破盘。随后，金宝两位股东提出王破盘并非金宝股东，只是临时聘请的执行董事长，无出资无股份，无遗产可继承，王翠棉则坚持金宝公司是其父王破盘多年的心血结晶，属完全控股企业。除了遗产纠纷，举报信还披露王亚丽本名丁增欣，涉嫌干部身份与履历造假，多次更改年龄从而能顺利被选为该市最年轻的政协常委、团市委副书记。

读完举报材料，刘炳路要求另外一名调查记者黄玉浩也参与到报道之中。

黄玉浩的长处在于"突破"，他总能采访到最核心的新闻当事人。尤其擅于和官员打交道。"找出他们要什么，接受你的采访可以带给他们什么么。"在谈到心得时，这名年轻记者这样解释。要求证王翠棉的举报是否属实，王亚丽成为黄玉浩必须突破的首要采访对象。

新京报调查报道所秉承的理念是"大胆假设、小心求证"。

"不是在于多大胆，而是注重以事实为依据。"刘炳路说。

他要求吴伟和黄玉浩重走王亚丽走过的路，从最源头开始追查这位团市委副书记的履历。事后回忆时，他打了个比方："像层层剥笋一样，弄清事实的真相。"

漫长严谨的核实过程

在遇到吴伟和黄玉浩之前，王翠棉一家从区，到市，到省，到中央，向各级纪检、工商和组织部门都递交了举报信，均石沉大海。绝望之际，王翠棉的二姐曾打算弄一包炸药炸掉金华大楼，"绝不能便宜那个贪婪的女人。"

即便如此，黄玉浩与吴伟仍旧对王翠棉一家心存怀疑，王翠棉与王亚丽的真假女儿之争，依旧是他们首要面对的一个问题。"刚开始时我都不觉得是个问题，因为只需要验一下DNA，结果一目了然。"吴伟说。

但事实并非这么简单。王翠棉的举报持续了一年零五个月，去公安局报案，要求验DNA，石家庄市公安局给出四点意见：1. 王亚丽是名干部，她档案是否造假应归组织部门管；2. 真假女儿身份是民事纠纷应去法院打民事官司；3. 王破盘有无股份这是工商局的事；4. 新华公安分局违规查抄的金宝公司物品应归还现在的金宝法人。

"几乎没什么需要公安来管的，"王翠棉曾经抱怨说："尽管种种证据显示王亚丽涉嫌伪造公章、诈骗、违法侵占他人数亿资产，但警方就是不立案，查抄的东西返还给金宝法人，却不顾这个法人变更是否合法。"

吴伟与黄玉浩只能去往王亚丽的老家无极县展开调查。

西验村村主任丁三民称，王翠棉的父亲王破盘是无极县的"能人"，一直承包政府工程，与县长、书记都称兄道弟的。1989 年时，王在西验村附近修路，当时丁小锅在工程上给王破盘帮忙，和王破盘关系很好，后来让女儿丁增欣认王破盘为干爹，不到一年，听说丁增欣就去当兵了。后来丁增欣改名为王亚丽，并以石家庄市团市委副书记的身份出现在公众视野中。

这让二人深受鼓舞，并试图能够找出各个环节的书面证据，例如修改年龄的证据，以及履历造假的证据等。两个星期的时间内，他们几乎走遍了石家庄所有的部门：公安局、派出所、工商局、组织部等等。

这是一个繁琐的求证过程。"就像破案一样，每一个环节、每一个疑点必须弄清楚。"编辑闫宏说。前方在进行调查的同时，闫宏同样在后方进行着甄别的工作。他反复查看堆在桌面上厚达几十厘米的资料，从大大小小的卷宗、公司档案和户籍证明中寻找着蛛丝马迹。

这是一个漫长的过程。"调查何时结束？稿件何时完成？需要求证的细节太多。"黄玉浩回忆。

与王亚丽的交锋

相当长的一段时间里，黄玉浩与吴伟白天的时间，几乎都耗在了与政府部门打交道上，夜晚，他们在旅馆讨论、写作。许多天的调查有了一定的成效，但核心证据链尚难以形成。将近一个月的调查后，黄玉浩拨了王亚丽众多的电话号码，其中一个通了。

"我来不及多想，担心她会挂电话，一下抛出了所有质疑的问题。"黄玉浩说。对方并没有急着回复，听完了所有的问题，沉吟了一会儿说，待会儿给他回电话。当天，黄玉浩就接到王亚丽的电话。她对记者关于验DNA、法人变更、亲生父母等问题都一一回避，只坚称自己就是王破盘的女儿。"现在老人都不在了，我不想争任何东西，老人在公司一点股份都没有。"

而对于王翠棉举报称金宝现在股东薛立新是其丈夫、周东风则是其姐夫是否属实，王亚丽称："在合适的时候，我会花钱请你到石家庄来调查报道此事，现在还不是时候"。

在另外一个电话中，王亚丽说："弟弟啊，你到姐姐的地盘上调查我也不跟我说一声，多危险啊，派出所的领导已经跟我说了，你去调查我咋还坐举报人的车子呢。"

黄玉浩回答说坐举报人的车是因为当地交通落后，而且给了车费了，可以调查，最主要如果报道有失客观可以举报。王亚丽说："现在世道太乱了，你说你在那儿再被人打一顿，都有可能是王翠棉雇人打的，然后栽赃我啊。弟弟啊，你太单纯，你不知道他们有多坏，为达目的什么事都能做得出来。"黄玉浩和吴伟将这些话理解为王亚丽的恐吓，其言外之意是：我随时可以找人打你。

在黄玉浩和吴伟看来，这些细节能反映王亚丽的点滴性格和"才华"：先诱以恩惠，再对其恐吓，软硬兼施。

当地官员还称，王亚丽深深把握一些官员只唯上不唯实的为官之道，她想搞定一个官员必然要假托更高级别的一个官，来镇住这个官，狐假虎威。其中一个可以佐证的细节是，王亚丽曾对这名官员说，时任石家庄市市委书记已经对自己的案子有了定性，自己是冤枉的，希望不要为帮王翠棉而干涉公

检法办案。

"她就抓住了现在许多官员只唯上不唯实的心理，假托一些高官的身份，来让下属官员听从她的安排，这就是狐假虎威啊。但很多官员又敬重她市政协常委、团市委副书记的官员身份，这样的人怎么可能撒谎呢？怎么可能骗自己呢？但实际上她就敢骗。"有官员曾总结王亚丽的"手段"时说。石家庄一名官员还曾对黄玉浩感慨，王亚丽经过多年的经营，已形成一个利益相关的网络，如今牵一发可动全身，不好查。

第一次调查，黄玉浩与吴伟最终铩羽而归，王亚丽的稿件暂且搁置。但深度报道部并没有放弃这篇报道，而是一直在寻找着合适的时机。

引发石家庄官场风暴

"造假书记"王亚丽的官场现形记

机会在 2010 年 1 月出现。有消息传出，由中组部、中纪委联合河北省纪委组成专案组，进驻石家庄市查办原团市委副书记王亚丽涉嫌身份、档案造假并非法侵占他人合法财产一案，王亚丽已经被控制，案件进入侦查阶段。

刘炳路回忆当时的情景，仍然觉得兴奋：官方已经开始着手查办王亚丽，那这将是一个推出报道的极好时机。

黄玉浩与吴伟再次奔赴河北进行采访后，2010 年 2 月 10 日，《石家庄原官员被指身份造假争亿元遗产》稿件刊发。

黄玉浩还记得 2 月 9 日这一天，

已是春节前夕，他乘飞机从北京飞往南京，准备回家过春节。飞机到达无锡上空时，天降大雨，被迫停留在无锡机场。在等待的时间里，黄玉浩一直和编辑阎宏就稿子的细节进行着沟通讨论，电话一直持续到凌晨两点。"这几乎是我记者生涯里最紧张的一刻了。"黄玉浩回忆说。他担心稍有疏忽，稿子里涉及到石家庄部分官员的内容若不够严谨，会削弱报道的说服力。

这篇稿件见报后，几乎占据了当日所有新闻门户网站的头条，无数媒体记者致电黄玉浩和吴伟，询问稿件内容，欲继续跟进。

同时跟进的还有官方的回应。

2010年3月12日，中共河北省纪委新闻发言人介绍，省纪委会同省委组织部等有关部门，对共青团石家庄市委原副书记王亚丽采取弄虚作假等不正当手段谋取职务及有关人员严重违纪违法问题的调查取得阶段性进展，并公布了王亚丽案件中涉嫌违纪的石家庄官员的处分结果。这些名单与此前的报道中事实完全吻合。

这些进展让黄玉浩等人感觉豁然开朗，并决定继续发力进行追踪。

刘炳路希望黄玉浩能够对于王亚丽进行一个"前世今生"的挖掘，厘清她如何从一名普通农家女子修改年龄、履历造假，成为团市委副书记的。"新京报的核心报道，对于一个新闻事件的深层挖掘，不放弃任何可以挖掘的细节，一点点去碰，把它所有反映出来的东西跟社会的根源都挖掘出来。"刘炳路说。

因为有先前调查的基础，王亚丽"升迁记"这篇稿件的成型相对容易一些。在编辑宋喜燕看来，王亚丽"升迁记"也能形成新闻的热点。"王亚丽很会编织关系网。她所经历的一切，就是依靠一个个裙带关系，逐

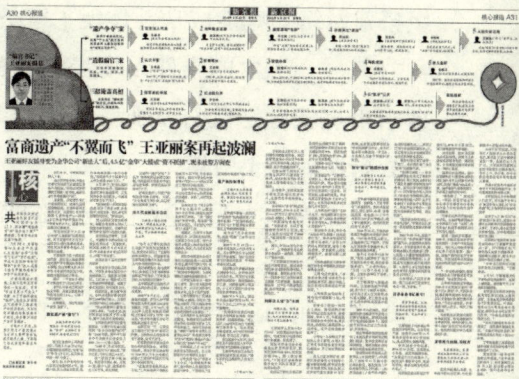

级搭建网络。她能成功，体现了官员选拔制度存在漏洞。"

此后，王亚丽案件一步步朝着良性发展，2011 年 6 月 9 日，河北省衡水市桃城区法院对王亚丽涉嫌职务侵占和行贿案一审判决，王亚丽被判处有期徒刑十四年。

王亚丽上诉后，河北衡水市中院于 2011 年 8 月 18 日二审作出裁定：维持一审判决。

王亚丽，这名善于"经营"的团市委书记的骗官生涯，至此告一段落。

赵作海：苦难的缩影

孔 璞

刊发日期：2010 年 5 月 12 日、17 日
记　　者：张　寒
编　　辑：汪庆红　宋喜燕

　　赵作海是 2010 年的符号之一。他被认定杀了邻居赵振晌，并被判了死缓，但十一年后，赵振晌回到了村里。新京报以对话、人物、动态消息等多种报道形式，细腻而深入地探入赵作海案。赵作海后来获得国家赔偿，并开始了新生活。

　　记者张寒抵达刚刚苏醒的商丘市柘城县老王集村，是在 2010 年 5 月 8 日清晨八点。

　　这个村落像它度过的无数个清晨一样，在雾气和潮湿中，缓慢地因循着自己的节奏。一条土路在田垄后面摇摆进村子深处。偶尔能撞见一两个行人，路边庄稼地里也有了早起干活的人。

　　那口废弃的水井位于村西头。张寒赶到这里时，看到一辆警车斜在旁边。三五个警察正在旁边忙着拍照侦查。井被新挖掘过，井壁上是新鲜湿漉漉的泥土，一眼望下去，黑洞洞的，令人头晕目眩。张寒不由想起"凶手"赵作海黑洞般的人生。

十一年前，村民在这口井里发现男性尸体。尸体被认定为是村民赵振晌，而凶手则被怀疑为是同村的赵作海。接着，公安机关将赵作海逮捕。在被逮捕后，赵作海很快承认了"罪行"，并最终被判处死缓。随着赵作海的入狱，他的家庭随之瓦解，妻子改嫁，儿女无人照料。十一年中，他的儿子只去监狱看过他一次。十一年后，已被认定被杀的赵振晌突然现身。

警察们木然地看着张寒在井边张望，没有阻止，也没有回答她的种种询问。这个圆脸、大眼睛的女孩背着相机，脚步轻巧地跳过泥土块，一看就是个记者。

阳光开始从树枝间漏下，露水已经消失殆尽，鸟和蝉叫得更加厉害。张寒转身上车。在接下来的半个月里，她最快、也是最详尽地为读者还原了这一震惊全国的冤案；她甚至把这个豫东小村搬到了新京报，每天读者都可以看到因这一冤案而"被翻转"的种种命运。

但当时，张寒首先要寻找的是冤案的"钥匙"——死而复生的赵振晌。

"死者"赵振晌

这个选题是如何进入新京报编辑部的视野？

这与新京报一直坚持的"人文与法治"的立场相关。"作为一份严肃的新型主流都市报，新京报始终坚持人文与法治立场，维护党、国家和人民的最高利益。"社长戴自更在一次讲话中说。

遭受冤狱、没受过什么教育、手里也没有什么社会资源的赵作海，影响着编辑部每一个人的情绪。

"我们关注赵作海，并不是因为赵是一个弱者。"赵作海报道责任编辑之一的汪庆红说，"这并不是说赵作海不是一个弱者，而是说，在刑讯逼供、司法腐败面前，每一个公民都是绝对的弱者。这和赵本人的社会地位无关。"在张寒寻找赵振晌时，别的记者还在路上。从在网上看到赵作海冤案的消息到出发，张寒不过花了一个小时。

"又一个佘祥林！尽管网上信息很少，但我知道这个题目必须要做，我立刻打电话给领导，然后出发。"张寒说。对于记者而言，早到一小时就意味着掌握主动。"尽快抵达新闻现场"之于新京报记者，就如同命令之于士兵，发令枪声之于运动员。

张寒也庆幸她的早到，尽管转悠了很久也没找到核心人物赵作海（此时还没放出来）和赵振晌，但她还有时间坐下来好好思考一下该怎么办。村主任说刚刚在集市上见到要看病的赵振晌，他会去哪里看病？

"我进行了张氏推理。赵振晌没有钱，他侄子也舍不得给他花钱，这医院必然不会是商丘市和县里的医院，最有可能的是乡医院。但我要排除乡医院，这附近的区域有没有什么专科类的小医院。一问，还真有一个小医院，它给自己的特色定位是治疗类似中风和偏瘫。赵振晌目前有类似于中风的症状。我就赌是这家。"张寒起身就去找医院。

这是家很小的乡间医院，护士们懒洋洋地表示没听说过"赵振晌"这个名字。失望中，张寒把赵楼村的冤案讲给大家听，护士们不断发出啧啧的惊叹声。故事还没讲完，一位护士就开始翻输液单。

果然有赵振晌的输液单！但没人确定他今天是否会来。张寒面临一个选择，坐在医院的破旧长椅上坐等赵振晌，或者去村里找别人采访。但如果等不来赵振晌，会错过不少外围的采访。

张寒没有犹豫太久，她一屁股坐在凳子上。"风险大，收益大，赵振晌是值得等的核心人物。"这符合张寒一贯的做事风格，做事果断，喜欢接受挑战，嗓门和胆子都很大。她选择了一边等待，一边给各个部门打电话打探情况。

过了漫长的三个小时，张寒透过窗子看到一个老人坐在手推车上被人推进医院的院子。

"那就是赵振晌！"好几个护士欢快地叫了起来。整个医院都沸腾了，仿佛到来的是重要领导。

赵振晌并不特别排斥采访，他几乎是有问必答。在把赵作海砍伤后，他在附近几个县流浪了十余年，算是见过世面，并不畏惧记者。

赵振晌讲述了一个带有浓重豫东口音的故事：他和赵作海是年轻时的好友，因为赵作海贪了他一千多元的工钱，两人闹了矛盾。后来，两人都喜欢上了同村的女子杜金慧，赵振晌一怒之下砍伤了赵作海并连夜出逃。他是个光棍，没有父母兄弟，因此没告诉任何人。

张寒尽量把耳朵竖直，去辨认一个个模糊的鼻音。赵振晌身材矮小，目不识丁，除了收废品找不到养活自己的方法，他之所以回村是因为偏瘫，想回村享受新农合医保以及低保。

赵振晌已经得知了赵作海的事情，但他对赵作海仍有怨言，他纠结于赵作海欠他的钱。

张寒一度觉得这老头太倔了，但后来几天，随着采访的深入，她理解了赵振晌的愤怒。赵楼村极为贫困，男人娶上媳妇极为不易，甚至流行几家之间换亲。赵作海拿走的不仅是一千多元，还是赵振晌娶媳妇的唯一可能性。

那天，张寒写下了《如果他愿意，我也愿意和好》的独家对话，她是最早采访到赵振晌的记者。新京报的报道将更多的媒体吸引到了赵楼村。

在张寒之后，有数不清的记者采访了赵振晌，赵振晌并不拒绝，但他小小地修改了说辞，他不再承认他喜欢杜金慧，而是说自己是受杜丈夫所托照顾杜。每次采访结束，他会对记者说："你去把药费给我结了吧。"药费是五十元一次。

随着赵作海的国家赔偿下来，赵振晌的侄子嘲讽他：人家赵作海回来拿了国家赔偿，是财神爷，你回来是啥？

赵振晌什么都不是，他只是个衰老无用的人。后来几天，张寒偶尔也会在村里看到赵振晌。他拄着拐杖，走得很慢，腰弯得很低。

"凶手"赵作海

张寒到村里的第二天，大批的记者聚集商丘，他们形成同盟，大批人马开赴商丘市政府，电视台的机器就架在办公室当中，市委宣传部不得不派官员来接待他们。

如愿以偿，在宣传部的帮助下，记者们采访到了市检察院和法院、公安局，案子的各个环节基本明了。当天，在众多记者写一块一块的消息的时候，张寒把所有采访到的内容按照逻辑顺序写了一篇冤案的形成史。

出狱后，赵作海没有家，住在不同的亲戚家，记者们都不知道他在哪里，在一番寻找之后，5月11日，赵作海突然摇摇摆摆地出现在村间小路上。张寒一个箭步上前，"谄媚"地搀住了他的右臂，"我可真怕他又跑了。"

刚出狱的赵作海并不适应这么多媒体的采访，他坐在十几个记者形成的包围圈中，顶着自己的"大光脑袋"，手足无措。赵作海的情绪极其不稳定，问着问着突然号哭着站起来要走。

当时作为离他最近的女记者，张寒还有一个功能就是拉住他，扯开话题安抚他的情绪。后来有村民聊起来对张寒印象深刻，这也让张寒在村里采访时得到了更多的信任。

张寒发觉，十几个人围住一个人，想做一个平心静气的深度访谈几乎是不可能的。最可怕的是还不断有记者刚到，一进来就从头问起。

"我知道自己想要的是一篇完整的和赵作海的对话。在群访中，类似于'你是怎样被逼供的'是必然会被问到的，这不用浪费自己的机会。我逮到机会问的都是细节和感受性的问题。整一天我都在赵作海旁边跟着，插空法很管用。基本上我问完最后一个问题，整个稿子的布局和段落都成形了。"张寒说。

张寒喜欢问故事的细节，她反反复复问赵作海被刑讯逼供的方式：鞭炮丢在头上，警察威胁他秘密处决，赵作海说着说着会号啕大哭。

在第二天的新京报中，读者可以听到赵作海的哭声，那哭声"从喉咙里咳出来"。"我始终认为事实层面的细节在对话中也应出现，因为通过采访对象的嘴巴说出来，这些细节要有力量得多。"张寒说。

张寒还会注意问一些"有些虚"的问题，比如关于"最高兴的事情"

这类的问题。

赵作海如此回答:"这个事情是悲惨的。但是现在人回来了,知道我是被冤枉了,这也是最高兴的时候。所以说,最悲惨,最高兴。"

那一瞬间,张寒觉得赵作海像个哲人。这句话也成为整篇对话的结尾。

那一天的采访结束后,记者们纷纷撤离,张寒留了下来。她仍跟着赵作海,和他拉家常,看他如何生活。在一搭没一搭的闲聊中,她和赵作海熟悉了起来,赵作海见到她就笑逐颜开,叫她"妹子"。

聊得越多,张寒就越悲哀,"心里有个地方就特别柔软"。赵作海的生活目标和入狱前一样,无非是给儿子盖房子,剩的钱自己养老。

卷入漩涡的其他人

赵作海刚回家时,土墙的老屋已经塌陷,院子里长满了荒草。在他入狱的十一年间,妻子出走,儿子流浪,他的家从形式到内容都完全散落掉了。

赵作海拿到国家赔偿后,政府给他修起了房子,他的大儿子赵西良也从北京赶了回来。赵作海心里还惦记着一件事,就是妻子赵小齐改嫁了,他琢磨着把妻子叫回来享福。

早在赵作海回来之前,张寒就见到了赵小齐。在赵作海的事情上她也曾被逼供,受到惊吓,呜呜呀呀地说着不清楚的话,经过现在老公的翻译,不外是"打我,怕"。她唯一坚定的事情是"我不回去"。原因是"他打我,因为两块钱,往死里打我"。而现在的老公,至少给了她一个相对平静的生活。

赵小齐的老公告诉张寒,他待赵小齐很好,胜过赵作海,因为赵小齐从前一年都买不上一件新衣服,而跟了他,"五年五件袄。"

赵小齐家的房子在村里几乎是最破落的,失修的土墙上只有巴掌大的窗户,赵小齐坐在里屋的黑暗中,张寒根本看不到她的身影。

"赵小齐不会回去的,她在这里很好。"赵小齐的老公说。

"我并不觉得赵小齐的处境很好,可是那就是他们的活法,从某种意义上讲，他们自己对此并无不满。赵小齐的老公自己也为自己能'捡'个媳妇而满意，尽管这个媳妇并不健全。"张寒说。

赵作海家的房子一时还没盖起来，赵作海就坐在院子里和记者聊天。一天中午，张寒注意到一个女子走进赵作海的院子，远远地站在一角，长发凌乱。赵作海虽然没有和那个女子打招呼，但显然注意到她的到来，语调陡然提高，肢体语言也丰富起来。

在他说得很兴奋的时候，张寒插了一句："赵叔，你还认得她吗？"

赵作海张大嘴，做茫然状，顷刻才恍然大悟："是你啊。"这套动作做得如此逼真，张寒说她实在分不出真假。这个女子是杜金慧，村人口中和赵作海当年有暧昧关系的女子。

杜金慧开始哭，诉说自己被村人蜚短流长的苦闷，自己被派出所刑讯逼供的遭遇。"她是个有些豪气的女子，帮赵作海照顾两个孩子多年，再次找赵作海只是为了要和赵一起讨个清白。"

赵作海向杜金慧表示了谢意，但没过几天赵就改变了说法，他说杜金慧种了他家的地，理应给他养孩子。杜金慧闻听此言，就再不理睬赵作海了。她找到张寒，要求找律师，告状，讨清白。

杜金慧仍住着破旧的土屋，她有个十几岁的儿子，容貌清秀。张寒从他的脸上寻找到杜金慧当年的样子。杜金慧也是个苦命人，年轻时被人从甘肃拐卖到河南农村，嫁给一个"窝囊"的老公，因此和赵作海、赵振响走得近了些。

"我那时总是想，他们做错了什么，要遭受这样的命运？其实他们都没做错什么，错的应该是那些刑讯逼供的人，但错误的果实却让他们品尝。"张寒说："每个人都是一个深渊，我们俯身看去的时候都会禁不住头晕目眩。"

赵作海的亲戚们则因为赵作海的数十万赔偿金而卷入这一事件。赵作海的叔叔、姐姐和妹夫都很乐于接受采访，他们热情地诉说自己去监狱探视赵作海，如何帮他争取更多的赔偿金，如何帮他抚养孩子。

"虽然那时赵作海和他们关系都好，但已经可以感觉到矛盾在酝酿，每个人都盯着赵作海的赔偿金，在他们眼里，赵作海是个财神爷。"张寒说。

这时编辑让张寒写一篇赵作海的人物特稿，张寒决定把赵作海身边这些人的故事都写进来。尽管编辑担心会有些散乱，会碎片化，但张寒坚持了自己的想法。

赵作海的"深冤似海，终得昭雪"是社会的隐喻么？

"不，不是，那是中国社会的反常状态。我觉得赵作海出狱后的经历才是当今社会的隐喻：你所失去的一切，和你所希望得到的一切，终将以金钱来衡量。"张寒说。

基于这种理解，张寒保留了那些碎片化的东西，"房子、女人、金钱"，"用这些事物串成一条线，在我看来那才是赵作海最真实的遭遇。"

这篇文章就是《赵作海，被翻转的人生》。

读懂小人物

采访中，许多记者为赵作海的经历落泪，但张寒没有。赵作海说到动情处，张寒也跟着眼圈发红，但她克制着自己的泪水。"不是不同情他，是因为记者应克制自己的情感，尽可能冷静客观地观察采访对象，与他们交流。"张寒说。

张寒在新京报五年的记者生涯中，采访了数不清的有着各自苦难的人。比如儿子被莫名其妙关进监狱的母亲，女儿被人开车撞死的父亲。最触动她的是杀人大学生马加爵的父亲。

"疲惫和沮丧如此抽光了一个人的精力，我很震惊。"张寒说，"我从未见过如此疲惫的灵魂。"

在和马加爵父亲的交流中，张寒发现，这个疲惫的父亲最大的愿望，只是为几个未成年的儿女"挡一挡"，为他们多顶一些流言蜚语和世俗的压力。

赵作海的驼背令张寒想起马加爵父亲的驼背，他们的身体前倾，松松垮垮的，像失去弹性的弓。

"他们都活得那么卑微，无论是赵作海还是马加爵的父亲，到最后想的都是为孩子再做点事情。他们自己，被放在了生活的最边缘。"张寒说。

"有的记者喜欢采访大人物，我也喜欢这种挑战性的对话。但我更喜欢对社会底层人物的观察和描摹，我坚信，在他们身上，你才能读懂中国。"张寒说。

张寒是个敏感的人，在采访中她会很快察觉到对方的躲闪和掩饰，在赵作海的采访中也是如此。"在采访中，许多人会对记者说谎话，在对小人物的采访中，追究更准确的事实自然必要，但更重要的是从这些小谎言中，理解人们说谎的动因。对我而言，每个谎言都和真话一样重要。"张寒说。

离第一次采访赵作海已过去了一年多，张寒仍记得赵作海哭泣时"纠结成一团"的面容。 张寒觉得："赵作海的经历，就是中国农民苦难史的缩影。"

一年间，赵作海经历了许多风波：当公民代理人，被传销骗钱，第二个妻子出走……在她眼里，赵作海是个在"坏命运"和"更坏命运"中抽到下下签的倒霉蛋，也是在"更坏命运"和"最坏命运"中抽到上上签的幸运儿。

夺命蜱虫：透析基层疾控薄弱顽疾

涂重航

刊发日期：2010 年 9 月
记　　者：黄玉浩　孙旭阳
编　　辑：阊　宏

2010 年 9 月 8 日，新京报独家报道，河南等地农村存在着一种致命小虫"蜱"。报道并未停留在惊悚事件本身，直指薄弱的基层卫生防疫系统。报道推动了对新型病毒的发现，并促使卫生部门尽快颁布相关诊疗方案。

2010 年 9 月 8 日，新京报独家报道"'八爪小虫'夺命调查"。这篇近六千字的文章将"蜱"这种小虫推进公众视野。

随后，多家媒体跟进报道，一时间，蜱虫的知名度飙升。

在新京报报道当天，信阳市卫生局召开新闻发布会，公布了蜱虫咬伤人治病的传播途径和传播区域。

这是从 2007 年信阳当地首次发现疑似病例后，官方第一次就该病召开新闻发布会。报道见报第二天，卫生部派专家到当地指导防控。

此后，中国、美国、澳大利亚等在内的多国卫生专家去河南联合开展蜱虫叮咬事件的实验室研究。

那年 10 月，中国疾控中心从病人身上分离出一种"新型布尼亚病毒"，随后出了一个相关诊疗方案，并在全国推行。

若非新京报的调查报道，这种致命小虫可能仍不会引起官方和公众的关注，它的危害仍将肆虐各地。

报一个"绝世好题"

2010 年 8 月，新京报记者黄玉浩在信阳商城采访，首次听说当地有一种奇怪的小虫，叮人致命。

当地乡镇干部在和黄玉浩吃饭时说，一位负责宣传的干部本来要来，但他家属被小虫咬了，很严重，生命垂危。

根据描述，这种小虫芝麻大小，能进入皮肤内吸血，用手抠不出来，得用烟头烫、镊子夹才能取出。吸血后，身体胀大数十倍。

这位八零后的记者听到这件事后，第一反应是"太惊悚了。"

村干部们说，当地已有多人被这种小虫咬死，村民们非常恐慌。

黄玉浩是新京报深度报道部的记者，他喜欢做调查新闻。对于重大、新奇的事件有很大的兴趣。

随后，他打电话向主编汇报："这是一个绝世好题。"

黄玉浩邀请正在郑州的孙旭阳跟他一起采访蜱虫，他对孙旭阳说："你要不来，我也不做这个题了。"

孙旭阳当时也是新京报深度报道部记者。

在接到这个选题时，孙旭阳在河南当地报纸查阅到一则消息：蜱虫可防可控，不必惊慌。由此他觉得意思不大。

新京报深度报道负责人刘炳路和李素丽，也是第一次听说这种小虫，他们最开始的感觉是，黄玉浩是否夸大了当地的疫情。"如果属实，就可做。"

9 月 21 日，孙旭阳到达信阳，在当地的记者那里了解情况是，有关部门在隐瞒疫情。实际上在河南、安徽交界处，蜱虫疫情很严重，老百姓谈虫色变。

次日，孙旭阳和黄玉浩汇合，两人乘坐六个小时的大巴，从信阳前往商城县。

孙旭阳说，信阳各地都有蜱虫，之所以选在偏远的商城县，一是他2009年曾去过那里采访别墅诊所，认识很多村医；二是商城地处山区和茶区，茶农是受蜱虫伤害最多的人群。

经过一天的跋涉，两人晚上才到达，来不及休息，他们就开始上街寻找线索。

在一个小饭店老板那里，他们听说，商城到处都是蜱虫。县城内有个公园，前不久还咬死两人。

"接这个题的时候，原打算是按照科学报道来做的。"9月23日，孙旭阳说，他们第一天到商城，就发现问题很严重，而外界还不知道这种小虫的危害。

他们决定分头寻找死亡病例。

艰难调查

在最初的采访中，当地卫生部门、医院并不配合，也没有提供死亡病例名单。

最开始，两人分头去各个乡镇寻找。

商城县鲇鱼山乡下马河村村医周世瑶2009年曾接受过孙旭阳采访，这次又帮了大忙。

据周世瑶提供的线索，孙旭阳找到两个死者的家属。

前去村里采访时，村民们纷纷围上来诉说被咬的经历，一些小孩挽起裤腿，掀开后背，露出被蜱虫叮咬的伤疤。

黄玉浩说，那次采访也是他心里最害怕的一次。从小看到密密麻麻的小虫子，他就会恶心，吃不下饭。这次对这种未知小虫更是特别恐惧。

两人也约定，采访时不要往草丛里去，尽量走大路。

由于蜱虫咬人病例大部分在偏远的农村和深山里面。两个人最开始时就沿着山路，租了辆摩托车，挨村打听。

孙旭阳说，当初找了商城县宣传部、疾控中心，没有得到有用的帮助。他们只要沿途听到一个线索，就会租车去找。

但线索往往只是指个方向，要找到确切的地方，仍要费不少周折。

黄玉浩也说，那时每找到一个患者的家，往往就要耗费一天时间。

当时，他们也都有住在患者家里的经历。

孙旭阳至今仍记得当时在曾泽平家里采访的情景。

家住商城县鲇鱼山水库旁边的曾泽平是一位能干的农村妇女，家里养了十几头猪。2009年夏天，她被蜱虫叮咬后，发高烧并开始胡言乱语，自称看到神鬼。家中请来"大仙"驱邪。但曾泽平的状况丝毫没有好转，夜里睡不上安稳觉，常常被疼醒。

9月的一天晚上，曾泽平的丈夫岳昌余坐在院子里讲妻子的事。借着月光，孙旭阳看到岳昌余的眼泪哗哗流。

对于蜱虫的危害，受访者仍一无所知。

孙旭阳说，家属们提供了成堆的医疗票据。病例中，患者的身份证都是刚换的二代身份证，也显示出蜱虫病毒多发在近两年之间。

村民们的茫然失措源于当地政府对蜱虫的重视不够。

孙旭阳和黄玉浩在信阳和商城医院采访，获悉2008年上级已下发有关蜱虫叮咬的预防培训手册。

但这个手册对外竟然是保密的。两名记者通过多种渠道，最终用非常规手段才获得这份官方针对蜱虫的文字材料。

而在商城县医院，孙旭阳得到的答复是，这种病很正常，很早就有，不必惊慌。

但是两位记者根据实地调查，死亡人数已接近十人。

独家呈现

2010年9月8日开始，新京报对蜱虫做了连续性报道。

第一篇《"八爪小虫"夺命调查》近六千字，立即引起各大媒体和社会的关注。

一时间，河南商城县喜来登酒店入住了近二十家媒体的记者。

在当天百度搜索关键词中，"蜱"上升为首位。

新京报第一篇报道见报当天，信阳市卫生局召开了新闻通气会。

这是从2007年当地发现第一起疑似病例后，官方第一次就该病召开新闻发布会。通气会指出，卫生局已经基本掌握了这种疾病的传播区域和传播途径。

这份姗姗来迟的通报称：从2007年5月信阳市报告了首例疑似无形体病例以来，通过监测，截至2010年9月8日，河南省共监测发现此类综合征病例五百五十七例，死亡十八例。重点集中在信阳市商城县、河区、光山县和平桥区。

但是，对于从根源上预防，从中央到地方都还没有出台很有效的措施。

通气会召开后第二天，卫生部派出专家组到商城县指导防控工作。

9 月 9 日，新京报又发出一篇《蜱虫"怪病"揭秘》，共计三千字。对蜱虫致病的过程和预防进行解读。

也就是在当天，卫生部网站也发布"蜱的特点及预防控制知识"。防控知识将河南疫情中出现死亡病例的"无形体病"更正为"发热伴血小板减少综合征"。

当晚，中国疾病预防控制中心病毒病所所长李德新做客央视《新闻1+1》节目，介绍发热伴血小板减少综合征的防治。

次日，李德新在卫生部例行的新闻发布会上回答了记者关于蜱虫疫情的提问。发布会上谈到，蜱虫传播疾病的事件以前就发生过。河南这次的疫情传播了新的病原体。李德新特别强调，目前已有非常成熟的预防控制措施。避免蜱虫的叮咬是降低感染的最主要措施。

随后，新京报又派孙旭阳、黄玉浩分赴河南商城和山东蓬莱，调查当地疾控部门三年来对蜱虫疫情的防控措施。

9 月 26 日，新京报又在全国率先报道出《蜱虫"咬伤"的防治空白》，直指基层疾控体制困局。

对于这个题材的操作也是后来新京报编辑部决策的结果。

据这个系列报道的编辑闫宏介绍，最初获悉两位记者的采访内容后，深度报道部主编刘炳路决定分成一个系列来做，最开始的一篇是报道新闻事件；第二篇是一篇科普类的报道，揭示蜱虫致病原因，怎么预防；第三篇则是对基层疾病防控体制的拷问。

影响国家，更要影响公众

中国基层的疾控防疫薄弱已经成为一个严峻现实，新京报曾多次以专题形式，进行报道。2009年的"流感病毒"系列报道，此后的手足口病系列报道等，都体现新京报对这类题材的重视和责任。

2009年11月，由闫宏担纲做的甲流专题，总共分为四期。从国家防控、基层防疫、毒株揭秘和疫苗悬疑等方面，对新型的流感病毒甲型H1N1做了系统报道。

很多同事仍记得，当时闫宏桌上码放了厚厚一摞甲流和疾控方面的书籍。

当时，让闫宏最感兴趣的是，甲流在全球肆虐，为什么中国和美国的防控措施截然不同：美国政府不采取隔离措施，而中国政府采取了严密的隔离手段。

在和长期跑卫生口的记者魏铭言深聊后，闫宏找到答案：美国经历过导致千万人丧生的大流感，国家的防疫体系有很大提升，且全民的防疫意识很强。而中国的基层防疫体系薄弱，许多生活在乡村的普通百姓对流感病毒的日常防疫缺少常识性认识。所以一旦控制不住疫情，就容易引发社会恐慌。

其他报道甲流的媒体，均未关注到这一点。

闫宏说，现有的大多数新闻还只是停留在对新闻事件的浅层表述。而新京报则开始对现象进行思考，并探索其背后的问题。

新京报通过一系列的疫病报道，勾勒出中国卫生系统尤其是基层卫生系统的迟钝现状。

"这个系统犹如一个神经网，信息传递时衰减得非常厉害。卫生部两年前要求防治蜱虫引起的无形体病。而在两年后，很多乡镇医院还不知道蜱虫是什么东西。"阎宏说。

阎宏认为，媒体影响中国有两种方式，一是通过报道影响国家政策，如孙志刚案、新圈地运动的报道；其二则是影响公众，对公众普及常识和基本价值观，并认识中国社会现状的特性和问题。

如今，回过头来，记者黄玉浩认为，当时的报道仍有不足。

他认为，蜱虫疫情的报道其实仍有深度挖掘的空间。根据他们当时的调查，应该再做一篇对疫情反应的反思性文章。而蜱虫在民间爆发的原因，正是因为当地面临未知疫情时，排查和消除恐慌的机制不完善。

"这主要是中国现行的疾控体制问题。"黄玉浩说，基层政府没有发布疫情的权力，而有发布权限的省级疾控中心并不掌握第一手资料。2007 年，安徽已出现首例蜱虫病例，但到 2010 年，这个病仍在河南引起恐慌，这是应该反思的地方。

■ 报道链接

蜱虫作乱元凶或为新型病毒

病人身上被分离出新型布尼亚病毒，卫生部制订诊疗方案

刊发日期: 2010 年 9 月 13 日
记　　者: 吴　鹏

"河南蜱虫叮咬事件"的元凶或将锁定为一种新型的布尼亚病毒，而卫生部也正在组织专家制订"人感染新型布尼亚病毒病诊疗方案"，从临

床诊断和治疗方法上，对发现的感染病例，进行有效的界定和治疗。

昨日，专家表示，从目前来看，这一病毒主要由蜱传播，是可以治疗的，而且病死率很低，公众不必恐慌。

已从病人身上分离出病毒

昨日，记者了解到，中国疾控中心有关部门已经从病人身上分离出一种"新型布尼亚病毒"。

卫生部正组织专家制订相关诊疗方案。此次专家组成员不仅来自中疾控以及北京的医院，河南、山东等地的基层医生也加入其中。昨日，记者联系到专家组成员之一、北京大学医学部传染病系主任、北大第一医院徐小元教授，徐小元证实相关部门已经分离出病毒的说法。

有专家称，"布尼亚病毒"是一个大类，而"新型布尼亚病毒"可能会被认定为一种新病毒，根据公开资料显示，布尼亚病毒自然感染见于许多脊椎动物和节肢动物（蚊、蜱、白蛉等），对人可引起类似流感或登革热的疾出血热（立夫特谷热和克里米亚—刚果出血热等）及脑炎（加利福尼亚脑炎）。

病毒未现人际传播

据《第一财经日报》报道称，2010 年 5 月，卫生部组织中国疾病预防控制中心及临床等有关专家，编写印发了《发热伴血小板减少综合征监测方案（试行）》。根据方案要求，卫生厅进一步组织开展发热伴血小板减少综合征监测。重点发现并证实可能同样引起临床发热伴血小板减少症状的一种布尼亚病毒。

此次卫生部正在组织专家编写的"诊疗方案"中，已暂时使用了"人感染新型布尼亚病毒"这一说法。但这是否是这一病毒的最后名称，记者并未得到明确证实。

徐小元说，方案中将包括病毒的监测、诊断、鉴别、治疗等内容，他强调，这一病毒仍然需要按照"发热伴血小板减少综合征"进行监测，并且这一病毒通过蜱传播，目前未发现人传染人的病例。

对于此病毒的"致病力"的问题，徐小元认为，河南这么多年有疑似五百多人感染，十八人死亡，死亡率很低。

徐小元强调说，这种蜱传疾病具有地域性的特点，而且感染多在3至11月份，在治疗上，只要对症治疗，如果出现了细菌感染的情况，使用相应的抗生素，都能达到不错的效果，所以公众没有必要因此恐慌。

新闻资料　布尼亚病毒

布尼亚病毒自然感染见于许多脊椎动物和节肢动物（蚊、蜱、白蛉等），可感染小鼠，并能在一些哺乳类、鸟类和蚊细胞培养中生长；对人可引起类似流感或登革热的疾病、出血热（立夫特谷热和克里米亚—刚果出血热等）及脑炎（加利福尼亚脑炎）。有蚊媒、蜱媒、白蛉媒3种传播类型。有些病毒在其节肢动物媒介中，可经卵、交配或胚胎期传播。

新 京 报

品质源于责任

二零一零·十一

至

二零一一·十一

◎「新圈地运动」：揭露农民「被上楼」背后

◎香精包子：连环炮弹击破黑色产业链

"新圈地运动": 揭露农民"被上楼"背后

钱昊平

刊发日期: 2010 年 11 月 2 日至 5 日
记　　者: 涂重航　钱昊平　杨万国　黄玉浩
　　　　　孙旭阳
编　　辑: 宋喜燕　闫　宏

以城乡建设用地增减挂钩为政策基础，各地政府展开了对农民土地的掠夺——新京报在 2010 年末刊发了系列报道，披露"新圈地运动"对农村的侵袭。报道刊发后一周，温家宝主持召开国务院常务会议，研究部署规范农村土地整治和城乡建设用地增减挂钩试点工作。

2010 年 11 月 2 日到 5 日，新京报推出"新圈地运动"系列专题报道，连续四天对各地以"城乡建设用地增减挂钩"为名，变相掠夺农民土地的行为进行揭露。此组报道引起中央农村工作领导小组办公室主任陈锡文的注意，并接受了新京报的专访。

当年 11 月 10 日，国务院总理温家宝主持召开国务院常务会议，研究部署规范农村土地整治和城乡建设用地增减挂钩试点工作。国土资源部也表态要对"增减挂钩"政策进行修改。

据当天在会议现场的人士介绍，刊有"新圈地运动"报道的那几份新京报在会议上被传阅讨论。

这组报道从采访到刊发历时两个多月。

农民"被上楼"

最先接触这个选题的是深度报道部记者涂重航。

2010 年 8 月，山东诸城宣称撤销辖区内所有行政村编制，将原来一千多个行政村合并为两百多个社区。超过三分之二的村庄将拆除，统一建造万人小区。

当地媒体把这种做法作为一种新农村模式来解读。

涂重航看到诸城的宣传时，又看到了他们"利用城乡建设用地增减挂钩为契机"的字眼。

在诸城，他看到当地的农村多数是红墙红瓦，水泥路面，规划整齐。起初他以为这里已是通过整治的新农村。而村民们说，这些五十多年形成的棋盘式村庄，今后都要拆除，取而代之的将是高层住宅。

在诸城调查的同时，涂重航网络检索发现，全国各地都有类似的做法，老百姓怨声载道。

抱怨大多通过网络发出，河北是网民们反映比较多的省份。

河北省 2009 年提出万村整治计划，三年内改造百分之十五的农村。这些改造的村庄都将搬进高层小区，并且规模普及到偏远的山村。

一场轰轰烈烈的"农民上楼"运动正在展开。村民们为了捍卫自己的宅基地，各地都有上访和发生冲突的例子。

看到这些例子，涂重航陷入思索。

血案引发的思考

在此之前，类似案例已引发涂重航对相关制度的思考。

2010 年 1 月 8 日，江苏邳州两百多社会人员在村支书的带领下为企业征地，一名男子被捅死在地头。

涂重航第一时间赶到现场进行调查，从征地乱象中第一次看到"城乡建设用地增减挂钩"的字眼。

这项制度是 2005 年开始在山东、湖北、江苏、天津和成都试点。核心内容是农村减少建设用地，城市即增加相应建设用地指标。

邳州的做法则是钻了这项制度的空子。

为了获得更多建设用地指标，邳州为农民建起多层密集的"农民公寓"，强行让农民从宅基地上搬到楼上。由此引发暴力拆迁。

在那一次采访中，邳州当地滥用这项制度还不是稿件的重点方向。邳州利用"城乡建设用地增减挂钩"这项制度拆迁的村庄还不多。当地违规征地多数还表现在其他违规行为方面。

不过那次采访结束后，涂重航一直在思考这个正在试点的制度。

通过整理村庄建设用地节约出来耕地，以此换取城市建设用地指标。这在城市建设用地日益收紧的形势下，会不会成为地方政府扩大城市的一种手段？这种制度是否算得上是城市化进程的一种"休克疗法"，甚至是改革必然要经过的阵痛？

他的一个初步结论是：一方面农村个体经济已不适应现代化农业的发展，需要向集中耕种、集约化生产的方式转变，这就需要农民集中居住，向城镇化的小区集中，让农民上楼或许是适应生产力发展的一种形式；另一方面，农民"一刀切"式的上楼居住，损失了农村固有的面貌，在这场"上楼"运动中，农民的利益受到损失。

另外，农民的意见也不统一。农村房屋破旧或是常年在外打工的人，愿意用宅基地换楼房。而那些以种地为生的农民，则不愿意失去自己宽敞的庭院。

究竟这是一场轰轰烈烈的改革运动，还是地方政府的利益冲动？

一篇稿件到一个系列

接触到山东的上楼运动后，涂重航一开始感觉对稿件难以把握，找不准方向。

而后，通过大量阅读一些农业专家的观点，特别是看到中央农村工作领导小组办公室主任陈锡文对此的言论，启发颇深。

他记得当时是在去往山东的火车上看到陈锡文的文章，陈曾在2009年两会上指出，应该警惕"让农民上楼"这种做法，一些地方政府实质上是看中"土地财政"的利益。

9月底，涂重航的调查稿写作完成。

编辑宋喜燕看到稿件后，认为一篇稿件难以反映问题的全貌，也难以形成报道效果。实际上，此前已有其他媒体报道此事，也有了调查，但没有引起相关部门的重视。

她与部门主编刘炳路探讨了该题目。刘炳路认为可在全国范围内继续深入调查，并以系列报道的形态展现，形成规模效应。

2010年的国庆节，宋喜燕没有休息，她找出所有能找到的与增减挂钩政策有关的资料，并与一些记者做初步沟通。

国庆节之后的第一次部门例会上，正式布置选题。

当时确定参与的记者除了涂重航，还有黄玉浩、孙旭阳、钱昊平、朱柳笛。当时曾有一个设想，专题既要揭露问题，也要对一些地区村庄改造的样本经验予以报道。毕竟各地侵占农民土地，大多都是打着村庄改造的名义进行的，那么村庄到底该怎么改造？为体现报道的建设性，决定在专题中增加一个村庄改造的样本。

同时，还决定采访相应领域的专家，对城乡土地增减挂钩制度从根本上进行解析。于是记者采访了河北大学乡村研究中心李昌平、社科院于建嵘、中国人民大学农村发展学院郑风田。郑风田对农村宅基地的流转问题进行探讨，于建嵘则是从社会矛盾的角度进行解析。

当时设想的这样一组报道，就会有点有面，有过去有现在，也有未来。最终的报道效果，达到了原先的预期。

意外的"猛料"

确定该系列报道分工后，当天的部门例会又出现了新的案例。

会上，黄玉浩报了一个选题，他的老家安徽泗县将土地指标卖给了马鞍山市。

马鞍山是安徽较发达的城市，但空间有限，发展受制约，而泗县是一个有地没钱的县，于是这两个地方达成了一个交换协议，马鞍山花数亿元购买泗县的土地置换指标。

这是一个明显打擦边球的做法，是滥用政策，损害了农民利益。

例会上决定将这个选题也纳入专题报道中。为避免记者本人到自己老家采访，刘炳路通知另一位记者孙旭阳，让他赶到泗县采访。黄玉浩本人则去了马鞍山。两人分工合作。

孙旭阳到达泗县的时候，当地正在大张旗鼓地搞拆迁，深入采访后得知，这又是在让农民为政府腾地。

从泗县一副县长那里，新京报的记者得到如下信息，安徽省规定每户农民宅基地不能超过一百六十平方米，淮北平原则不能超过二百二十平方米，而泗县几乎所有村子都超标，如果严格按照省标准来，可以腾出大约二十万亩地。在当时省里几乎不再批用地指标的情况下，这些地成了泗县唯一获取建设用地的来源。

究竟是在保护耕地，还是让耕地更快地被混凝土建筑占领？孙旭阳心里打了问号。

这位副县长认为，拆迁是地方发展的必须。

但泗县的这场拆迁，背后的交易数字有多大？虽然知道泗县有与马鞍山协议之事，但孙旭阳一直不知道真实的数据。

事情就这么怪，正规途径不能完成的事情，往往在偶然中完成。

就在这个副县长的办公室，孙旭阳见到几天前见到的国土局长，一见记者与副县长相谈甚欢，局长请记者吃饭。

饭桌上，孙旭阳知道了泗县已与马鞍山达成了四千亩的土地置换指标交易意向，价值四亿元。

后来他还得知，协议草案签好后，已经提交安徽省国土厅，等待批准。

最终，由于新京报的及时报道，这场土地置换"交易"被叫停。

"凭稿子说话"

历经两个月，辗转五个省。

2010 年 10 月底，五名记者的稿件陆续完成。专题取个什么名字很重要，既要直指要害，又要吸引读者注意力，还不能故弄玄虚。

一开始宋喜燕想过叫"农民被上楼运动"，"关注土地增减挂钩"，总觉得有点平淡。

刘炳路突然想到"新圈地运动"，得到大家一致赞许。

这个系列报道分为三篇调查和三篇对话，将地方政府利用"城乡建设用地增减挂钩"制度圈占农民土地，引发"新圈地运动"的各个环节和表现形式，深度剖析。结构缜密，调查详实。

文章的核心直指相关制度本身的漏洞。

一系列文章对中央财政体制以及地方政府面临"保增长、保红线"双重压力进行了反思。

文章见报后，全国超过百家媒体发表相关评论，也同时掀起一轮对"新圈地运动"密集的报道热潮。一些专业杂志还以论文形式予以转载，在业界引起争鸣。之前涂重航一直想采访中央农村工作领导小组办公室主任陈锡文，但没有成功。

11月3日，第一篇报道见报之后，涂重航再次拨打陈锡文的电话，他接受了采访，对新京报的报道给予肯定。

他在接受记者采访时说，新京报的报道将地方政府利用增减挂钩制度进行的错误做法基本全部阐述，这种多地开花的局面应该得到有关部门的重视和纠正。

这让记者意识到，"凭稿子说话"的重要性。如果不是报道触动了陈锡文，很难保证他会接受采访。

11月10日国务院总理温家宝主持召开国务院常务会议。有官员给刘炳路发短信，说温家宝主持的国务院常务会议正在研究你们的报道。

当晚，新华社播发通稿：国务院常务会议专题研究"城乡增减挂钩"政策，严厉批评了一些地方政府违规操作伤害农民利益。随后，国土部作出修改《城乡建设用地增减挂钩管理办法》的决定。

这一切来得如此之快，这是整个报道推出之前完全没有预料到的。

新华社的消息刊登在 2010 年 11 月 11 日的新京报上。这一天，正是新京报七周岁生日。

香精包子：连环炮弹击破黑色产业链

子 召

刊发日期：2011 年 9 月

记　　者：李　超　石明磊

编　　辑：耿小勇　唐博文

2011 年 9 月，京城街头的包子铺纷纷摘下招牌，或关门大吉。

暗访"蒸功夫"包子铺，曝光包子馅料使用香精；卧底培训学校，发现包子使用香精的行业潜规则；数月跟踪，查清包子铺所用劣质肉馅来源；直捣"老巢"，香精已成为当地致富的"秘密武器"……

八天时间里，新京报用接近十二个版的规模，刊发了"香精包子"的系列调查，如连环炮弹般，"一个又一个、成体系地击破了这个产业链"。

2011 年 9 月，"香精包子"的黑色江湖，曝光天下。

新京报在八天时间里用十二版的规模，刊发"香精包子"系列调查，如连环炮弹般，一步步揭开真相：

记者暗访多家"蒸功夫"包子铺，曝光包子馅料使用香精的真相；卧底培训学校，发现包子使用香精的行业潜规则；数月跟踪，查清包子铺所用劣质肉馅来源；直捣"老巢"，香精已成为当地致富的"秘密武器"。

这组报道，从采访到刊发历时三个月，"这个黑餐饮的产业链很长，我们一个一个成体系地击破它。"新京报执行总编辑王跃春说。

时值新京报更换主管部门，业内担忧新京报舆论监督的锐气受挫。"香精包子"系列调查报道的刊发证明，"新京报还是新京报"。

一条不清晰的 QQ 报料

5 月 29 日，一个很平静的周日。

一条来自 QQ 报料的线索，引起了社会新闻主编胡杰的注意。

线索称天通苑、霍营地区许多挂着"蒸功夫"牌子的包子铺，使用香精提香，这些馅料加工点环境脏乱。这条欲言又止的线索，不足一百字，而且报料人未留下具体联系方式。

"这类题材关乎每个人的健康，关注度高。谁都有可能是受害者。"身材高大、戴着一副厚眼镜的胡杰做过调查记者，多年的职业经验让他马上判断出这条线索的价值。

胡杰把这个活儿派给了社会新闻记者李超。

"脑袋大，脖子粗。"编辑们都爱这样"取笑"二十五岁的李超，说他有做暗访报道的先天优势。

守了几天的 QQ，李超终于等来了报料人。

但对方似乎并不信任李超，始终不愿透露更多细节，更不愿意留联系方式。"你先好好调查，等机会成熟，我会跟你联系的。"报料人说完这句话，QQ 头像瞬间变为灰色。

随后，李超调查了几家"蒸功夫"包子店，收获寥寥。"如果没有知情人帮助，这个调查几乎无法开展。"李超有点沮丧，打算放弃这个选题。

7 月初，新京报社会新闻部组建暗访组，推出调查版，每周一期，"拳头产品"便是暗访报道。

暗访组的选题会上，李超的包子又被提及了起来。"大家要珍惜好手上的每个选题。"胡杰说。

"不靠谱"的报料人现身

"一定要把包子调查清楚。"李超听说,国贸有一家"蒸功夫"包子铺,使用的馅料有专人配送。

接下来的一周,李超在国贸地区挨家挨户地找,一看到包子店就上前打听,或者先买两个包子,边吃边问,"包子都吃吐了。"

找到位于建外 SOHO 的"蒸功夫"包子铺时,李超觉得"包子没白吃"。

他从旁边一个二十四小时便利店打听到,包子铺的送馅料时间在凌晨一点到三点之间。

8 月 3 日凌晨一点,李超等来了送馅料的货车。

跟着货车在城里转了五个多小时,货车驶入西五环外一家物流公司院内。确定配料中心就在这个院子里,李超兴奋得忘记了连夜跟踪的疲劳,当天下午再次来到配料中心。

配料中心门口写着"加工车间严禁外人进入"。李超把录音笔别在口袋里,手握偷拍机,打着"加盟商"的旗号进入了车间。

"车间比想象中要干净。在车间里转了一圈,没有发现香精的影子。"见车间装有摄像头,李超很快离开了。

在院门外守了三四个小时,李超试着跟工人搭话,还是一无所获。

李超很失望,因为自己看到的与报料内容出入很大,"不靠谱"的报料人一个月都没上线,李超每天在 QQ 上给他的留言也没有回复。

8 月 12 日早上 6 点多,李超被一个陌生来电吵醒。

"我就是你要找的人。"电话那头传来了一个声音。

"你是包子?"得到肯定的回答后,李超差点从床上跳了起来。

报料人坚称自己没骗人,并让李超去霍营的包子店走一趟,"那家店在一个药店旁边,馅料中使用好几种香精。"

一根玉溪套出香精包子

暗访调查,行话很重要,否则很容易"露馅"。

去霍营前，李超记下了做包子的流程，以及安徽江镇人在北京开店的情况。

14日，李超找到霍营这家包子铺，正赶上包子店的老板出门，他紧随其后。

老板是回家取馅料的，李超上前打招呼，自称是开包子店的，想跟老板要一个送肉电话。

一听是同行，老板放松了警惕。

李超告诉老板："以前跟安徽的师傅学包子加香精，但自己做出来，就是没那味道。不知道是不是香精的问题？"

老板一看对方懂行，抽着李超递来的玉溪烟，热情地介绍了自己使用的香精。李超赔着笑脸说："师傅，你的香精能给我看看吗？我抄个牌子，去市场买。"

"你是买不到的。"老板一脸不屑，他起身到厨房拿出一个绿瓶子，上面写着"肉精油"。

接过油腻腻的瓶子，李超抄下名字和电话。

这一切场景，都被偷拍机录制下来。

离开时，李超掩饰不住喜悦，打电话给报料人："拍到了！拍到了！"

暗访也有危险的时候。

李超以高校食堂承包商的名义，暗访安贞门附近一家"蒸功夫"包子铺时，老板突然发问："你是不是去过豆浆厂？"

老板说的豆浆厂在四惠附近，专门给"蒸功夫"包子铺配送豆浆。在豆浆厂暗访时，李超发现旁边有一个包子馅料加工点，看到桌子上有被撕去标签的香精瓶，他趁周边没人，用手机拍了照。

"哦？我们好像去过……"李超有点儿慌。

"你们拍照了？"老板问。

原来那个豆浆厂就是这位老板开的，"当时气氛很紧张，回答不好就会暴露身份。"

李超胡乱编了理由，"一个小兄弟拍着玩的。"

老板不罢休，坚持要去学校食堂看看。"学校食堂不允许随便进入，再说现在还是一个空店面，没啥可看。"李超迅速把话题转到"食堂的经营理念"上，老板的疑虑才慢慢消除，同意领他去馅料加工点。

从加工点出来，这个手臂上刻着"忍"字的老板，说要去赌场赌钱，可随时打电话给他。

培训学秘方查实"血脖肉"

"蒸功夫"包子使用香精，是个案还是行业潜规则？这决定报道的影响力。

李超在网上找到一家转让"蒸功夫包子"技术的公司，学费两千。报社派摄影记者尹亚飞一同暗访，尹亚飞也是个胖子，这对"包子组合"让人觉得"颇有神似"。

8月31日，李超用二十张百元大钞换来了一张纸，上面是包子各种馅料秘方。

"配方就是教你怎么使用香精。"老师神秘地说。

培训学校的技术转让除了包子，还有周黑鸭、麻辣烫等。

采访进行很顺利，尹亚飞拍到了老师加香精的全过程。

"当时就在想办法搞到其他秘方。"李超说。

9月1日，和其他学员一起吃中饭时，李超提议共享各自手上的配方，获得一致赞同。

不出所料，其他秘方也是如出一辙。小餐饮培训公司打着培训的幌子，实际上做着推广和销售违法添加剂的生意。李超查阅资料，发现这是滥用添加剂的行为，"要么是禁用的添加剂，要么超量使用。"

这家自称每年培训两万学生的培训学校，培训出的"香精包子店"四处开花。

使用香精除了提香，更重要的是掩盖劣质的包子肉馅。报料人说，部分"蒸功夫"包子铺的肉馅用的是廉价的血脖肉。

李超想起暗访西五环外的那家配料中心时，一辆金杯面包车停在门口，车内放着二三十个红色塑料袋，"就是肉馅。"

随后，他在配料中心附近的一个菜市场打听到了送肉人的电话。

一名肉贩自称是"送肉人"的大姐，她们姐妹四个，二妹是"送肉人"。加工点在门头沟的一个山脚下，附近有个工业园。

当晚，李超打电话给"送肉人"，想让对方送肉，但对方不愿告知地址，说话也很谨慎。

不甘心线索断了的李超突然想起了两个电话号码。

那位肉贩曾说起自己的小妹在门头沟卖包子，李超辗转找到这家包子店，但店铺早已关门，门口印着的两个手机号码，一个停机，一个无人接听。

李超再次拨打那个"无人接听"的手机号，但并没有抱多大希望。

几声"嘟嘟"长音后，电话接通了，一名女子接了电话，好像刚被吵醒。

这让李超有些措手不及，自我介绍时声音还有些发抖。"我是你大姐介绍的，想让你二姐送肉，但她电话一直不通。急死人了。"

"哦……那你记一个吧。"对方报出一串数字。

"对了，你二姐家搬哪儿去了，要不我开车去拿吧，反正也不远。"李超接上话。

女子带着方言随口说，沿着什么路，在转盘处往右拐，一直行驶。那里是"红村西里"，还有"377 路车总站"，"她们家就在车站后面"。

"我在地图上搜寻'红村西里'，根本没有。搜寻'377 路车总站'，也没有找到！快急疯了……"李超说。

这时他又想起一个小孩子说的"冯村"。

那是他去找这家包子铺时，曾在附近店铺询问知不知道附近的肉馅加工点，老板们都摇头。拉面馆老板的小孩插话说"在冯村"。

李超试着在键盘上敲入"冯村西里"，地图上显示就在山脚下，"977

路车总站"也进入视线。

"我找到那个窝点了!"李超拨通尹亚飞电话说,"快!快!快到报社!"

977路车站后面的院子里,一排房子大门紧锁,拴着的一只大狗狂吠不止。

李超和尹亚飞以租客的身份在房东处了解到,那排房子里就是加工馅料的黑窝点。

挨个击破包子生产链条

讨论会上,李超一口气说完所有采访到的内容,社会新闻部副主编王海、编辑耿小勇边听边记录。

最后,大家决定报道分期推出,先推"香精包子"的调查,第二期是血脖肉的调查,第三期推"香精包子培训班",第四期是"蒸功夫"包子店的加盟乱象,第五期是"小餐饮"的监管之乱。

9月12日的第一篇报道,因为涉及的点面过多,耿小勇觉得像在"摊大饼",未能一剑封喉,但报道还是引起了相关政府部门的重视。

见报当天,执行总编辑王跃春要求,"趁热打铁"保持热度,形成规模和影响力。她给政府的查处定了栏目名叫"一追到底","可持续下去,体现追踪和民生问题的解决。"

按计划,"血脖肉调查"是第二期刊发,由于一个环节未砸实,"香精包子培训班"的报道提前刊发。

9月14日,社会新闻部记者兵分三路,记者张太凌带政府部门查抄培训班,记者石明磊去门头沟继续蹲守血脖肉黑窝点。

李超的任务是,在家"憋出"培训班的稿子,同时向相关政府部门举报。

下午,编辑唐博文早早来到办公室,一人编两个版,压力很大。上了一天白班的王海,主动留下一起改稿。两人简单分工后,便风风火火"干了起来"。

晚上11点半，王海更新了微博："看见好稿，忍不住重操旧业。不过好久没做版了，技艺生疏。明天新京报有猛料，敬请诸位看官多多支持。"

"香精包子"培训班的报道一炮打响，社会反响强烈。可新京报人却并未止步于此。

"请画个香精包子的生产链条，看看这个链条上哪些点我们已经突破了，哪些还没有。"王跃春说，"链条的点与点之间还有哪些没连起来，接下来继续突破。"

王跃春要求："要做透这个全产业链，要有章法和清晰的逻辑。"

此时，另一路记者正赶往安徽江镇，他们是社会新闻部记者张晗和摄影记者尹亚飞。在江镇街头，尹亚飞永远无法忘记那一场景：卖香精的店铺组成一条街，"从来没见过像卖矿泉水一样卖香精。"

虚假"食品安全感"必须破除

"香精包子"搅动了江湖。

9月13日，昌平区卫生监督所联合公安、城管、当地政府等多个部门主动出击，联合查抄霍营的包子铺；朝阳区卫生监督部门对朝阳区的几家包子铺进行检查。

次日，北京市卫生监督所表示，将在全市范围内部署整顿类似包子铺的小餐饮单位，严查违法添加和滥用食品添加剂的行为，使用洋香精的行为也被定性为"非法添加"。

一时间，北京小餐饮市场风声鹤唳，街头多数包子铺悄悄摘下招牌，或者直接关门停业。

9月14日，在记者的举报下，丰台公安、工商等部门对培训学校进行调查。

9月15日，门头沟工商局接到举报后，相关领导立刻决定"尽快行动，以防逃跑。"

命令还未发出，其中一个领导就接到了威胁电话："如果你敢来查老子，老子就断了你的腿。"随即，公安部门介入联合调查，作为"打四黑"的行动之一。

当日12时，门头沟区食品办联合多部门，查抄黑窝点。

冰库里发出阵阵恶臭的分割肉展露在所有人眼前，没人敢想象，这些肉经过层层加工，最后做成包子，卖给普通老百姓。

经相关部门认定，这些肉来源不明，且涉案金额很大。黑窝点的老板娘向公安机关供述，配料中心的肉馅也是由他们配送。此事引起石景山工商局重视，调查发现"蒸功夫"配料中心无卫生许可证，早在8月初就被责令停业，但仍在悄悄经营。

9月16日，新京报有关血脖肉的报道如期刊发，舆论哗然。

随后，北京市农业局发起三个月的"绿剑

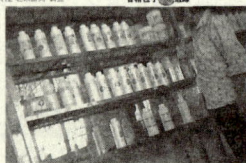

"蒸功夫"老家 香精店满街开

"蒸功夫"背后的江镇包子产业

行动"，发起专项整治肉类产品生产和销售，重点包括血脖肉。

9月19日，《"蒸功夫"老家香精店满街开》刊发后，当地政府立即对香精市场进行全面整顿。

"香精包子"系列报道刊发后，引起了更多民众对于食品安全卫生的思考。

国内研究肉味香精的权威专家、中国工程院院士孙宝国指出，餐饮行业不能直接使用香精。

在香精使用泛滥的背后，国家并无针对肉馅中使用香精的标准，也没有餐饮行业监管使用香精的相关规定。据了解，有关肉味香精的国家标准正在修订，即将出台。

新浪微博举行"香精包子"微访谈中，有网友提问：现在不能吃的东西太多，能列一个能吃的名单吗？

这个"冷幽默"的背后，蕴藏着对相关部门监管措施缺失的追问。

曾有专家指出，媒体的暗访报道告诉了民众事情的真相，但也加剧了民众对食品安全卫生的恐慌。新京报并不认可这样的说法，恐慌并非源自媒体报道，而是监管的缺失和信息的被遮蔽。

"真正的'食品安全感'是要建立在真正规范、透明、安全的食品生产、监管体系上，而我们的报道正是要推动社会往这方面发展。"李超说。